U0907518

蠹鱼书坊出品

蠹鱼文丛

策划组稿：夏春锦
周音莹
篆　　刻：寿勤泽

韩石山　著

次第春风到草庐

浙江古籍出版社

图书在版编目(CIP)数据

次第春风到草庐 / 韩石山著 . — 杭州 : 浙江古籍出版社，2021.3

（蠹鱼文丛）

ISBN 978-7-5540-1917-7

Ⅰ.①次… Ⅱ.①韩… Ⅲ.①随笔–作品集–中国–当代②演讲–中国–当代–选集 Ⅳ.①I267

中国版本图书馆CIP数据核字（2021）第000024号

次第春风到草庐

韩石山　著

出版发行　浙江古籍出版社

（杭州市体育场路347号　邮编：310006）

网　　址　https://zjgj.zjcbcm.com

责任编辑　郑雅来

文字编辑　徐　立

整体装帧　吴思璐

责任校对　张顺洁

责任印务　楼浩凯

照　　排　浙江时代出版服务有限公司

印　　刷　绍兴市越生彩印有限公司

开　　本　787 mm × 1092 mm　1/32

印　　张　9.875　　插　　页　4

字　　数　180千字

版　　次　2021年3月第1版

印　　次　2021年3月第1次印刷

书　　号　ISBN 978-7-5540-1917-7

定　　价　50.00元

1952 年冬，作者与祖父、父母及兄长在大同

1969 年，作者与兄弟及两侄合影

1986年，作者与西戎先生在太行山黄崖洞

作者（左一）向徐善曾先生（徐志摩之孙，左二）赠送《徐志摩全集》（吴文峰　摄）

2000 年，作者在书房

2018 年，作者偕夫人郊游（李建华　摄）

李健吾传
韩石山 著
李健吾
李健吾 传
韩石山 著

《李健吾传》

边将
韩石山 著
屈辱与辉煌
沉寂与张扬
“2018中国好书”
入围作品
边将
韩石山 著

《边将》

自序

我爱写文章，还爱写得跟别人不一样，跟自己过去写的不一样。这后一条，实际很难做到，可乐趣也正在这里。有人说，何必在这上头这么纠结，文章，平实出之，不就很好？古人有言："辞，达而已矣。"

这个话，不同的人，有不同的理解。辞，确实是达而已矣。但不同的文章里，会有不同的达法，同一篇文章，也可能有数种达法，为什么不选一个最好的达法呢？就是那个"平实出之"，也只有契合了这篇文章，才是真正的平实，最好的平实。正是这样的认知，让我在文章写法上，下了许多笨功夫。可写作的乐趣，不也正在这里？

在我看来，随笔是文章，散文是文章，就算小说，也是文章。凡是文章，意思要好，样子也要好。好比丽人出行，只有身佩琼琚，仪态万方，才更像个丽人。

2020 年 5 月 23 日于潺湲室

目录

第二辑　说文论史

第一辑 闲情逸致

沪上文脉自不同

去过上海和去北京，感觉完全不一样。我说的是一个文化人，如果他不是什么官儿，又还有点才气的话。按说文化人和文化人在一起，不应当说这样的话，以文会友嘛，想那么多干啥。

这样说说当然潇洒，可中国的文化人，放开马儿能跑多远，马蹄儿又能撒多欢？

到了北京，常去的地方是美术馆东边的三联韬奋中心，俗称三联书店的那个地方。若是结着伴儿又正好累了，每每会上到三楼，在简易茶座要上一壶茶喝喝。天上地下正谈得高兴，忽然想到这儿就是过去的皇城根儿，往南不远进了王府井大街有个胡同叫东厂，由不得就想到“天子脚下”“缇骑四出”这些词儿，也就失去了谈兴。酒席上兴致会好些，说着说着又会说起谁当了什么官儿，说不定就有个新近擢升的官儿在座，只是你长年远在边鄙，不谙京中文苑政情罢了。你又不傻，肯定要赶紧说上几句恭贺高升之类的话，这话说了，这顿饭也就吃到头了。

在上海就不同了。任凭你再使劲地想，也由街名地名想不到什么“天子脚下”“缇骑四出”这类高蹈的词儿。若是你在淮海西路上的吴越人家吃面，顶多想到这淮海西路过去叫霞飞路，是以一战时期那位法国元帅命名的。在福州路上逛书店，也只会想到这儿过去叫四马路，商务、现代都在这儿有它们的店铺，郁达夫、徐志摩都曾在这儿溜达过。就是偶尔朋友聚会，真的有个什么官儿在座，一想到他的官再大、马鞭子再长，也够不到山西去，尽可以放心地喝你的酒、夹你的菜。想显显你不同凡俗的品格，调侃几句也无伤大雅。

一上来先这么天南地北地胡侃一通，实在是太喜欢上海这个地方了。一个北方的土佬喜欢上海，无异于穷鬼向往天堂，忤逆者想立孝子牌坊，在他人看来，是可笑又可怜的事体。然而，朗朗乾坤，鸳鸯蝴蝶，任谁也挡不住一个合法公民抖动着他想象的小翅膀，在蓝天下自由地飞翔。

说句大话吧，如果我是一条鱼，上海就是我浮潜自如的第一潭深水；如果我是一只虎，上海就是我长啸一声冲上去的第一道高冈。

我的第一篇有影响的小说，是在《上海文艺》上发表的；我的第一本小说集，是在上海文艺出版社出版的。那可是20

世纪70年代末80年代初呀。等到“韩郎才尽”之后，转而从事学术研究、现代人物传记写作，我的第一部传记，不是后来薄有声名的《徐志摩传》，而是没有多大声名而却更为我喜爱的《李健吾传》。我是在上海的徐家汇藏书楼，完成它的材料收集的。

到现在，文化界朋友最多的地方，想来想去，还要数上海。那边有什么事儿，我打个电话就办了。有时你想不到的事儿，他想到了也会给你办的。写《徐志摩传》时，一位朋友正在美国讲学，看到一本叫《小脚与西服》的书，就是徐志摩前妻张幼仪的传记，是她的侄孙女为她写的，想到老韩或许有用，不惜几十美金买下寄到山西。让我悄悄告诉你，换了我是不会做这种傻事的。后来一家出版社要我编《徐志摩全集》，徐志摩的文章中多有英文词汇，有的文章干脆就是用英文写的，我是个连二十六个英文字母都排列不准的土佬儿，这可怎么办呢？山人自有妙计，当即驰书沪上，请复旦大学外国语言文学学院的谈峥教授帮忙。谈先生小我十多岁，是我在一次笔会上认识的年轻朋友。好谈峥，够意思，不计报酬，不避寒暑，费时一年多，终于大功告成。出版社当初对我担此重任还将信将疑，到了这个份上不能不佩服我的神通。想想，也只有沪上的朋友，才有这样的豪侠之气。

如果只是因为这样的人和事儿，我就对上海大加称颂，不是脑子进了水，就是脑子原本就不够用。哪儿都有好人，哪儿都有坏蛋；哪儿都有蓝天，哪儿都有黑云。遇上刮风下雨，就感叹风雨如晦，遇上蓝天白云又马上心旷神怡，还不是脑子进了水？不是的，不是的，是多少年来，从一些细琐的小事上，我就早早地感到，上海这个地方，有着一种独特的文化传承，有着一种独特的文明根性。

20 世纪 70 年代末，我正疯狂地写小说，这儿投、那儿寄，不知天高地厚。忽一日，一篇小说就在《上海文艺》发表了。忽一日，又接到上海京剧院一位编剧的来信，说他要将这篇小说改编为一出京剧，我也正好想去上海看看，便趁机去了。去了之后，当然要去一下《上海文艺》所在的上海作协。走进了那个小楼，贸然进到一个房间，只见一位皤然老翁正坐在一张桌子后面，趋前打问。对方一听是外地来的作者，马上殷勤指点，说我要找的那个编辑还未上班，稍等一下就会来的。我以为此人不过是个做通联的老员工，也就没当回事，操着我那山西普通话跟他闲聊起来。言下不无得意之色，还拿出我在另一个杂志上发表的小说让他看。意思当然是，我可不是什么新手。后来我要找的编辑来了，一问方知，这位老者乃大作家吴强是也。怔得我好半会儿挢舌不下，啊呀，怎就这么不知羞耻！

当然，我也知道，这绝不是通例。其时正是“文化大革命”过后不久，老作家们刚解放出来，只能如此屈尊纡贵，在编辑部做些文字工作。这样的和蔼可亲，怕只能说是神龙一现吧。

待到80年代中期，再一次到上海，见到了我的第一部小说集的责任编辑张贺琴女士，此后又多有交往，感觉就完全不一样了。贺琴是上海文艺出版社的编辑，似乎从我认识她到她退休，二十几年间，一直就是个普通编辑，但她那种勤谨敬事的精神，实在让我佩服得不行。作品上的事儿，再琐细再麻烦，都是那么“锱铢必较”，决不马虎。像贺琴这样终生从事一个职位上的工作，在我认识的沪上文化人中，绝不止三五个。

这就让我想到上海这个地方的神奇。想来，因此地是中国沟通海外的最大商埠，受西方文明的熏染要多些，积久成习，人人也就有了一种价值的认同，生命的自觉。说白了就是，工作就是工作，生活就是生活，职业只是谋生的手段，幸福全在自个儿的把持。上海人爱说个“拎不清”，这样的人生态度，真可说是拎了个清爽，拎了个透脱。

在这上头，感觉最强烈的，还不是这些文化界的朋友，而是那些在文化单位工作，几乎被人忽视了的普通职员。

20世纪90年代中期的一个春天，我住在建国西路上海文艺出版社的那个小招待所里，每天都要去徐家汇藏书楼查资料。

此前刚在北京图书馆做过同样的事儿，深知查资料的繁琐与艰辛，还得加上几分屈辱。北京图书馆的资料员，看着像个资料员，做起事来个个都像大干部，一脸的不屑，嘴上更加不屑。他那大舌头在嘴巴里呜哝呜哝一转，你站在他面前由不得要原地打转。因此，头一回进徐家汇藏书楼，我先做出一副谦恭维谨的样子，生怕说错了话儿，做错了事儿，惹得人家不高兴。在北京多少还能听懂那大舌头腔儿，在这儿要是“阿拉”起来，可就只有跳黄浦江了。

错了，错了的不是我，而是那些资料员。你填好单子递上去，她不是让你站着傻等，而是说“先回座位上吧，待会儿给你送来”。送来了，轻轻地放在桌上，好像送来的不是他们馆藏的典籍，而是你家的东西暂存在她那儿的，主家来了合当恭敬送上。看完了、复印了送回去，她接过去，也是一脸的谦恭，好像原本是你的东西，给了怎么又送回来了？那就先放在这儿吧，她暂且替你保管着，下次来了还是你的。

去的次数多了，我留意到，这儿的工作人员几乎都是年岁较大的，男的比女的还要大些，有的感觉竟是业已退休又返聘回来。女的多在 40 岁开外，穿着蓝布工作服，年轻一些的，也是戴着袖套。一个个都那么诚敬，又那么随和。很难想象，时髦摩登的十里洋场，竟还有这么个古风犹存的地方。

徐家汇藏书楼，确实跟普通的图书馆不一样。不大的一个院落，花木扶疏，不高的一个两层楼，不是朝向大门，而是斜侧着身子掩映在并不高大的树木间。它不叫图书馆而叫藏书楼，蕴含着一种古典的风韵。据说原是天主教教会的一个图书机构，庋藏着数量甚巨的中外文期刊与图书，1949 年后收归国有，成了上海图书馆的旧期刊书库兼查阅处，自然也就另有了一个符合新时代的名称，可人们还是习惯地称之为徐家汇藏书楼。

在这儿，我找到许多旧上海的报刊，查到了许多不经见的资料。如果说那本《李健吾传》的资料还堪称丰富的话，泰半是拜领了徐家汇藏书楼的旧期刊之赐。

听说这个旧期刊书库，在南京西路上的上海图书馆改建之后，就撤销了。它的藏品，全并到新建的上海图书馆里。前年我去上海，路过徐家汇，全是高楼大厦，在疾驰而过的出租车里，特意扭着脖子看能不能认出藏书楼的旧貌。没有，一点旧迹也认不出了。会不会叫拆了呢，真说不定。若是拆了，那就太可惜了。那个地方，以我的陋见，是应当保存下来，可以当作一处文化古迹来彰显的。那座小楼，少说也有百年的历史，它的形制，也还堪称典雅吧。

最让我感到神奇的是，一到了上海，人就变得精神起来。

20 世纪 90 年代中期，有一次我是和同单位的朋友谢泳一起来的。头天到上海，在建国西路上的上海文艺出版社招待所住下，已是晚上九点多钟。坐了二十多个钟头的火车，一点不觉得累，我说出去走走吧，谢泳比我年轻许多，自然愿意奉陪。我们一口气就走到南京东路外滩那儿。打出租回来，已是半夜时分。

我这个人，看着像个土佬，也还有贵相的地方。比如说，“文化大革命”前就上了大学，学的还是历史。后来写小说浪得虚名，可毕竟是学历史的出身，一直不能忘怀的还是那门经邦济世的大学问。因历史与文学的契合，我早早就对中国现代文学史产生了兴趣。研究这段历史，我不太关心思想的嬗变、新旧的斗争，注重的是作家的命运、功业的建树。毕竟不是史学专才，我看重的是自己的兴趣。

有一个现象，很早就引起了我的注意。

那就是，在20世纪二三十年代，一个作家要想成就一番事业，光在北京打拼不行，还得在这十里洋场上一试身手。站住了才算是英雄好汉，站不住趁早另谋生计。最能说明这一点的，是沈从文。早在20年代初，这位湘西的小伙子只身来到北京，执意要闯出一片自家的天地。几经扑腾，一无所成，寒冬里躲在一个“霉而窄”（沈氏自命的斋名）的小屋里，冻得瑟瑟发抖。多亏了郁达夫前往看望，撰文揄扬，又多亏了徐志摩正办《晨报副刊》，不惜版面，大力提携，这才在北京文坛上崭露头角。然而，也不过是崭露头角而已。北京文学界很难认同这个除了写得一手好字外，一无文凭、二无门第的文学青年。

但上海可就不一样了。都是凭自个儿的本事打拼，谁也没有祖上的荫庇。可骇怪的是，某人真要有了祖上的荫庇，不惟难以成为成功的助益，却极有可能成为成功的累赘。最明显的例子是邵洵美，帮了多少人的忙，做了多少有益的事，可没有人认这个账，慷慨是你的应当，破落才是你的下场。对沈从文这样的穷光蛋，反倒另眼相看。没有根柢的本事才是大本事，文章写得好谁也得认账。几年光景，沈从文不惟誉满神州，还当了大学教授，携得美人而归。

这就是上海，这就是上海的奇妙。类似的例子，还有丁玲。不赘。

该说的是李健吾，这位稀世的奇才。他在留法前还是清华大学的助教，学成归来竟连饭碗也砸了。又是上海接纳了这个落魄的穷酸书生。李健吾凭一篇论文，就成为暨南大学的法文教授，凭着一本薄薄的《咀华集》，就拿到了通行上海文坛的“拍司”。

如果说北京是中国新文化运动诞生地的话，那么，上海，也只有上海，才称得上是中国新文化运动养成地。茂林修竹，一片葱绿。这儿是个不长树苗也不冒笋尖的地方，一落地你就得是一棵高高的树，一根长长的竹！

这是为什么？

无他，单因上海有竞争，且是那么公平。不竞争就不能生存，不公平就不会有真正的竞争。公平是成功的慈母，竞争是成功的严父。有了这样的父母，还愁养育不出一群有出息的儿女？

当年京派和海派论战初起时，鲁迅写过一篇文章，说“京派近官，海派近商”，不管他老人家的言外之意是什么，那个商字是一点也没有错。这儿是商业社会，这儿有商业文明。相对于内地的农业文明，不说孰高孰低了，总是另一种文明形态吧。几十年来，虽历经斫戕，甚至一度满目凄凉，然而，文明的种子只要种下了，随时都会长起来。

真的，上海这个地方，确实有着一种特殊的根性。我说不清，但能明显地感觉得到。自从有了这个感觉之后，再听别人说起上海，说上海人怎样的精明、怎样的算计，我总是不以为然地说，那是你不住在上海，你不是上海人，不是上海的文化人。朋友们见我这个平日刻薄的土佬儿，对上海竟持这样一种旷达的态度，颇感讶异，问这是什么道理。我便徐徐言道，毕竟这是中国最早接受西方文明的地方，你不能一边盛赞西方文明（朋友中这类人士甚多），一边对一个确确实实习染了西方文明的地方这样的鄙弃。真要这样，你不就成了好龙的叶公？

2006 年 6 月 6 日

徐志摩：一个精心打造的天才

当今之世，说某人是个天才，未见得全是夸赞，然而，对于徐志摩，却只能这么说，否则你解释不了，一个原来没有想到写诗的人，会在短短10年间，成为20世纪中国最著名的诗人；更无法解释，好些名人因多角婚恋而身败名裂，至少也是声名受损，独有徐志摩却是，每经过一次婚恋，增加人生的一重光彩。张幼仪、林徽因、陆小曼，一个女人显示着他的一个优异的侧面。纵然是他遗弃了的女人，到老也还是深深地爱着他。他的第一任夫人张幼仪晚年就说过："在他一生当中遇到的几个女人里，说不定我最爱他。"

一个著名的诗人，一个优秀的男人，这样理解徐志摩，还远远不够。深入研究，你会发现，他的形象，比我们原来了解的，要伟岸得多，也光辉得多。几乎可以说，毕其一生，他的志向和努力，都在改良中国的社会，使之尽快地走向民主；提高国民的素质，冀其尽快地自尊自强。这一心志，在他最后一本诗集《猛虎集》的序里，说得很是透彻：“我父亲送我出洋留学是要我将来进金融界的，我自己最高的野心是想做一个中国的Hamilton。”（Hamilton，即汉密尔顿，美国华盛顿时代的政治家，对美国的建国方略起过不可估量的作用）

然而，这样一个天才人物，却不是天然生成的，而是他的父亲徐申如，一位精明的中国商人精心打造成的，至少起始的时候是这样。

徐申如，清末民初浙江海宁县硖石镇的首富，长期担任该镇商会的会长。徐先生一生最大的贡献，该是联合本县乡绅，将拟定要经过桐乡县的沪杭铁路，拐了一个不小的弯儿，经过他的家乡硖石镇，为家乡人民谋了多少辈子的福祉（海宁县城后来迁到硖石镇），同时也让他自己由一镇的首富成为一县的首富。如果有人去浙江旅行，留心一下该会发现，这个弯儿，现在还在那儿硬硬地拐着。

改善投资环境，才能产生最大的经济效益，精明的徐申如将这一经商方略用于独生儿子的培养，不期然又获得了巨大的成功。

上最好的学校，不用说了。正常的念书之外，还给他聘请最好的老师。这话说起来容易，做到怕就不那么容易了。且看徐先生为儿子聘请的是哪些课外老师。徐志摩小学毕业，为了让儿子的毛笔字有所长进，徐申如领着儿子到上海，投师于名声最响的书法家郑孝胥门下。其时郑孝胥还没有去东北当伪满洲国总理，还在上海作寓公，鬻字为生。此事在《郑孝胥日记》中有记载。徐志摩大学就读于北京大学，徐申如仍不满足，为了儿子将来能跻身上流社会，又以一千大洋的贽礼，让他拜在梁启超门下，成为声名显赫的梁任公的入室弟子。

无论在国内，还是在国外，徐志摩进的都是第一流的大学。北京大学上预科而不上本科，是因为预科乃清末编译馆的底子，更注重外语的学习与运用。包括学法律，而不学什么国学，都是为了获得最前沿的知识，成为最时髦的新式学人。当然也有与外国学业接轨的意思。果然预科毕业一年后，便赴美留学。初到美国，就读于克拉克大学历史学系，继而转入哥伦比亚大学政治学系，毕业后获硕士学位。旋即渡海赴英，入伦敦大学经济学院，师事著名学者拉斯基，后来转入剑桥大学王家学院，研习政治经济学。课余时间，还参加英国工党的选举活动。

在英国两年，徐志摩上的是一流大学，结交的也都是一流的人物：罗素、哈代、曼斯菲尔德、狄更生。正是这位狄更生先生，将他介绍进剑桥大学王家学院。且看他送给狄更生的礼品是什么，一套雕版印制的《唐诗别裁集》，扉页上写着这样的话："书虽凋蠹，实我家藏，客居无以为赆，幸先生莞尔纳此，荣宠深矣。”

长袖善舞，多财善贾，加上天生的聪明伶俐，这个中国年轻的留学生在短时间内，便成为剑桥大学的名人。多年后，连王家学院的门房先生，都还记得那个和气而又阔绰的徐先生。20 世纪 80 年代，有位去英国留学的大陆学者，写过一篇文章，说一个世纪以来，成年后去欧美留学的中国人，很难融入欧美社会。当他对徐志摩的情况做过一番研究后，不得不修订自己的看法，说徐志摩是唯一的例外。

按徐志摩的心性，依徐申如的期望，徐志摩本来还可以在英国和欧陆混下去，弄个博士不是难事。然而，当林徽因的倩影在眼前一晃，又倏忽而逝的时候，这位富裕的浪荡子在多雾的英伦再也待不下去了，于是便收拾行装，匆匆回国。他的这一轻率的行动，后来曾被他的一位学哲学的朋友嘲笑。此人叫金岳霖，晚年人都糊涂了，却还记得徐志摩离开伦敦时唱了两句戏词，前一句他忘了，后一句是：“销魂今日进燕京！”实际上前一句是很好配的，“快马加鞭往前行，销魂今日进燕京”，如何？

林徽因不过是个诱因，实则国内，尚有伟大的事业在等着这个不世出的天才。

出国前已拜在梁启超门下，1922 年 10 月，徐志摩回到上海，双脚一离开轮船的甲板，即踏入中国上流社会的厅堂。到了北京，就住在梁启超当馆长的松坡图书馆里。松坡者，即再造共和之名将蔡锷也。

历史像是预先安排好了似的，五四运动刚刚过去，此后几年间，正是中国新文化运动将要蓬勃发展的一个时期。这样一个非常时期，也就需要一个非常人物来呼风唤雨，叱咤风云。

徐申如的长期投资，又获得了一个丰厚的回报。如果说沪杭铁路拐的那个弯儿，只是造福桑梓，却对邻县有损害的话，那么这一次的回报，造福的乃是当时的中国社会，泽及的则是中华民族世世代代的子孙。

20 世纪 20 年代，是中国历史上一个风云骤变的时期。一件一件的史实不必缕述，新文化运动如火如荼的发展，怕是谁也不能否认的事实。

社团与流派，历来是推动文化运动的急先锋，古今中外，概莫有外。在徐志摩回国前，国内已出现了两个颇具声势的文学社团，一个是 1921 年年初在北京成立的文学研究会，一个是同年 7 月在日本东京成立，又很快就移师上海的创造社。这两个文学社团，可说都是五四运动精神催生的。成立之初，两社对推进新文化运动都起过相当的作用，文学研究会广结人缘，创造社骁勇善战，都是不可抹杀的功绩。然而，它们都有着自身难以克服的缺陷。文学研究会以国产作家、学者为主，敦厚有余而魄力不足，难当领导新文化运动的大任。创造社中是清一色的留日学生，人人英雄、个个好汉，只是气量狭窄，格局太小，难孚众望。真正赓续五四精神，影响广被，建树卓著的，还要数 1924 年春由徐志摩首倡成立的新月社。

但起初新月社的成立，只能说如同儿戏。

1924 年 4 月，泰戈尔来华访问，先到上海，再到北京。知道泰戈尔到了北京，定然要来松坡图书馆访谈，其时居住在馆内的徐志摩，为了讨老诗人喜欢，便在他住所的门外，挂了一个小小的木牌，用毛笔写了三个不会很大的墨字："新月社"。想来该是个正午，在人们都休息的时分，27 岁的年轻人，悄悄地挂上这个小木牌后，定然还羞怯地四下看了看。

然而，就是这一挂，一个以留学英美为知识背景的自由知识分子的文化团体，就在古老的中华大地上诞生了。

真正显示它的群体威力，还要等到 1927 年，多数社员啸聚上海，成立新月书店，创办《新月》月刊之后。最初成立的这三四年间，它的主要功能是联络同道，蓄积力量。这期间，最具风采，最见业绩的，是徐志摩个人的南征北战、东拼西杀。算学事件、圈点事件、观剧事件、音乐事件，一个接一个的论战，不管赢了还是输了，得到的都是名声。

徐志摩确也是把好手，且有梁启超的情面，很快便执掌了《晨报副刊》的编辑权。几个回合下来，徐志摩便将这个“研究系”的报纸副刊，办成了一个新文化运动的坚固阵地。在有限的版面上，发起了一次又一次的论争，最有名的该是“仇友赤白”“闲话事件”两次大论战。在对世界趋势与中国国情的认识上，连胡适都逊他一筹。

1927 年 7 月，胡适离开北京，取道莫斯科参加中英庚款咨询委员会会议，途中给一位朋友写了几封信，谈他对莫斯科的印象，对苏联教育的成就大加赞扬。这位朋友将胡适的信转给徐志摩，徐将两人的信件同时发表，且加了长长的按语，对胡适的看法提出质疑与批驳。在徐志摩看来，胡适太天真，也太糊涂了，“这是可惊的美国式的乐观态度……这不是等于说由俄国式的共产主义过渡到英国的工党，或是由列宁过渡到麦克唐诺尔德吗？”胡适之所以会犯这样低级的判断错误，据徐志摩的分析是，一是他过分注重实干精神，而不分是什么样的实干，再就是他这几年没有出过国，“自从留学归来已做了将近十年的中国人”。

和胡适相比，徐志摩毕竟是哥伦比亚政治学的硕士，且前一年趁赴欧之便，去苏联做过考察。而胡适不光多年没有出过国，也没有经过政治学方面的专业训练。

1927年春天，随着南京国民政府的成立，中国的新文化运动进入了一个新的时期，这一时段，功绩卓著的文学团体，非上海的“新月派”莫属。当年在北京的新月社人马，几乎齐集上海，相继办起新月书店和《新月》月刊。尤其是《新月》月刊，其贡献不限于文学作品的发表，还引发了一系列社会问题的讨论，比如以胡适为主发起的关于“人权与约法”的论争。文学与政治的契合，终于形成了中国文化史上最具影响力的“新月派”。

对于这一时期的新月派与前些年徐志摩在北京成立的新月社的关系，梁实秋有不同的看法。梁先生认为，上海时期的新月派，与北京时期的新月社没有任何关系。想来这是因为，梁实秋回国迟，基本上没有参与北京时期的活动，而在上海时期，他却是新月派的中坚分子，曾一度出任《新月》的主编。不承认前后“新月”的关联，并不等于否认徐志摩的功绩。这个刻薄的批评家，晚年回忆起年轻时的朋友，不无深情地说：“新月书店的成立，当然是志摩奔走最力。”又说：“胡（适）先生当然是新月的领袖，事实上志摩是新月的灵魂。”

领袖要的是德高望重，应者云从，而灵魂即是生命。有他在，不管人多人少，这一轮新月升起落下，落下升起，皆能运转自如；没了他，这轮新月只会落下，不复升起。事实上也确是如此。1931年11月，徐志摩因飞机失事遇难后，新月派活力标志的《新月》月刊，虽经叶公超等人艰难支撑，终是气数已尽，不久便寿终正寝。仅此一点，也足以证明徐志摩与新月派的关系。可以说，有了徐志摩，才有了新月派。

尤可骇怪的是，谁都说徐志摩是位杰出的诗人，可梁实秋，不独梁实秋，还有叶公超、温源宁、杨振声，几乎他同时期的所有朋友，却说他在散文方面的成就超过了诗歌。现代文学诸名家中，梁实秋留美多年，专门研修文学批评，在这方面，他有足够的自负。“只要一读志摩的文章，就不知不觉地非站在他的朋友的地位上不可。”这是多高的评价！

一个年轻人，回国不到10年的时间，接连几起婚恋风波，已经闹得沸沸扬扬，却还能闹中取静，静中发力，跃马挥枪，几个回合下来，把自己打造成一个顶级的诗人；又是几个回合，便组建起一个功绩卓著的文学社团，开书店，办刊物，形成一个影响深远的文学流派。这样的人，不是上苍着意怜爱的天才，又是什么？

天才云云，不过是一种极而言之的说法。公允地说，徐志摩是20世纪之初，中国传统文化与西方优秀文化交合鼓荡下产生的一个宁馨儿。最终受惠的，还是他苦难的家邦。

2008年5月14日

这笔钱给了没有

这个热，那个热，最想不到的是会有“林徽因热”。被誉为文学家而生前没出过一本作品集，号称建筑师（墓碑上的刻字）而没有知名的建筑物存世。可是，再一想，那么一个绝代佳人，遗落在中国文化的旷野里，谁都会心疼。没有多少著述，没有多少业绩，恰是林徽因热的最大的热点——最没有想象力的人，也会产生奇妙的想象。

这想象力用于文本的解读，谁曰不然，若用于文本的制造，下愚如我，亦期期以为不可。试举一例。

许多书都写到，1942 年 4 月 18 日，傅斯年（孟真）曾上书朱家骅，请他设法，必要时与陈布雷一商，让介公（蒋介石）赠给梁思成、梁思永兄弟两人二三万元。原因是，兄弟两人皆困在李庄，思永之困，是患了严重的肺病。思成之困，是其夫人林徽因也患了严重的肺病，卧床两年矣。且说林氏“今之女学士，才学至少在谢冰心之上”。还附笔说为了办成此事，写了同样的信给咏霓（翁文灏），因咏霓与任公（梁启超）有旧也。翁除了政府的职务外，还是中研院评议会的秘书长。

这样的史实，当然该重重写上一笔。

1998年，杨念群先生赴台湾开学术会，邀请他的恰是台湾“中央研究院”历史语言研究所，遂将这一信件的复印件赠送给他，因二梁是他母亲的亲舅舅。第二年他母亲吴荔明在其所著的《梁启超和他的儿女们》（上海人民出版社）一书中予以公布。只是吴女士没弄清楚，傅斯年写信时，朱家骅不是教育部长，而是中央研究院的代院长，此外在国民党中央还有更高的职务。

傅斯年给朱家骅的这封信，是以私人身份写的，故称朱为吾兄。10天后，即1942年4月28日，同样的内容，又写了封公函性质的信，便称朱为院长，并加上总干事叶企孙与总务主任王毅侯的名字。

这笔钱给了没有？这两封信只是启动此事，不能证明事后就给了钱。

可资佐证的，是此后林徽因写给傅斯年的一封信。信中说，“接到要件一大束，大吃一惊，开函拜读，则感与惭并”云云。且言，“又以成永兄弟危苦之情上闻介公，从细之事累及泳（咏）霓先生。”最后说，“希望泳（咏）霓先生会将经过略告知之，俾引见访谢时不至于茫然”。细细揣摩此信文意，当是事情有了眉目之后，傅斯年将他与朱家骅、翁文灏往还的信件，抄了一份给梁思成夫妇。用意在于，待钱拨下来了，对办事之人应有礼节上的表示。此事当在同年 5 月间。

虽已做好了“引见”的准备，钱仍未拨下则是真的。

吴荔明在《梁启超和他的儿女们》一书中，谈及此事，说傅斯年究竟为二梁“讨”到多少钱，因为当事人都已谢世，无法妄测。“但是，林洙舅妈记得二舅曾告诉过她：收条是傅孟真代写的。”再就是，梁思成给费正清的信上说，“我们的家境已经大大改善”云云。

有了这样的说辞，这笔钱该是给了的。只是证据不是多么的确凿。

一些严谨的作者，说到此事，多持慎重态度，比如陈学勇的《林徽因的一生》（人民文学出版社）中，说“可能是朱家骅生病的原因未见到动静，傅斯年又设法禀报了蒋介石，后来还是政府经济部长翁文灏过问了此事”。（该书第 200—201 页）实情是，傅在禀报朱家骅的同时，也禀报了翁文灏。最后是翁这条线起了作用，才是对的，看下文即明。

想象力丰富的作者，可就不这么看了。他们最不愿意承认的是，以蒋介石之尊，会循傅斯年之请，如数给二梁下拨二三万元巨款。窦忠如《梁思成传》（百花文艺出版社）是这么说的："因为傅斯年的那封求助信，中央研究院虽然没有完全按照他的要求资助两三万元，但还是在艰难的境况中为梁家筹措了一万元的医药费，这无疑是雪中送炭。"（该书第117页）这就连当初傅斯年是向谁要钱都弄混了。岳南《1937—1984梁思成、林徽因和他们那一代文化名人》（海南出版社）中则说："可以肯定的是，即使梁家兄弟得到了实惠，其数目也绝没有傅斯年在信中请求的那样多。"（该书第251页）证据是此后一个时期，梁家的生活并没有转机。

言人人殊，莫衷一是。我的看法是，这笔钱，既然傅斯年说得那么恳切，且出于"忠公体国"之心，蒋介石是会给的，要给会如数拨付，不会打什么折扣。这个证据，还真让我找见了。在2010年出版的《翁文灏日记》（中华书局）中，1942年9月28日有这样的记载："接见周象贤、Fitzroy、周茂柏、李允成、黄人杰、张克忠、胡祎同、周国剑（送来蒋赠梁思成、思永贰万元正，余即转李庄傅孟真，托其转交）。"

这样一来，前面所有的茬儿都对上了。4月末上书，9月末钱才拨下来，在这期间，梁家的生活不会有转机。最终是翁文灏这条线起了作用，让傅斯年转交，才会有傅打收条的事。

申请二三万元，拨下两万元，可说是照数拨付，不能说打了折扣。

2012 年 11 月 28 日

郭德纲的文学品质

一次聊天，有朋友问我，当今作家，佩服哪几位。略一思索，答曰：一个是王朔，一个是郭德刚，还有一个也很佩服，只是此公如今已获大名，不提也罢。朋友又一连提了几个名字，都是当今优秀作家，问何以不归于佩服之列。我说，你先问的是佩服而不是优秀，优秀是个客观标准，佩服带有更多的主观成分。你提到的几位，其优秀，我努把力也可能达到，佩服的这二位，可就不同了，再怎么努力也达不到，反倒是放低身段，还能形肖一二。

朋友大为惊异，说愿闻其详。

我说，王朔的贡献，在于开创了一个文学时代，总括一句话就是，没有不可以骂的，端看你骂得俏不俏。不俏，能把自己骂进去；俏了，越骂，人越喜欢，不光小民喜欢，“大民”也会莞尔一笑。比如，20世纪90年代，谁都知道中国作家素质不高，你再怎么论证，都不如王朔一句“哪有作家啊，流氓集体转业呗”来得传神。还有一句，“一不小心就写出一本《红楼梦》”，也相当经典，最是符合艺术创作的规律。王朔的毛病在于，这种话可以说，但不能去做，要做让别人去做，不能自己去做。他在写了几个精彩的中篇之后，真的去写长篇了，写得好了，一部就顶事，而他却要一连写十部，这就是脑子进了水了。

不说王朔了，还是说郭德纲吧。他是个优秀的相声演员，这是公论，我的私见却是，郭先生同时是一位优秀的中国作家。

先说我是怎么发现这个人的。

相声不怎么看，郭德纲何许人也，还是知道的。有年夏天，在《读者》杂志上看到此公的一篇文章，是从他的《过得刚好》书里摘编的。看到一处，甚是惊奇，他说，他遇着的坏人有几种，其中一种是：“逮谁骂谁，没有道理，没有原因。但有一点是肯定的，生活和家庭不幸福”。

能发现坏人的这一社会学特点，不能不让我惊奇。

我赶紧放下杂志，去翻我的一本书。为什么要翻我的书呢，因为我的书中，也说过这个意思。我的书叫《装模作样——浪迹文坛三十年》，说我这一生中，也遇到过一种坏人，这种人身上有几个特点，其中一点是：“家庭不太幸福，缺少亲情与温暖。家庭幸福的人，一般不会害人。”（该书第 289 页）

这在我的书中，是个亮点，自认为是自己的独家发现。如果有人指出，这不过是从郭某人的书里偷下的，岂不扫兴。为了弄清郭书的出版年份，我让女儿网上买了本，一看便歇了心。郭书是 2013 年 6 月出版的，我的书是 2013 年 1 月出版的，相差半年。我就是有天大的本事，也不会从郭先生的脑子里将这个意思窃了去。

书买下了，总要看看，一看还真的看进去了。那段日子，有朋友来家里，只要问起看何书，准说看《过得刚好》，准说这个郭德纲，可不止是一个优秀相声演员，乃当今之世，一位杰出的作家，某些方面，只有王朔差可比拟。

又说到了王朔，那就从王先生的一句话说起吧。

近日看王朔的一篇文章，提到海明威的那句名言，说是作家要有个苦难的童年。王说，不一定苦难，要的是特殊，只有特殊了，长大了观察社会，才会有个特殊的视角，卡夫卡、韩寒都是这样。

郭德纲也一样。他生长在天津老城区，父母均为普通职员，自小接触的，可说是“三教九流”中的“下九流”，看到的听到的，也都是“陈芝麻、烂谷子”一类的俗事。但有个事，却很有意味。他家左近有个戏园子，他父亲是名警察，工作忙的时候，将他往戏园子一丢就走了。这个事，说自小受到了戏曲的熏陶，可；说自小就散漫无羁，亦可。

郭先生有说相声的天赋，还想出人头地，最大的愿望是去北京，跻身于中央级的文工团，像许多当今的相声名流那样，穿着西装，抹着口红，在大型晚会上来上一段相声。

井底的青蛙，要蹦到井台上来，该有多难。可他居然还是试着、努着，蹦了起来。

第一蹦是1988年，去了全国总工会文工团，“待了两三年，因为种种原因就回去了”，什么原因，他不说，我们也不好追问，敢说的是，绝非是他看不上这个地方。

第二蹦是1993年，也是想进个什么像样的团体，但在北京待了十几天，门都没摸着。临回去之前的那个晚上，他从民族宫看戏出来，顺着长安街由西往东走，一直走到前门大栅栏，穿双新鞋，不合脚，脚后跟都磨破了。终于走到个旅馆住下来，一晚上18块钱，屋里还有棵树，跟贫嘴张大民家的树似的。里面住着几个人，都是小商贩，有股很刺鼻的脚臭味儿。住了一夜，第二天早上买张车票回了天津。

回去也没什么好做的，郭德纲只能以唱戏谋生，这一唱就是三年。破行头烂桌椅，小剧场老观众，后台狭窄前台简陋，真正的夏暖冬寒，晾晒水衣的汗味和过期油彩的味道混合在一起，令人窒息。唱一场能挣6元，观众献一个花篮能分两元，叫一次好加5毛。他心不死，还要来北京。

第三蹦，是 1995 年。起初也够惨的，有一段时间，郭德纲住在通县北杨洼的一个小区，因交不起房租，房东在外边咣咣砸门，连踢带骂街，他躲在屋里不敢出声。最困难的时候，他连死的心都有。在一家小剧团搭帮唱戏，唱了两个月，一分钱没给他，这时候要是不唱了，这钱就拿不上了，只有硬撑着。有一天散了夜戏之后，没有公交了，他只能走着回家。路过西红门，当时没有高速路，都是大桥，桥底下漆黑一片，他害怕，只好走桥上面。桥上面走大车，人只能走旁边的马路牙子，不到一尺宽，借着车的光亮往前走，身边是一辆接一辆的大车呼啸而过。郭德纲站在桥头上，抬头一看，几点寒星，残月高悬，想到自己这些年的坎坷和艰辛，鼻子一酸，眼泪就流下来了。

说死的心都有，是我的揣度。书里后来的文字，给这一夜命名为“黄村之夜”。说当时他是一边哭一边给自己打气，“天将降大任于斯人也”云云，权且相信说的是真的。历史是伟人写的，强人也能写几笔，这类大话还不能说全是鬼话。只是，当时若有辆大货车将之撞飞桥下，一命呜呼，谁也不会想到这个走夜路丧命的年轻人，当时脑子里想的是亚圣孟子的名句。

不管怎么说，这第三蹦是蹦起来了，蹦得太高了，至今还没有落下。如果我有幸为此公写传，写到这儿，定要说此番进京，郭爷是打场子来的，也是砸场子来的。打自己事业的场子，砸那些伪艺术的场子。多传神，多来劲！

有此雄心，又历尽艰辛，成名之后，他才敢对自己说：“除了我自己，谁也害不了我！”

若从七八岁在天津戏园子说相声算起，到 21 世纪初组建德云社暴得大名，德纲先生在梨园行里厮混，已二十余年矣。比诸葛亮报效刘先主的“尔来二十有一年矣”还要多几年。

这样的起步，这样的经历，借用王朔的话说，等于是有了特殊的视角。无论观察社会，还是审视自身，都是别一番景象。其遇事之洞达，论人之刻薄，两相无涉又水乳交融，直到了匪夷所思的地步。论人，用他跟搭挡于谦先生开玩笑的话说，“一张嘴就能看到对方的前列腺”。遇事，手下几员大将跳了槽，不管恨的牙根如何痒痒，他什么时候说起来都是，感谢当年效力，来日江湖相见。

光有深刻的体验不行，还得有相当的文字功夫与之匹配，才能称之为作家。体验与表达，本应当一先一后，两下里说。事实上无此可能，只好一锅烩了。他最为擅长的是，愤懑之情，以谐语出之。

季羡林老先生有句名言——坏人都是天生下的。说他活了 90 多岁，去过世界上 40 多个国家，从来没见过一个好人变成坏人，也没见过一个坏人变成好人。这在我的《装模作样》一书中，称之为“季氏坏人定律”。这一发现对人类社会的贡献，不亚于牛顿的第一力学定律在物理学界的意义。郭先生对人世的感触之深，一点也不亚于季先生，差不多相同的意思，他的说法要俏皮的多：

> 如果你认为人人身上皆有善，那你还没有遇到所有人。

前面说到郭先生对坏人的社会学特点的发现，类似的发现还有：

> 当今之世，有文化的坏人，最为擅长的是告状。说相声报省名，没有报台湾，有同行竟去文化局告状，说是分裂祖国领土。

稀奇古怪的告状，还有多起。兵来将挡，水来土掩，那就抖起精神应对吧，不，郭先生可不会上这样当，他的理由是：

> 不要和猪打架，自己会弄一身脏，而且会让猪快乐。

愤懑之极，他当然也会骂人。只是他的骂，起初让你感到的，是骂人者想象力的奇巧，然后才是用心的歹毒，绝非刁民丑妇，身居乡村里弄，一张嘴就把自己提到国骂的级别。他有句“中国五十年精神文明建设，全毁在你姥姥身上了”，有多巧，又有多毒，你懂得的。

与愤懑之情，谐语出之相对应的，是欢娱之情，却以哀怨之语出之，也可以说是，将成功的喜悦，掖在失败的哀怨里。且举一例，且稍长一点：

> 当年，相声界普遍认为，我应该在国庆节左右就灭亡了。他们没想到的是，我一路走来，越来越好。那年，我们搞了一个北京德云社十周年大型庆典活动，无论在电视台的收视率还是现场的卖票情况，都非常不错，我辜负了他们的期望……十多年的风风雨雨，回头看，我得感谢岁月。想当初真是没辙啊，孤身一人流落京城，上无片瓦遮身，下无立锥之地，身无分文，举目无亲，人情冷暖，世态炎凉……穷人站在十字街头耍十把钢钩，钩不着亲人骨肉；有钱人在深山老林耍刀枪棍棒，打不散无义宾朋。英雄至此，未必英雄。大英雄手中枪翻江倒海，抵挡不住“饥、寒、穷”三个字。有钱男子汉，无钱汉子难，又何况是一帮说相声的呢？

以上所说，全是哀怨之言，但其中一句“我辜负了他们的期望”，得意之情，当下就溅了出来。

这套本事，可说是源于其深刻的体验，又加之以精妙的表达。有了这一手，想不成为一个杰出的作家都难。王朔先生最为人称道的，也正是这一手。当然，在酣畅与细微上，郭先生还是逊了王先生一筹。毕竟根底还是有所不同。

说到这儿，原本想委婉地表达，说这些话不是为了郭德纲，而是为了钱锺书先生。我知道，这世上有多少郭德纲迷，就有多少钱锺书迷，我是哪头都惹不起。但又想想，我都这把年纪了，还装到啥时候，有话就直说吧。这便是，好多钱迷都忽略了的一个事实，《围城》中那些精妙的比喻，几乎全是些“淫喻”，不是说多么下流，是说总与男女之事有涉。比如开头一章，方鸿渐海外归来，乘坐的是一艘法国邮轮，船上遇一淫荡女子，同船人背后叫她“航空母舰”，好多人以为只是说这女人肚皮平坦，如同航母甲板，可供多人起居。这就辜负钱先生一片“淫心”了。不必往下说了，想想航母与普通舰只相比，搭载的是什么东西，就该豁然而悟了吧。

为了坐实下面的对比，不妨再举一个《围城》里的“淫喻”例子：

> 看文学书而不懂鉴赏，恰等于帝皇时代，看守后宫，成日价在女人堆里厮混的偏偏是个太监，虽有机会，却无能力。

郭德纲的相声作品中也有这类“淫喻”，不多，比如：

> 这种心态，比结账后的嫖客还空虚，比收工后的小姐

寂寞，比年假里的鸡头孤单，我都想给教授点小费了。

《过得刚好》里，郭先生的比喻，更为生活化，也更为阴损刻毒。前面举过的，“中国五十年精神文明建设，全毁在你姥姥身上了”，暗含的意思是，你姥姥生下你妈，你妈又生下你，你毁了中国五十年的精神文明建设。再比如说某人的面相：“怎么跟你形容他的长相呢？烤白薯见过吧，刚烤好的，拿在手里太烫，一不小心没拿住，掉地上了，那边呢，跑来个小孩子儿，穿钉子鞋，一脚踩在这白薯上了……他这脸这会儿跟这块白薯似的。”这些比喻够损的吧？

虽说作了这样的对比，我一点也没有说郭德纲在比喻运用上，达到了钱先生的境界。我只是想说，善用妙喻，是杰出作家的拿手好戏。

我这样夸郭德纲先生，有人会不以为然，说，不就是个“戏子”吗？这话就不对了。当今的中国，如果说真像清末李鸿章先生说的，乃三千年未有之大变局，那么当此之际，三教九流，各色人等，最好都不要小觑。哪儿都是深水，哪儿都有高人。作家更多的时候，是一种兼擅的职业。说相声的，未必就不是一个顶级的作家。

就是从个人修持上说，郭先生也绝对是个纯净的文化人。

《过得刚好》书的《自序》里说：

> 我在私底下是个特别无趣、乏味的人，喜欢待在书房里写字、听戏、看书，没有别的爱好，不抽烟，不喝酒……如果我不做艺人，最大的愿望是做个文人。

他说的写字，就是写作。如果郭德纲说他悄悄给红十字会捐了一万元，我可以不信，但他手下有好几十号人，天天跟他打照面。所以他敢说这个话，我是信的。

这样的修持，怕不是一般作家都能做到的。不说别人，我就没有做到。

我佩服德纲先生的还有一点，就是对社会上的不公正现象的讽刺。他也骂，只是俏骂，绝不恶骂。这道理，他在书中也说了：

> 你得首先知道自己是个艺人，别把自己当一个反体制的精英！终归，你让人记住的是你所展现的相声艺术。很多事情在合适的时机，以合适的技巧展现一下，摸一下就走。非要拿过来卖，有目的。也许会得了名，赚了钱，但或许会倾家荡产、诛灭九族。

什么时候，都不要忘了自己是个艺人，这话多实在。这样说，并不等于放弃了家国情怀，历史担当，相反，读完全书，我觉得在这些方面，他做得一样的好。

书中也有些不着调的话。比如一说读书，就说他读《二十四史》，还让他的孩子读《二十四史》。我是学历史的，凡是说这号话的，都是不知“二十四史”为何物。我就没有听一位史学界的老先生，笼统地说他读“二十四史”。德纲先生这样说，我一点也不反感，这也正是他可爱的地方。

2014年12月25日

今天，怎样看待这位老人

2017年1月18日，张颔先生平静地离去了。

这是一位从山西走出来，又让山西增添了光彩的山西人。

对他的离去，多少人都有悲痛之感。在我看来，准确地认识这位老人，认识他的身世和经历，认识他的功业和品质，不失为一种切实的悼念。

看他的经历，要逆着看，更要顺着看

张先生在世时，说到他的功绩，人们最常说的是，某年中央电视台的《大家》栏目，分上下两集介绍了他，说他是考古学家、古文字学家，还是《侯马盟书》的破释者。从此以后，张先生的地位显著提高，大家过去只知道他是个学者，从此以后，知道他是位大家。

若以外界的评价定地位的高下，我倒是觉得由北京大学儒藏编纂中心编的《20世纪文字学大事记》，收录了重要著作200种，且都编了号。张先生著作有两种收入其中，分别是第90号的《侯马盟书》和第137号的《古币文编》。

这样的成就，由不得让人想起了他的学历——高小毕业！用现在话说，就是小学六年级。

学历上失望了，自然而然地，会想到他的经历。这时候，就看你怎么看了。一种看法是逆着看，一种看法是顺着看。什么是逆着看呢？就是站在他现有的学术成就上，回过头来，看他走过的学术道路。这样看，既让你震惊，也让你感叹。震惊和感叹的是，这个人从小到大，所经历的一宗宗、一件件事情，像是专为他后来成为学术大家而设计的。甚至可以说，即使有意设计，都设计不了这么周到。

高小毕业这年，他的堂兄，一个在天津当铺做小伙计的年轻人，就出版了《天津典当志》。等于是，他从小就知道出书这回事。毕业后，一时找不到工作。介休城里有家茶叶店的老板，风雅自命，组织了一个业余书画社。他参加了，跟着学习书法、绘画、篆刻，而他篆刻用的底本，恰是有名的《汗简》。

新中国成立后，他到了省委统战部。谁能想到，当时的省委里面，会有个文物陈列室，陈列着从解放区带过来的文物。他看了收藏的青铜器，竟动了写论文的念头，便写了两篇论文。1958年“大跃进”时期，省里要成立中国科学院山西分院，别的所一下子成立不了，考古所先成立了。组织上要派个所长，一来二去，就选了他。别人都觉得可惜，而对他来说，恰似游龙入海。

总之，逆着看，条条小路都通向了一个辉煌的顶点。

但若顺着看，就不同了。

常言道，前头的路是黑的。也就是说，往前走，谁也不晓得前面会是什么样的局面。

张颔先生还没出生，父亲就死了。9 岁上，母亲又死了。在祖父的呵护下，勉强念完高小，找不到事做，只能远赴湖北樊城，在一家介休人开的商店做学徒。新中国成立后，若他一直在政界工作，至少能升到省委统战部部长。但因为上峰看他身上文气太重，官气太少，就打发他去了更适合他的考古所。一个不懂业务的人，当了业务干部，混日子就是了，而他偏不认命，刻苦自励，终于成就了一番事业。

看他的学问，要看闪亮的地方，更要看扎实的地方

前面说了，若以收入《20 世纪文字学大事记》的著作而论，张先生的成果有两项：一是《侯马盟书》，一是《古币文编》。

这两项成果，粗略看起来，是并列的，实则不然。应当说，《古币文编》是因，《侯马盟书》是果。

为什么这么说呢？

或许是因早年学篆刻的经历，张先生一到考古所，就喜欢上古文字。他这个人，当过小伙计，做事都爱做个簿子，见的古印玺、古钱币上的文字多了，便收集整理，做成一个簿子。他描摹卜文字，一一注明出处，时间长了，汇集成册，起个名字叫《中国古代货币文编稿》，即《古币文编》的雏形。到1966年参与整理《侯马盟书》时，他已具备了扎实的古文字功底。

为什么在《20世纪文字学大事记》中，《侯马盟书》排在前面，而《古币文编》排在后面呢？这是因为，《侯马盟书》1976年就出版了，而《古币文编》一直在搜集、充实中，直到1986年才出版。

说到张先生的学术成就，人们都会说老先生运气好，当考古所长的时候，正赶上山西发掘出了侯马盟书，要是没有这样的发掘成果，也成就不了他的事业。

我不这样看。该是他的，想不是他的都不行。

盟书发掘出来了，就有人故意为难，说要从中科院考古所请专家来。还有人说，盟书上的字，没有几个人认识，差不多全是蒙出来的。这就是外行话了。研究工作，十有八九，都是靠“蒙”。胡适说的“大胆的假设，小心的求证”，那个大胆的假设，说白了就是蒙。关键在于，有的人一蒙就对了，有的人一蒙就错了。

张先生在学术上的成就，有机遇的一面，更有必然的一面。就是没有《侯马盟书》，光凭《古币文编》，他也是一流的学问家。

再有就是，张先生在篆字摹写与研究上的功夫，也是不可小觑的。

记得前些年，我跟他闲谈的时候，他曾自负地说："我这个人，就是在战国时代，也不会失业的，不论到了哪个国家，也会找到誊录的差事。"又说："吕不韦写下《吕氏春秋》悬之城门，说能删一字者，可赏十金，即便当时赏金是黄铜，也是贵重的。我若在场，挣千金不成问题。"

这些话，他都是当笑话说的，但我听了，却能听出说话人的自信。他的自信，一在古文字的书写上，一在对文章的鉴赏上。只有写得了战国各国古文字的人，才做得了誊录的差事。只有写得一手好文章，又有鉴赏的能力，才能看了《吕氏春秋》，敢说可删去一百个字。

说张先生是个奇才，我承认，因为多少人有绝佳的训练，也做不出他这样的成绩。但是，我更愿意承认，他是一个自学成才而又训练有素的学者。

看他的品质，要看常人具有的，更要看常人所无的

不管是青少年时期的历经艰辛，还是1949年后的机遇及时，在我看来，这些都是外在的因素。作为一个山西人，张先生能取得如此巨大的业绩，还有他品质上的特异之处。

说两件事吧。

张先生的一生，还算平顺，但是有两个节点，若当时把握不住，就不会有后来的张先生。一个是放弃了在樊城学生意，回到晋西，参加了山西的抗战；一个是新中国成立后，从省委统战部转到文管会，当了考古所的所长。后一个有服从组织分配的意思，不必说了。前一个，完全是他自己的选择。若说联系人，就是写过《天津典当志》的那位堂兄，此时正在晋西二战区驻地做事，知道了堂弟的志向，及时给以恰当的安排。

能做出这个决定，张先生有两个条件，一是高小毕业后就进入社会，有相当的社会见识，知道国难当前，有为青年应当奔赴抗战前线。还一个条件，是他出生在一个有文化传统的家庭，又是个孤儿，不甘平庸，要为死去的父母争一口气。他有见识，又有志气，下定决心，再艰难也要回山西，这条路就走出去了。

还有一件事，张先生差一点把《古币文编》，拱手让给了

一位有名的古文字专家。

20 世纪 80 年代初，张先生去北京开会，带着早已整理好的《中国古代货币文编稿》，请广州来的商承祚先生看了。商先生可不简单，出身世家，少年成名，他的父亲商衍鎏，是前清的探花。他上大学时就出版过《殷墟文字类编》，是中国著名的古文字学家。商先生看了张先生的书稿，说他也有许多古钱币文字资料，两人的资料可以合在一起，出一本《先秦货币文编》。过了不久，商先生从广州来信说，他已申请下一笔资金，请张先生将资料寄来。

在那个年代，这是个不小的诱惑。傍上商先生这样的名家，等于一步就跨上学术的高台阶。而张先生思前想后，觉得此事不妥，便没有答应。

这件事情说明，张先生任何时候都保持着清醒的头脑。如果说他是图名，图的也是长久的盛名，而不是一时的虚名。

这就说到张先生的品质。与其打交道这么多年，我觉得，张先生在小事情上可以忍让，真要到了关系名声的事情，是绝不含糊的。就是平时，他也不是个稀里糊涂的人。

常见写到名人的时候，爱说怎样的和蔼可亲，怎样的严以律己虚以待人，我觉得全是陈词滥调，不合人情。张先生晚年，我去他那儿是比较多的。有那么两三年，几乎每个星期都要去一趟。有时我去了，张先生显出一副不胜其烦的样子。我问怎么了。他说是来了个什么人，喋喋不休，末了多半是求字或是题辞。每当此时，我就想，我这么个三流作家，写一笔狗趴趴字，来人多了还烦。张先生这么大年纪的人，能不烦吗？

后来我见张先生用了个妙法，来人说得多了，他不愿意听，就装糊涂起来，愣愣地呆在那儿，让人不知他是痴了还是困了。来人见这个状况，也就不好多说什么，道个谢离去。

以我的观察，张先生一生的成功，若说得益于什么品质的话，那就是执着，甚至有种“圪料”劲儿。这才是他品质中，最值得赞扬，也是最值得效法的地方。

2017年1月19日

山西的文脉

这篇文章叫《山西的文脉》，不是说古代的，也不是说近代的，而是说现当代的，也就是新文化运动开始以后的。

我不敢保证我的结论是正确的，我只想说，我尽量叙述准确的事实。若有一天，有人指出，我说的事实是错误的，而这一事实，从逻辑上说，又不足以证实我的结论，那么我愿意承认自己是错了。

这么多年来，我们一直在自己糟踢自己

好几年前了，有事去南方，酒席上聊天，一位半生不熟的朋友说："老韩呀，你可是个山药蛋派呀。"我笑笑，没接这个茬儿。出门多了，我知道，凡是用这个方式开头的，没有几个是好料子。果然，酒过三巡，他的邪气就出来了，说有一件事他总也弄不明白，《徐志摩传》这样的作品，怎么也该是个江南人写的，怎么会是一个山西人写的？话说到这儿，哑巴也得说话

了。我说，我见过一本南方人写的《徐志摩传》，开头是，“轰”的一声，一架飞机撞在山上，大火冲天而起。此人是大学教授。教授都是这个水平，别人可想而知。出版社不想再“轰”的一声，只好偏劳我这个山西人了。

我知道，我这是诡辩。他说的是实话，从正面说，我无言以对，也无颜以对。

我曾跟马烽、西戎诸前辈，认真地说过“山药蛋派”这个话题。我说，我是不赞成这个说法的。他们也说，“山药蛋”这个说辞，是五六十年代，文学界那些自以为洋派的人，说出来奚落山西作家的，可说是个鄙称，相当于民间的起外号。大约从20世纪80年代起，有山西的评论家，在报上发表文章，说这是怎样的一个独具特色的文学流派。此后省内报刊上，多有附和之声，等于是集体认领了这个鄙称。于是鄙称不再是鄙称，而是美誉了。我曾在一次会上说，多亏人家说我们是山药蛋，还能以丑为美、胡搅蛮缠，要是人家说是个别的什么蛋，也能化腐朽为神奇吗？

想到自己是个山药蛋，我都想掮自己一个耳巴子。

山西这个地方，说来真是可怜。经济，是靠煤炭支撑的；文化，是靠山药蛋作标签的。说是表里河山，实则是穷山恶水，你看看满世界，哪个山清水秀的地方，是出煤炭的？这样的地理，这样的经济，这样的人文，你让人家怎么看这个山西，怎么看你这个山西人？

真的，到了外地，人家说我是山药蛋派，我脸上无光，觉得还不如骂上我两句好受些。骂了你可以还口，这样说了，你只有干受着。地理上、经济上，不好说什么，但我认为，在人文上，尤其是在文学的脉络上，这么多年来，我们实在是自己在糟蹋自己。我写这个文章，就是想把这个偏差给纠正过来。

近代以来的山西文脉

2012 年初冬，我生病住院。谢泳先生从厦门回来，和张发先生一起到医院看我。谢泳带去他考证陈寅恪诗的文章，还有几本书让我看。其中一本是郭象升的《文学研究法》。郭象升是山西泽州人，1881 年出生，是山西大学堂的学生，后来又当了山西大学的教授，在山西名气很大。《文学研究法》里，有篇《白话文平议》，对当时的新文学人物，都有颇为中肯的评价。可见那个年代，山西的文化人，还是能容纳新的文学观念的。

最近看了一本书，对此又有了进一步的理解。

这些年，赁居京师，陪老伴看孙子。有一天，一位叫王静若的女士，来到我的赁居之处，留下他祖父王念祖先生的一叠诗稿，希望我能推荐给山西的一家出版社出版。我不是个轻易帮人忙的人，反正没事，就看了这位王先生的诗，还真的起了推荐的念头。后来回太原，我的老领导张明旺先生请客。他来作协前，曾任省出版局的副局长。同时请来了两位现任的出版社老总，一位是三晋出版社的张继红先生，一位是北岳文艺出版社的续小强先生。我原是想推荐给张总的，觉得这样人物，还是他那儿出版合适。续总先到，说起此事，说他们那儿正印一套《民国诗丛》，王先生的诗既然这么好，就加入这套丛书吧。我便将带去的诗稿，交给了续总。这是春天的事，到了秋天，这本书就出了，叫《王念祖诗集》。

现在可以说，我之所以推荐的理由了。我不懂诗，不全是看他的诗好，我看重的是，这是一个有功名，且自许甚高的文化人。功名者，旧时之学历也。且看他有着怎样的功名。

王念祖先生，1882年出生，山西浑源县人。1900年十八岁时，首次参加童生选拔，获案首，成为秀才。1902年入山西大学堂西斋读书，同年山、陕两省举办一场并科乡试，王先生前往西安，参加科考，顺利中举。原拟三年后进京参加会试，成为浑源县有史以来最年轻的进士，不料1905年清朝兴新学，废科举，只好重返山西大学西斋学习。1908年完成西斋预科学业，成为山西大学西斋第四期毕业生，被清政府授予新举人称号，成为新学旧学双举人，授候补知县衔，且不分单月双月，均可补缺。

1911 年 8 月，完成西斋法科学业，与其他同学进京面圣，被宣统皇帝赐进士，这是中国历史上最后一科进士。

且看两个参照。鲁迅先生是 1881 年生人，参加过县考，未进学，后来也就没有资格参加乡试成为举人，进士就更不用说了。他那个年岁，是可能取得这些功名的，而他没有取得。民国后，学部有新进士考试，郁达夫是参加了这个考试的，没有考取。

至于王念祖的才学，只要看看这两联就行了，一联是“杜陵寄食平生痛；王粲依人半岁闲”，一联是“王粲于今寥落甚；何时把盏一登楼”。王粲者，建安七子之首也。前联说的是 1958 年王念祖被划为“右派”，在随后的食堂化运动中，其旧宅建为食堂，后又让村人占据，只好蛰居他处小屋里，一直到去世。

我的意思是说，在那个年代，山西学子，功名上一点也不后于他人。

我在山西大学念书时，历史系教授郭吾真先生，与吴晗是清华同班同学。她的丈夫常风先生，为外语系教授，是钱锺书的清华同班同学。中文系教授姚奠中先生，是章太炎的学生，可以说是鲁迅的师兄弟。我写过《李健吾传》《张颔传》，他们都是杰出的文化人。李是作家，张是考古学家，也可说是诗人，新旧诗都写。这些文化人身上，可有一丁点的山药蛋的气息？

怎么我一跨进文坛，就掉进了“山药蛋”的堆子里。

我是怎样掉进“山药蛋”堆子里的

我上大学时，学制是五年，1970 年 8 月毕业，分配到山西汾西县一个村子教书，过了一年，到了另一个村子。我的老家在临猗县，调回去绝无可能。在这样的地方，前程是一眼就可以看到底的，年轻教员熬成老教员，退休了回老家。

要改变这个命运，对一个出身不好的人来说，只有写作。三下两下，居然薄有声名。出名跟当强盗是一个道理，得干一票大的才行。当时八个样板戏的电影，只拍出一部《青松岭》，我就想，若能写上个电影文学剧本，拍部电影，还怕调不出这个鬼地方吗？于是便写了个剧本，叫《山里的秋天》，寄给北京电影制片厂。没想到的是，当年秋天，北影厂把我叫到北京，不是要拍这个电影，是觉得我写的本子还有点基础，他们要办个电影文学剧本学习班，一个半月，让我来学习提高。

学习班中的三十几个人里，后来也还有名的，一个是安徽来的张锲，一个是江西来的杨佩瑾。张后来当了中国作家协会的副主席，杨后来当了江西文联的主席。认识他们对我没什么用，有用的是，认识了也在这儿改本子的两个山西作家，一个是马烽，一个是孙谦。我住三楼，他俩住一楼，一人一个房间。有次我去了，马烽说，老孙昨天晚上咳嗽，浑身抖动，腿一抬、脚一挑，一边的小脚趾，不偏不倚，恰好挑进了床头柜上放着的茶杯把儿里，茶杯甩出老远，摔个粉碎。

这是1973年的事，此后我每去太原，就去看望二位。看望了马烽，顺便也去看望了西戎。在山西，这两个人的名字是连在一起的，都是《吕梁英雄传》的作者。

一晃到改革开放时期，刊物多了，发表的文学作品也就多了。1980年，刚刚恢复的中国作家协会，办了个文学讲习会，学期半年，通知我参加。三十一二个人，山西就我一个。去了才知道，这是中国作家协会通过北京的文学单位，自个儿确定的名单，跟本省没有关系。也是去了才知道，这个讲习会的开办，与丁玲大有关系。50年代前期，丁玲主持中国作家协会工作时，办过个中央文学讲习所，招收解放区的年轻作家来进修。知道了这个情况后，讲习会的同学们兴奋不已，一致要求改名并延长学习期限。一闹腾，学期没动，名字还真的改了，叫成文学讲习所第五期。意思是，跟50年代办的四期接续上。

半年的时间里，多半是请有名的作家学者来讲课。学者们是讲课，作家来了是谈经验。真正的经验，往往就是创作经历，经历是最见性情的。记得一次请了萧军来，大谈在上海时，怎样跟张春桥打架。又谈在刚刚开过的第三次文代会上，他们几个老作家，怎样向周扬发飙。凡事都有个度，适可而止，谁也不能怎么着。周扬对胡风、丁玲、冯雪峰的处置，明显是过了。

讲习所的负责人徐刚，是老讲习所的人，知道我是山西来的，曾跟我谈起讲习所的旧事。说丁玲办所初期，马烽和西戎都是第一批学员，同时也是管理干部，马烽的地位更高些，是所里的支部书记。山西来的，第一期是马烽、西戎，第二期是胡正，第三期是少数民族班，山西没人来，第四期是编辑班，来的是陈志铭，他是《火花》的副主编。

“怎么后来就不办了呢？”

“丁玲出事了，还怎么办下去。”

“那些人呢？”我是问一二期那些青年作家。

“哪儿来的回了哪儿。马烽、西戎、胡正，不都回了山西吗？”

我隐隐约约地感到，我是站在了一个战阵的一侧。

讲习所结业回去，承马烽、西戎的关照，我从学校调出，到汾西县城关公社挂职，担任副主任。1984 年，我正式调进省作家协会，成为专职作家。不久，又去太原近郊的清徐县，挂职县委副书记，深入生活。

就这样，我掉进了“山药蛋”堆子里，成了一个不大不小的“山药蛋”。我不喜欢这名号，但我喜欢这待遇，这荣耀。

怎么能这样对待一个可怜的老太太

1984年12月底，中国作家协会第四次全国代表大会，在京西宾馆举行。我是山西的与会代表。行前，西戎让我去他家里，说省上正开人大常委会会议，他不能去北京了，告不了假，但有份礼品，是两瓶汾酒，让我带给丁玲，还有一封信，信上写着丁玲的住址。

到北京住下，当天晚上，我就按照信封上的地址，找到木樨地22号楼丁玲的家。房子很大，客厅里好几个客人，正在谈笑中。听说我是山西来的，老太太很高兴。人多，不便说什么，我问候几句，便鞠躬退出。

回到京西宾馆，有人跟我说，会上有人在活动，要把丁玲选下去。山西代表中，也有人在做这个事。我对这种事，向来反感。丁玲是个受尽磨难的老作家，新中国成立初期就是作家协会的副主席，并主持工作，现在七老八十了，还是个副主席，忍心这么糟蹋吗？

第二天一上会场，我就知道我是多么幼稚了。

大会在一层会议厅进行。从我们住的楼层下去，往右一拐，正是会议厅的后门，进去右手的墙上，有张大红纸写的致敬信。

看完才知道，周扬同志病了，不能参加大会，许多受他栽培，或受到他精神感召的作家们，对他为中国文学事业作出的贡献，表示衷心的感谢，并祝愿他早日康复云云。两整张纸，竖着连在一起，下一张的大半空着，满满的全是签名。签名者全是当时最叫红的，或是过了一段也叫红的作家们，有青年作家，更有一批重放异彩的“右派”作家。

开大会时，丁玲坐在主席台上，在前排右边倒数第三或第二的位置上。上身穿着一件宽大的红毛衣，看去像一团火。

选举在最后一天进行。我心提得老高，为老太太担着心。最后是当选了，但得票数不高，明显不是她这样的人物应当得的那个数字。

再后来，出了大型文学刊物《中国》停刊事件。一个复出的老太太，领着几个老弱残兵，想办一份刊物，也被叫停了。

周文和《吕梁英雄传》

进了山西作协，免不了会跟马烽、西戎两位师长聊聊天。我对 30 年代的文学，兴趣颇浓。想不到的是，他俩在晋绥根据地的老领导，竟是一位 30 年代的作家，名叫周文。

西戎给我说过，周文最著名的，是“盘肠大战”。他简略地说过事情的经过，详细情形，还是我自己看书后知道的。

约在 1935 年的时候，周文写了个短篇小说，名叫《在山坡上》。其中有个情节是，一场血腥混战之后，一个腹部被刺破，肠子流出的士兵，醒来看到与他交战的敌方士兵还活着，又起来继续拼杀。《文学》的编辑傅东华，发表时将此情节删除。周文大为不满，写文章争辩。对方又不依，两边就争论起来。因为是“肠子”引起来的，删去的又是文章中间的一段，故名曰“盘肠大战”。

周文的经历，有点像沈从文。1907 年出生，四川荥经人，年轻时，曾在川军部队当文书。1930 年出川，在江浙一带谋生，爱写小说，很快出名，由丁玲介绍入党，后来成了“左联”党组成员。与鲁迅关系亲密，曾将鲁迅译的《毁灭》、曹靖华译的《铁流》，缩写为通俗读本。鲁迅下葬时，他是十几个抬棺人之一。

抗战开始后，周文撤到重庆，过了两年，又去了延安。1942 年过黄河到山西的晋绥分区，任宣传部秘书，后来当了秘书长。1945 年初，《晋绥大众报》社长他调，周文兼任社长。此时马烽和西戎两个年轻人，已是这个报社的副刊编辑。1945 年 5 月，晋绥边区召开战斗英雄劳模大会，英模宣传报道材料很多。《晋绥大众报》是个小报，五六天出一次，无法悉数登载。经周文同意，由马烽与西戎执笔，将这些材料改写为章回小说，名为《吕梁英雄传》，逐期刊登。

抗战胜利后，周文奉调到重庆，任《新华日报》副总编辑，将已经发表的三十几章，带到重庆，在《新华日报》上连载。再后来，上海出版了《吕梁英雄传》，前面有周文写的序言。可以说，《吕梁英雄传》是在周文一手扶植下写出来的，也是在周文一手策划下，走出吕梁山，走向全国的。

周文后来的命运，甚是悲惨。直到 1975 年，才获得平反，迁葬八宝山。1987 年，中国大众文学学会在北京成立，马烽出任会长，以倡导文学大众化的名义，写了纪念文章，深情怀念周文先生，说是周文的运作“给国统区的人民带去了解放区军民艰苦奋斗的一幅图画”。

马烽和丁玲

为了写这篇文章，我让儿子为我在网上买了一本书，是马烽写的，叫《马烽与〈吕梁英雄传〉》，人民文学出版社 2016 年 11 月出版。马烽与丁玲，我原来只知道两人关系甚深，看了这本书，才知道他们之间的关系，比我所知道的还要深。

1949 年 7 月，全国第一次文代会举行，会后马烽留在了中国作协（当时称“文协”）创作组。不久之后，丁玲从东北调来，主持作协工作，两人由此相识。真正成为师生关系，并有工作上的交集，则是丁玲创办文学讲习所之后。这个组织，最早的名字是中央文学研究所，后来改名为中央文学讲习所，我们还是用文学讲习所这个通用的名字吧。

马烽和西戎，都是第一期的学员，也都是讲习所的工作人员。马烽的职务更高，是讲习所的党支部书记。也就是说，马烽是丁办讲习所的主要助手。

待到丁玲被打成“右派”，虽说作协领导有意安抚他，委以重任，他还是坚辞不就，回到了山西。

此后 20 多年，两人没有来往。

“文化大革命”后期，马烽知道丁玲夫妇发配到山西某地劳动改造，也没有去看望。

但他是知道感恩的人，一直记着丁玲的恩情。新中国成立之初，他与杏绵要结婚了，杏绵的工作单位在保定，是丁玲通过组织关系，将杏绵调到北京，又安排两人住在颐和园的邵窝殿，度了一个星期的“蜜月”。

最最重要的是，马烽绝不相信丁玲是叛徒。1952 年夏天，他曾陪丁玲、陈明夫妇去南京参观。有一天，丁玲特意领上陈明和马烽，去南京郊区看了当年她被软禁的地方。马烽的感觉是，革命队伍里，谁会拿自己的污点向人夸耀？

1978 年，马烽在山西已恢复了职务，被抽调派赴晋东南地区工作。他是带车下去的，一到长治，听文艺界的同志说丁玲夫妇劳动改造地就在长治市北郊的杖头村。他不去报到，当即驱车去村里看望丁玲夫妇。

过后不久，丁玲即获平反，但是仍留下了一个遗憾，就是所谓的“叛徒”问题，仍然悬着。直到 1984 年冬天，在召开第四次作代会前，才由中组部发出文件，算是彻底为丁玲平反。

还有一件事，最能说明两人关系之深。1986 年 2 月 22 日，丁玲病危，陈明立即发电报给马烽，马烽得息后，买不上火车票，只好用站台票上了车，上车后他向列车长讲明情况，才补上软卧，赶到北京，看望了弥留之中的丁玲老人。

鲁迅——周文——丁玲——马烽

历史有其诡谲之处。

丁玲与周扬的争斗，可说是 1949 年后文艺界两派斗争的缩影。这样的争斗，以是非而论，有无是非的地方，也有有是非的地方。近年来有种说法，说胡风也够左的，丁玲更左，他们出来领导，说不定比周扬更糟。我不同意这种说法。这样说，等于世上没有了是非。坏事得做出来了，才是坏事；没做出来，就是没有。这才是正常的判断。

1988 年冬，马烽出任中国作家协会党组书记，兼任中国作家协会副主席，成为中国作家协会的实际掌门人。有人大为惊奇，觉得这个位置怎么也轮不上一个“山药蛋”来坐！更有所谓的山西耿介之士，找上门去，劝说马烽在这个时际，怎么也不应当进京，担任这样的职务。

我听了只有冷笑，但我不能说什么。后来见有外地的朋友，也持这样的论调，遂觉得，有必要将此中缘由说个清楚，便写了一篇文章，名为《酒醉的探戈》。写完后，发现没有刊物肯发表，便一直搁着。1995 年冬天，我去天津开中国小说学会恢复活动的会议。会上见了任芙康先生，他对我说，有适合发表的作品，但请寄来无妨。回去后，我便将那篇文章寄去，大约在第二年春天某期便刊发了。文章里，我说了对中国文艺界几十年来的争斗的看法，不是要说服谁，只是想说，这世上有人有这样一种看法。

这种争执，可上溯到 20 世纪 30 年代初期，先是争夺“左联”的领导权，后是两个口号的抵牾，于是进步文坛上形成了互不相让的两派，鲁迅为一派的主将，麾下有冯雪峰、胡风、丁玲一干人马；周扬为另一派的主将，手下也有一干人马。都称得上兵强马壮，气吞万里如虎。从创作实力与社会影响上说，还要数前者；从年龄优势与党内地位上说，则要数后者。在上海没有争出个你高我低，一则是鲁迅先生去世了，再则是抗战爆发了，于是战场又转移到延安。冯雪峰、胡风都没有去延安，去延安的是丁玲。丁玲去延安的时间最早，大约在1936年秋，先是到了保安，后来才去了延安。周扬去延安在1937年。此时，时势不同而人事又大变，一进了根据地，丁玲就显得势单力薄了。有一个职务上的变化是很有意思的，在保安时，丁玲当选为文艺家协会主任，可是到了延安，成立边区文艺家协会时，周扬就是主任了。更具讽刺意味的是，居然还担任了鲁迅艺术学院的院长。

之后，丁玲在延安待不下去了，组织西北战地服务团去了山西。回到延安，她又因为一篇文章，受到批判。新中国成立后，二人原本应当平安相处的，不料周扬又动了杀机。丁玲沦为阶下囚，也就无可避免；马烽坚决辞职，无奈退守山西，也是明智的选择。

历史绝对是个文章高手，早在丁玲遭受厄运之前，便埋下了一个深深的伏笔，这便是办了中央文学讲习所。对这一点，我是这样说的：

> 富有戏剧性的是，在延安办过鲁迅艺术学院，且以此拼凑了自己班底的周扬，胜利后一朝大权在握，忘了办学校的重要性，竟让丁玲棋先一着。未必是有意为之，起初或许仅是一种责任感，50年代初期，丁玲办了个“中央文

学讲习所”，到五七年反右前，接连四期，培养了一大批解放区出身的作家。这些人，有作家的一面，也有革命干部的一面，在中国的政治运动中是不易倒台的，后来大都成为各省区文艺界的铁腕人物。这样一来，当上面的丁玲一干人纷纷落马后，全国的文艺界便呈现了一种奇怪的格局，上面是周扬一派掌权，各地又多是丁玲的弟子掌权，如山西的马烽、安徽的陈登科等。政令不一，各行其是。这也可以解释，为何那些年，有的人在上面备受冷落而到了下面却礼渥有加；有的人在下面平平常常，却会不断擢升。

于此便可以看出，山西的文脉，是怎样一个线索。影影绰绰的，是不是这样几个点，连成了似显不显的一条线。这几个点便是：

鲁迅——周文——丁玲——马烽。

我不敢说，我说清了一个问题，但曲曲折折地，总算说清了我要说的意思。

最后要说的是，我之所以写这篇文章，一半是出于公义，一半是出于私情。所谓的私情，不是别的，是 30 多年前，马烽和西戎两位先生，将我一家从吕梁山里调到省城，改变了我和我家人的命运。两位老人的晚年，并不怎么顺遂。这世上，总得有人为他们说上两句好话。

2017 年 12 月 15 日

次第春风到草庐

一

过去，我是不愿意填写个人家庭情况的。一写，就得写家庭成分，这对我来说，是件十分痛苦的事。因为，我有个不光彩的家庭成分：富农。

按说对这样的成分，是不需要做什么解释的，富农就是富农，再解释也成不了贫下中农。话是这么说，一点过往的歆羡，这么久了仍然驻留心间，还是有必要说明一下的。记得在我上高中时，还有参加工作后好长一段时间，都听闻有的成分不好的家庭，修改了家庭成分。这种事，起初在我听来，是不可能的。划成分是按家庭财产划的，总归是你有那么多的房子，那么多的地，才被划成了地主或是富农。怎么可能去申诉一番，就改了呢？当初据以为凭的房子和地，哪儿去了？

但确实有改了的情况存在。一般来说，地主、富农只会改为上中农或中农，不会改为贫农或下中农，这当然是因为贫下中农这个头衔太金贵了。古语云：“唯名与器不可假于人。”新社会了，不讲究什么器，名还是要讲究的，贫下中农就是一种很尊贵的名。我只是歆羡，从没有想到去做，这也是因为在我们这个家庭里，没有人有这样的脸面。

脸面这个东西，不全是贵气的意思，有时候也代表着一种怯懦。我说我们家没有人有这样的脸面，是说我们家里的人，都是读书人，谁也抹不下这个脸，去做这样不靠谱的事。我奶奶、我妈是女人，出去连门路也摸不着。我爷爷、我爸和我，倒是能摸着门路，可是说不了那个话。

我爷爷原是县商业局的干部，职务是山西临猗县临晋镇百货公司的副主任（主任由党支书兼着）。临晋镇原是个县城，跟东边的猗氏县合并后，才降为镇。我家就在镇东边的韩家场村，这个村与镇的东关只隔着一条土路，也可说是土壕。原本是路，下了雨，坡上的洪水冲下来，就成了壕。也就是说，我家就在镇上。我爷爷过去是县城的体面人，新中国成立后担任街上百货公司的负责人，也算是个体面人、懂政策的人。他要是找到公安局，说要改家庭成分，公安局的人不会笑出声吗？

我爸呢，也不行。我爸并不在山西工作，是在山东德州工作，还是在司法部门，当然不会是什么司法局之类的行政部门，而是一个司法执行单位，名字叫德州市生建机械厂。工厂怎么会是司法执行单位呢？不是我要绕这个弯，若是直说了，效果就不太妙。比如我直说，我爸在德州监狱，听的人就会说，看看看，家庭成分富农，父亲又在监狱服刑，这样的家庭，还想改家庭成分，不是痴心妄想吗？这就太打脸了。拐上这么个弯儿，效果就不一样了。我爸原在解放军部队，还在设在石家庄的中国人民解放军军政大学上过学，1949 年后部队驻守青岛，授衔时是少尉。1953 年复员，分配到一个离山西最近的山东城市——德州，在德州监狱当了一名管理干部。而在山东，所有的监狱，不管是工厂还是农场，都有一个"生建"的头衔。我爸若是去了公安局说要改成分，同是公安战士的公安局的人员肯定会反问上一句："你也是老公安了，就真的不懂得党的政策吗？有漏划地主的，能有漏划中农的吗？"

我呢，是曾存过这个奢望，但从来没有想过实施。我上大学的五年，有三四年正是"文化大革命"最激烈的那段时间，只想着怎么少挨点整，哪敢生出这样的非分之想？毕业后被分配到了一个山区小县教书，只图没事，哪敢再生事。就是我鼓起十二分的勇气去了公安局，嗫嗫嚅嚅说了自己的想法，人家眼睛一瞪，问上一句："你是学历史的，难道就没有一点历史常识吗？"我就会吓得赶紧退出来。

总之，我们这个家，从土改时定下成分，到 1978 年全国地主富农摘帽前，硬顶着这个富农的帽子，从没有动摇过。

摘不掉家庭成分的帽子，并不等于我们家的人没有做过别的努力。在这方面，做出最大努力的，是我爷爷。

前面说了，我爷爷是镇上百货公司的负责人，这说的是“四清”前。1966 年春天，“四清”结束的时候，他就不是了。那是什么呢？说来可怕，是被戴上富家分子的帽子，开除公职，回村里劳动。此后不久，“文化大革命”就开始了。一个戴帽的“四类分子”，在农村的待遇不问可知。爷爷毕竟是参加过工作的人，懂得党的政策，知道纵然是富农家庭，除非家里有“杀关管”人员，党和国家在对待上还是有差别的。过去，我们家也是富农家庭，但是三个成年人，两个是公职干部，一个是大学生，看不出待遇上的差别。而今不同了，他是戴帽子的管制分子，那么他的儿子（即我的父亲），他的孙子（即我自己），说不定就会大受影响。为此，他积极参加村里的劳动，苦活累活，从不躲避。事实上是，分配给他的总是苦活累活。过上一年半年，他总要用遒劲的钢笔字，写上一份申请摘帽的申请书递上去。他以为，乡里乡亲都是再熟悉不过的同村人，家庭成分改变不了，劳动好了，帽子总是可以摘掉的。他要求摘帽子的目的很简单，就是要让家里没有管制分子。可是他忘了，他的同村人正享受着革命带来的愉悦，怎肯让村子里少了一半的阶级敌人。

我们这个村子，叫韩家场，只有三十二三户人家，前巷一家地主，后巷一家富农，真正戴帽的也就两个人。给他摘了帽子，足斤足两的革命的对象，凭空就少了一半。过后想来，乡亲们的拒绝不是没有道理。只能说我的爷爷，虽说识字不少，字也写得蛮好，只是还没有达到“识字明理”的初级境界。

这样一来，爷爷的命运就注定了。正在他最为焦灼的那两年，全国范围内来了个“一打三反”运动，革命的形势，一下子紧了许多。听说我父亲的单位，要将所有出身不好的司法干部，全部清理出去。而我呢，恰在这时，在学校的“一打三反”运动中，叫办了学习班，这一来，他老人家是彻底地绝望了。就在我毕业之前的十一二天，老人家在门口的大槐树上吊自杀了。论年纪，只有 64 岁。

自杀是一种绝望，但是他老人家的自杀，却寄托着对家庭的一点点希望，希望往后，他的管制分子身份再不会让这个家庭增加一点点的阴影。

但他的死，只是他个人的解脱，对这个家庭说不上好，也说不上坏。我们这个家庭，在 1978 年全国地主富农摘帽前，就没有好过。反而是越来越坏，越来越没有希望。这个家庭里的孩子一个一个都长大了。从大到小，共是六个。大哥早已分家，且搬了出去。

我们家在韩家场的后巷，一个院子，前后两进，然而在那个年月，还是显得小了些。其实不是院子小，是里面住的人多，多的不是大人，是孩子。

我妈那边：我妈、三弟、四弟、五弟、六弟。我这边：我媳妇、我儿子、我女儿。共是八口人，八个农业户口。

这样的家庭景况，谁见了都发愁。更要命的是，三弟、四弟都到了娶媳妇的年龄，1978 年时，三弟 22 岁，四弟 20 岁。在那个年代，谁家的姑娘，肯进这样一户人家的家门呢？用我们那儿的俗话说，谁肯穿着雪白的袜子往泥里捺？

我是学历史的，面对着这样的景况，就算放开胆子，我也不会料到，剧变就发生在稍后不长的时间里。

二

大变化什么时候来临，自己也不是一下子就明白的。常是过上多少日子，经历了好些事情，方始明白，啊，一个新的时代开始了！

粉碎“四人帮”是件大事了。那时我在汾西县后山，一个叫勍香的镇子上教书，早就听说北京出事了，却迟迟不见报上公布。县里下来人宣讲、村里开会，都不允许“四类分子”参加，说是要保密。没过多久，报上就登出来了。报纸又不是不允许地主富农看，这样的保密，有什么意义？我在学校听了这个消息也没有如何高兴。

就在这个时候，我又出了个事儿，又叫办了学习班。这里用个“又”字，非是故作惊人之论，确确实实，好几年前，我就出过事，叫办过班。

好几年前的那个事儿，说大不大，说小不小，但极其玄乎，几十年之后说起来，仍有心寒胆裂之感。若是那个事儿成了真，现在的我，怕是已死了几十周年了。

1970 年的“一打三反”运动中，我差点被打成现行反革命分子。事情的经过，过去在几篇文章里都写过。只是不同时期，轻重有所不同。比如 20 世纪 80 年代，说起来就轻些，只说是快毕业了，革命的同学争着表现自己的革命豪情，我自己也有问题，叫人家抓住了，于是给我办了学习班。办班之前，先来到我住的地方，让我交出了全部日记。经过审查没有事，我就按时毕业了。再后来写，就重了些。说是学校战备疏散到昔阳县，我们住红土沟。“一打三反”运动开始后，突然一天夜里，来了工宣队、革委会几个人，还有我们班的班长，要我交出自己的全部日记。他们拿上日记走了，有几页日记散落在床上，我心里害怕，夜里起来捅火时，就将这几页日记塞进炉子里。

正要往里捅，对面炕上一个同学忽地跳起来，抱住我，大喝一声："你要做什么！"伸手抓起炉口的几页日记，去工宣队报案了。第二天早饭后，全系在村里小学的教室里，开会批判，口号连连，吓得我魂飞魄散，以为此命休矣。学习班办了两三个月，临近毕业我才被宣布无事，正常分配。

这么多年过去了，我还是实话实说吧，事情比前面所写的，要严重得多。他们，不一定是那几个同学的全部，但是他们中的主要人物，肯定知道办学习班的最终目的，是要给我定一个罪行。我们是在 1969 年的最后一天，以战备疏散的名义走到昔阳县。

过了不久，军宣队、工宣队进驻学校，开始清理阶级队伍，不知我们班上谁告的密，说有一句反动话是韩安远（我的学名）说的。这话的恶毒在于，一经坐实，我就背上"恶攻"的罪名，怎样处置，不问可知。有人会说，真的是这样吗？我敢说，是真的。证据是，1972 年夏天，我都到了上团柏学校，忽然有山西大学专案组的两位老师，来到学校，被告知我放麦假回了老家。他们又到了我老家临猗县韩家场村，说是要订正一下这个事，且告诉我，一定要咬死，说是在火车上听下的，不能改口。他们让我写了口供，画了押，说是回去就可以结案了。这两个教师，一个叫王志华，一个叫陈文秀，王先生已去世，陈先生还健在。

这次给我办班，已到了1977年夏天，所谓的“揭批清”时期。学校都放假了，只好把我叫到县教育局，住了好些日子。等到快开学了，才让我回家。回来还说要办下去，我去找县委书记郭巨会同志，他听了我的申诉，就让停办，并安排我参加农村社会主义教育工作队，算是深入生活，以便写出更好的作品。

“下乡”期间，看到报上“平反”的报道，我给临猗县委写了封申诉信，并寄上相关材料，要给我爷爷平反。趁回家之便，找到县委书记孙庚午同志，说明情况，并说已找过县公安局，对方不予理睬，反而嘲讽说，他们查了，四清戴帽子是有不准的，但是给我爷爷戴的帽子是最准的。过后孙书记了解了下情况，知道想通过公安局和工商局平反，阻力太大，便直接以县革命委员会的名义下发了文件，给韩儒倡同志平反了。正好我父亲在家里，他就在我家门前，也就是我爷爷上吊自杀的地方，给老人家办了简单的追悼仪式。

这是1978年夏天的事，我没有参加。9月，我回到家里，遇上个难缠的事儿。

我是1965年考上大学的，我下面有四个弟弟，三弟和四弟大些，五弟和六弟还小。

粉碎“四人帮”后，中央做的最得人心的一件事，就是恢复高考。这可真是个大事儿，对别人家的影响有多大我不知道，但对我们家的影响真是太大了。说实在的，地主富农摘帽，对我们家的震撼不是多么大，一来爷爷自杀后，家里就没有了管制分子，我和父亲都在国家公职部门，当时大学毕业生是按干部身份对待的。再就是，这些年经过的事情太多了，对“改正”这个说法，没有多少兴趣。右派分子摘了帽，不过是个摘帽右派，“文化大革命”中被批斗起来，并没有少斗一下。地主富农，在 50 年代后期到 60 年代前期，也有过“地改”“富改”的说法，但真要整起来，也没有轻过一下。我老伴当年还在农村，她就说过，生产队队长在宣布地主富农摘帽的会上，曾经旧话重提，说是摘了帽子不要得意忘形，你们的帽子还在贫下中农手里攥着，要乱说乱动，还会给你再戴上的。恢复高考就不同了，这是要考试的，只要让参加考试，就有了出头的可能。

回到家里我才知道，两个弟弟都做过努力，但情况并不妙。其实不是才知道的，两年里多次回家，好些情况是陆陆续续知道的。

三弟韩振远，是在德州出生的。1959 年，我父亲单位号召干部家属回乡支援农业，父亲和单位里的好多人都报了名。其他同事多是德州人，至少也是山东人，报了名，把家属往乡下一送，住上一段时间，没事了再回来。父亲不行，人老实，说做什么就做什么，报了名没几天，就把我母亲、我和三弟送回老家。不是他亲自送的，而是买了票，把我们母子三人送上火车，我们自己回了老家。

三弟回到老家，上了几年学，到了1971年，七年级毕业，相当于过去的初中毕业。能不能上八年级即高中，需要大队的贫下中农协会（简称贫协）推荐。不用说，自然是推荐不上。这样一来，三弟就早早回到农村，参加农业劳动了。当时我在汾西县的上团柏学校教高中，而我的弟弟在老家，连高中也上不了。我们一家人，竟没有一个人想到，既然哥哥在汾西县教高中，为什么不能把弟弟送去上学呢？这在当时，不是不可能。上团柏村，往南10里就是洪洞县的干河村，我们学校有个老师是干河人，就把几个干河村的学生带到汾西这边上学。据说其中有一两个学生，也是出身不好，在当地没有被推荐上。这一失误，让我多少年都觉得对不起这个弟弟。

我回到家里，知道三弟这一年参加了中考没有考上，想去附近一个中学复习，参加来年的高考。但他去了学校，学校不收，说只有初中程度，不符合高考规定。这样一来，三弟真是要绝望了。

再说四弟。四弟比三弟小两岁，初中毕业的时候是1973年，政治气氛稍有缓和，虽然还是贫协推荐，只是形势不那么严峻了。我还听说是他的初中班主任，一个叫南岩的老师，极力向临晋中学的校长推荐，说无论如何要收下这个学生。正好这年，临晋中学在正式教学班之外，要招一个音乐班，等于是扩大招生。扩招的是特长班，如此一来，贫协就管不上了。就这样，四弟总算是上了高中。

四弟高中读了两年，1975 年毕业，在农村劳动了大半年，正好大队的学校需要小学教员，管教育的干部看他还是块教书的料，就让他去当了代教。

这个学校的名字，在这里要说一下。我上学的时候，镇上的初小、高小学校全有，叫完全小学，简称镇完。校园面积相当大，靠西是一排一排的宿舍，我们上五年级的时候，不管远近，全都住校。镇上有两个大队，一个叫临晋大队，一个叫西关大队。“文化大革命”期间，不知刮的什么风，说是要将小学下放到大队办学。两个大队都想沾光，又都怕吃亏，硬是把一个清末就办起的老学校，拆了分成两个，各自就地形条件，办了个看着都憋气的小学校，后来教育改革，学制缩短，小学改成了初中，就叫临晋学校。原来北关的临晋中学，也是我的母校，则成了县教育局办的高中。

高考恢复，是在 1976 年冬，考试则在第二年的春天，也就是说，1977 年里有两次高考。春天这次，算是 1976 年的；

秋天的这次，才是 1977 年的。

四弟在小学当代教，参加了春天的这次考试。毕竟他高中毕业，又在学校的环境里，学业没有丢下，他的高考分数达到了本科的录取线。但是，当时社会思想还没有完全放开，管教育的领导干部，对家庭出身不好的考生仍然留了一手。看那意思是，让你们参加考试就行了，还能真的录取吗？另一个情形或许是，当时中央高层已经认识到，在高考面前应当人人平等，而下面执行者是一批忠诚的“革命战士”，仍要坚守在“战壕”里，狙击着那些拿着鸡毛当令箭的“狗崽子”们。不管怎样，四弟这次有幸参加了他过去不可能参加的高考。虽然他的分数够了，但没有被录取。对这样的状况，我虽然也有不满，但也看开了，本来就没抱多大指望嘛！

1977 秋天的高考，四弟也参加了。这次考的成绩，不太理想，故而没有录取。此时，四弟已灰了心，不想参加高考了。正好赶上小学教员集训，代教也参加，集训地点在离我们镇子 10 里远的泉杜村学校里。四弟骑着自行车，带着被子去了。到了集训地，被安排在教室里睡地铺。褥子铺开，一个挨着一个。刚去没什么事，大家在教室里闲聊。四弟的旁边，是一个四五十岁的老教员，听了四弟的情况，大为感慨，说你这个娃呀，现在能参加高考，你不去考，跟我们这些老家伙来集训，你的苦日子还有头吗？这话大大刺激了四弟。他思来想去，决定再参加一次高考。第二天早上，他就骑自行车回到家里。跟家人一说，大家自然都赞成。

四弟去复习的地方，是东张中学，那儿有高考复习班。学校的物理老师，就是住在我家隔壁的韩随欢老师。四弟有高中学历，又参加过高考，韩老师就收下了。

说罢四弟，再说我。

我在家里住了几天，回到汾西，又去了下乡的村子。思来想去，觉得这个时候，我这个哥哥，应当给三弟做点事。我对工作队的领导说，我不下乡了，要回到学校教书去。我之所以要求下乡，是想通过下乡认识县上领导，谋求离开教育界，去县上哪个机关里当个干事，也好早日调出汾西县。现在看来，没有这个可能，那就不如仍回学校教书。我说要回学校，别人以为是回到后山的勍香中学。实际上，我要去的是设在县城的汾西中学。

我去教育局，找到贾宝贵局长。从我分配到这个县，他一直是局长，待我甚好。我写长篇小说，印刷所需纸张的钱，全是他批了，在县教育局的账上报销的。他听说我要回来教书，很是惊奇，说汾西中学正在筹备明年的高考复习班，理科班还没有语文教员，你去吧，连班主任也兼上。这时已是 1978 年的 11 月。复习班不是高考一结束就办的，必须在高考录取工作完全结束之后，才考虑办还是不办。复习的人多了，有呼声，教育局才会办班。就这样我去了汾西中学。安排好宿舍后，我马上给妻子拍去电报，让她带上两个孩子与三弟一起来汾西中学。这年汾西中学的复习班办了两个，一个文科班，一个理科班。文科班的语文老师兼班主任是芮城县的梁勉之老师，是一位优秀的语文教员。我对他说，我弟弟来了到你的班上。

第二年高考，三弟考上大同师范专科学校中文系，四弟考上南开大学经济系。

他们的学习与此后的成就都可以写一大段，但我不想多说了。因为我心里清楚，在大的时代变革中，个人的能力与努力都是微不足道的。只能说他们赶巧了，这次的变革是朝着好的一面发展。

三

写到这里，感到太沉闷了，憋得心口都隐隐作疼，这也是我不愿意回忆往事的原因。还是说点轻松的吧。

前几天，有个女孩来家里，跟我聊起写作。我说，写作这种事不能拖，拖久了就没意思了。写作全在出名，出名不过是三拳两脚的事。她诡谲地笑笑，意思似乎是，你现在七十多了，也不过尔尔，怎么好意思说这样的大话。我见状补充了一句，说我们那时出名的压力大，不出名就办不成事。什么事？我说，我在吕梁山里教书，老婆孩子都是农村户口，我要离开吕梁山，还要把他们从农村捞出来，这压力多大呀，不出名行吗？她点点头，表示几分理解。对我来说，那些年的写作，真的就是三拳两脚的事。

我 1970 年毕业，1972 年开始写作，当年就在山西省文化馆的《革命文艺》上发表了一篇小说。第二年，写了个电影文学剧本投给北京电影制片厂。到冬天，北影要办个电影文学剧本学习班，就把我叫去了。参加这个学习班后来出名的，一个是江西文联主席杨佩瑾，一个是中国作协副主席张锲。还有一个是安徽诗人肖马，他当时是参加一个剧组的写作，他的女儿就是这些年红得发紫的小说家严歌苓。这当然是我后来才知道的。

转眼到了 1980 年春天，我已到汾西中学教书，三弟也已考上大同师专。在我开始带第二个高考复习班的时候，中国作家协会来了通知，让我参加一个名叫文学讲习会的培训班。去了才知道，这是一个高规格的讲习班。是丁玲复出后，仿照她 50 年代办的文学讲习所的模式办的，是培训青年作家的学校。我们去了不久，赓续前缘，讲习班改名为中国作家协会文学讲习所第五期。

山西的老作家，大都是文学讲习所出来的，如马烽、西戎、胡正等。半年后，我结业回到太原，见了这几位老作家，他们已视我为小学弟了。当时已有好几个年轻作家被调回省作家协会当了编辑。老马跟老西说，韩石山是中学教员，生活底子不厚，不要急着调回来，让他下去多多深入生活，不愁以后写不出好作品。两人商量好了，才征求我的意见，老马说他们想跟省委宣传部说一下，把我从学校调出来，安排在公社当个副主任，一边深入生活，一面练习写作，问我是愿意在汾西呢，还是愿意回临猗老家？我这人，平时懵懵懂懂的，到了这个时候格外机灵，我说在汾西 10 年了，还是在汾西好。其实我心里的鬼主意是，我老婆孩子都在老家农村，若再回老家挂职，这辈子都别想把他们接出来了。老马一想，觉得也是，又问我还有什么要求。我说没有别的，只是想着怎么能把他们转为城镇户口。老马说，这个可不好办，这样吧，这个报告你来写，在文字上怎么点一下，让当地政府给予关照。

我回去写了个草稿，拿给老马看。老马看了，觉得也还得体，就让办公室报上去。没过多久，我就去了汾西县城关公社挂职，担任公社副主任。至 1980 年底，我才办完各种手续，到城关公社挂职。

我一到城关公社，就把老婆孩子接到汾西，心里打定主意，不管能不能解决了城镇户口，我们一家是再也不离开了。说是这么说，但绝不会坐在家里等着馅饼掉下来。等到生活安定下来，我就去找县里的领导同志，说明自己的心愿，希望他们能给以帮助。我也知道，这个事情是很难的。难到什么程度呢？当时国家农转非的渠道有两个，一个是死亡名额递补，就是这一年死了多少，补上多少；另一个是自然增长，增长率是千分之一。汾西全县的城镇人口，不足六千，按这个增长率，每年只能增加六个。我家要办，就得占三个户口指标。

我知道很难，同时也知道，只要领导给办，没有办不了的。我等啊等，都等得心里发毛了，仍然没有一点消息。没办法，还得去催一催。我从来是空手去的，没有一次送过礼。

第二年秋天，忽然有一天，县革委主任韦彬的秘书来找我，说韦主任让我到他家里去。我去了，韦主任坐在炕上，炕上有个小炕桌。韦主任坐在稍微靠里的位置，见我进来了，指指炕沿，我便坐下了。韦主任说："石山同志，今天把你的事办了吧！"啊，我惊得一下子说不出话来。"你想想，你有什么依据，必须要办这个事，有啥就说，我们一起想办法。"

原来他是想要办，而没有想到办法，才把我叫去的。我也是灵机一动，想起马烽让我起草的调动挂职报告。我说，省委宣传部给汾西县委组织部下达的文件（我写的是报告，到了部里再发下来，就是文件了）里，有这样一句话："为使韩石山同志能够安心写作，请当地政府在生活上给以适当的关照。"不知这样的话，能不能作为解决家属户口的依据。

"真的吗？"韦主任的表情，简直是惊喜。我说是的，文件是我从省里拿回来，先去地委宣传部，找杨佐植部长批了，又带回来给了县委组织部。杨佐植是临汾地区的名人，我一说韦主任就信了，马上叫秘书进来（一直在外间屋里），让他去县委组织部找到这份文件，快快拿来。

韦主任的家，离县委不远，拐个弯就到。不一会儿，秘书拿着一份文件进来，交给韦主任，韦主任看着，脸上就现出了笑容，连声说好好好。接下来拿起笔，准备写什么了。我以为他会在另外的纸上写，没想到他直接在省委宣传部的文件上写了起来，写过之后让我看。我看了，写的是"公安局某局长、粮食局某局长：依据省里安排韩石山挂职的文件精神，我与某主任研究，决定解决其家属三人的城镇户口问题。韦彬，某年某月某日"。

见我不明白，韦主任作了解释。说县里户籍领导组共有五个人，三个是县级领导干部，两个是有关局长。这个上面，写了四个人，另一个是谁，你也就不必问了。让我去找他们办，他立即给他们打个电话。批字中的某主任，我记得姓薛，是县革委会的副主任，一个老同志，他的女儿就是汾西中学的学生。韦主任让我不要问的另一个县领导，我也知道，是当时的县委副书记，姓吴，且是我们临猗县人。他俩在工作中有矛盾，如果这个批件送到吴那儿，吴肯定不会同意的。

我从韦主任家里出来，回到城关公社所在地，拿上相关的材料，先去公安局，再去粮食局，一个圈子转下来，三口人的城镇户口就解决了。过后我才知道，就在韦主任让秘书找我的当天上午，临汾地委免去韦彬同志县革委会主任的通知已经下达到了县里。

就在我办理这些事的时候，父亲那边也传来了好消息。山东省落实政策，夫妻两地分居 25 年以上的干部，可以为其家属解决城镇户口。五弟当时 16 岁，恰在政策范围，六弟还小，也没有问题。就这样，父亲将母亲和五弟、六弟三人的户口一起迁到了德州。

1981 年冬天，临猗县韩家场后巷，我们那个原先窝着八口人的老屋，门上挂了个铁疙瘩锁子。

原先想起来就发愁的事儿，在不到两年的时间里，就这样轻轻松松，全都解决了。

附带说一下，篇名的那句诗，是我写《张颔传》时，张先生说给我听，我记下来的。后来在网上查了，系元人吕仲实所作，收入他的《辍耕录》一书，全诗是这样的：

典却青衫供早厨，老妻何为意踌躇。
瓶中有醋堪浇菜，囊底无钱莫买鱼。
不敢妄为些子事，只缘多读数行书。
严霜烈日皆经过，次第春风到草庐。

2018年5月9日于潺湲室

《夏鼐日记》里的张一纯先生

名人的日记，除了个人的经历，往往连带着一个人文圈子。当然，这位名人得足够有名，还要手勤，会记。原中科院历史所所长夏鼐，就是个足够有名的名人，手也勤，也会记。多年前的一趟“漫游”，我竟在他的日记里，遇见了我大学时的一位老师——张一纯先生。

我是山西大学历史系的学生。上学不久，就赶上了“文化大革命”，学制五年，但有四年半没有上过课。该毕业的时候，居然也毕了业。历史系不大，张先生的级别不是很高，不知是讲师还是教师（大学里有这么一类教员），反正不是教授。教授就那么几个，谁是几级，学生都清楚。但是，张先生在历史系，绝对是个名人。一是，大约 1960 年前后，他在中华书局出了本唐代地理书的笺释本——杜环的《经行记笺证》，稿费颇丰，买了一套《四部丛刊》。二是，张先生读书多，且记性好，有人去他家请教个历史典故什么的，他会指指手表，让人记住时间，一会儿找见了，再指指手表，让人知道他是多么的神速。

有这层关系，我在《夏鼐日记》里，遇见了张一纯先生，感到格外亲切。

夏鼐原本是中研院历史语言研究所的研究人员，1949 年史语所撤到台湾，夏鼐没跟去，回到老家温州小住，也是等着看时局的变化。温州是夏鼐故乡，也是学术之乡，同学朋友都不少，闲住无聊，便不时去看看朋友。也有文人借这个机会来拜访，张一纯就是这样跟夏鼐相识的。《夏鼐日记》1949 年 1 月 23 日载："今日沈炼之君偕张一纯君来谈，张君正撰《叶水心年谱》，欲向余咨询数事。"

这时，张先生已开始撰写他的《经行记笺证》，不久即以此事请教夏先生。《夏鼐日记》1949 年 2 月 20 日载："张一纯君来访，留其著作《吐谷浑三百年大事记考证》及《杜环经行记笺证》两书稿。下午取出张星烺《中西交通史料汇编》，以校其《杜环经行记笺证》。"1949 年 3 月 5 日载："上午张一纯君来谈，以《杜环经行记笺证》求正，略指出数点。"

这期间，张先生研究的专题，除《叶水心年谱》和《经行记笺证》，还有一本专著，名为《吐谷浑三百年大事记》。《夏鼐日记》1949 年 4 月 27 日载："下午张一纯君来，讨论其所著之《吐谷浑三百年大事记》，余为之订正数点。”

张一纯当时在永嘉中学教书。五六月间，夏鼐外出，回来后去看望了张一纯。《夏鼐日记》1949年7月15日载：“晚餐后，至温州疗养院，晤及管希雄君，托之附函致晓梅、逸夫二君。旋至永嘉中学，晤张一纯君，下午借得《册府元龟》，作增补《吐谷浑三百年大事记》之工作也。”

夏鼐对张一纯，显然极具好感。隔一日，7月17日日记中又载：“下午张一纯君来谈，谓永中内正办训练班，惧为轰炸目标，故晨间即携《吐谷浑三百年大事记》稿本，及《资治通鉴》一册，出来躲警报，仍欲以一星期之工夫，利用《册府元龟》作最后一次之修改，然后返瑞安，家居誊写清稿。其志殊可嘉也。”

夏鼐先前看的《吐谷浑三百年大事记》，只是上册。《夏鼐日记》1949年8月28日载：“开始写《甘肃考古漫记》中《千佛洞的艺术》。晚间张一纯君将其《吐谷浑三百年大事记》稿本下册交来。”

此后一连多日，《夏鼐日记》中都有校阅张稿及相谈的记载。1949年8月30日载：“校阅张一纯君之稿，摘出错误之点数处。下午至籀园阅报。晚间至沈炼之君处，高朋满座，知今日接任永中校长。遇及张一纯君，相偕至家中稍谈。”9月12日载：

“上午空袭警报解除后，张一纯君来，拟着手作《叶水心年谱》，余以旧稿授之，俾作参考之用。”9 月 29 日载：“赴叶岑君处晚餐，在座沈炼之、张一纯、戴幼和诸君，饮酒过量，返家后呕吐。”

秋冬之间，夏鼐去了北京，过年又回来了。大概在这期间，张一纯在职业上出了点麻烦，究竟何事，不得而知，他不便留在永嘉中学教书，则是肯定的。夏鼐与永嘉中学校长沈某交涉，看能不能介绍到别的学校。《夏鼐日记》1950 年 2 月 11 日载：“晚间至永中晤及张一纯君，少顷项经川及陈德煊二君来，大家谈了一阵子，二君以开教育会议来温出席，开了六天。”2 月 21 日载：“至张一纯君处，与之商酌，偕往访沈炼之、金荣轩二校长，皆无结果，金校长允为介绍温师。”

这期间，夏鼐曾与张一纯等人郊游。日记 2 月 27 日载：“下午晤及董朴垞君，提议郊游，偕往约张一纯君。”2 月 28 日载：“下午与妻儿辈偕往府前街照一合影，又至市立中学，晤及张一纯君，约定明日郊游。”2 月 29 日载：“晨天未明即起，赴小南门，董朴垞二君来，偕往茶院寺，雇船至白象，在白象塔畔徘徊许久，惜无梯，不能登塔颠四瞩，走行至头陀妙智寺。”从这两条看，张一纯离开永嘉中学，没有去温师而是去了市立中学，心情似乎也好了起来。

1950年3月间，与张一纯交往甚密。此时温州已获解放，但市面上似乎不甚安宁。《夏鼐日记》3月17日载："上午至市中，晤及沈炼之、张一纯二君，稍谈后出来。公立中学教职员减薪，莫不叫苦连天。温中分部及建华中学校舍，今日迁出，以便军队驻扎。"

进入新社会，张一纯总想做些新的学问。《夏鼐日记》3月31日载："张一纯携《社会发展史手册名词解释》稿本来，为之审阅数条，劝之删去'石史'一条。"大概工作（职业）一直是令张一纯头疼的一件事，他没有别的办法，认准只有夏鼐会帮他的忙，求职不能说空话，最好的办法，是出一本书。这时，夏鼐已是中科院历史所的副所长，所长是郑振铎，夏鼐是实际的负责人。日记1951年8月3日载："上午将张一纯君《历史悠久文化灿烂的祖国》稿本校阅一过。"8月5日载："上午赴东四七条北大宿舍，访张苑峰君未遇，将张一纯来稿留交，托其设法介绍出版。"

1952年9月，夏鼐回到温州。日记9月28日载："上午张一纯、陈德煊二君来谈，郑棨君亦来谈，他现在生活颇困难，在南门处摆香烟摊，旋偕张、陈二君赴温中，晤及王祥第君，谈至11时。宋易君（宋墨庵先生之子）亦来谈，并出董香光墨卷展观。"10月2日载："上午至温州市中访张一纯君等，未遇。至清明厂晤及王良恭君，《解放日报》登载华东区新生名榜。归途往市中，晤及张一纯君，将其《关于五胡乱华教学诸问题》一篇交还之，并指正数点。”

张一纯一心想离开温州，到大地方求发展，没有别的门道，只能是求夏鼐想办法，于是便来到北京。夏鼐只有托更有办法的朋友（领导）帮这个忙。从各种迹象看，是郑振铎先生帮了这个大忙，将张一纯安排在山西大学历史系任教。（后来据《温州读书报》总编卢礼阳先生电话告知，张先生调往山西大学任教，不是郑振铎的推荐或安排，而是因其时山西大学校长梁园东的接纳或邀请。）

《夏鼐日记》1953 年 8 月 2 日载：“晚间已入睡，11 时许号房敲门，谓有一张姓由温州来，知是张一纯君，延之入，谈至中宵 1 时余，始各入睡。”

8 月 5 日载：“晚间与张一纯君往访黄宗甄君，未遇。”

8 月 9 日载：“在家中，校阅石兴邦君辉县报告稿子。下午正中侄来，傍晚王载纮君来，留之晚餐。一纯君接山西大学来函，拟早赴晋。晚间金学山君来谈。”

8 月 11 日载：“今日休假开始，但仍至所中一次。暄儿陪张一纯君游览颐和园。晚间偕张一纯君，至郑振铎先生寓。”

8 月 12 日载：“今晨偕张一纯君至雍和宫，以正在修理中，未能进内游览。又至国子监，现有职工学校在内，亦不能进去。下午张一纯君赴太原。”

次年春天，可能是来查资料吧，张一纯来到北京，隔了一天，便来看望夏鼐。此公确实有相当的水平，夏鼐刚写好一篇追悼文章，就让张一纯帮他看看。《夏鼐日记》1954年4月11日载：“上午誊抄《追悼梁思永先生》一文完毕。下午张一纯来看我，他前天由太原来京，预备收集一些近代史论文目录的材料，并将近作《太平天国革命时代的妇女》给我看，我也将自己刚写好的追悼梁先生的文章，请他提意见。他主张删去‘出师未捷身先死，长使英雄泪满襟’‘天长地久有时尽，此恨绵绵无绝期’这些引句。我便依他的意见加以删去。安志敏同志来，我即交给他，请所中几个人校阅，提意见，然后叫尹达君最后审阅加发表。”

7月间，张一纯又来到北京，这次是来结婚的。《夏鼐日记》7月20日载：“下午张一纯君来谈，昨日刚自太原来京。”隔了一天，22日载：“上午张一纯君来所参观，沙孟海、党毕二君来谈，今日即离京南返。留张一纯君在家午饭，张君初次透露最近要在北京结婚消息。饭后闲谈，3时许始去，没有午睡。”

此后的日记里，很少有张一纯的事。直至1959年5月1日载：“下午张山樵同志来，说他父亲张一纯同志，仍在太原，近来身体不好。”6 月 25 日载：“给张一纯同志信，并寄去《水心年谱初稿》。”又 1963 年 5 月 15 日载：“下午写信给张一纯同志，关于叶水心年谱问题。”

此后几年，直到“文化大革命”结束，此期间夏鼐先生不记日记。

按说这样的老师，待政治运动歇下来，有了空闲，我是会去拜访的。料不到的是，大约是在 1968 年冬天吧，“武斗”刚刚停下来，社会上还乱，他去学校北边的坞城路书店，买了一套《毛泽东选集》，正手托着书走在人行道上，忽地一辆电车冲了过来，一下子将他撞死。开电车的是附近建筑学校的学生，事后似乎也没怎么追究，事情就过去了。

2018 年 6 月 8 日

住北京，看京剧

住在北京不看京剧，像什么呢？什么都不像。只能说，住在北京应当看戏，看了戏才不枉住在北京。再高的房租，多看上几场戏，也就值了。好多人算不过这个账，我是能算过来的。

这与我的成长经历有关。

少年时，我家在晋南一个镇上。这个镇，曾经是县城，我家就在东关口上。成了镇之后，县城的威风没有倒，除了衙门少了，该咋还咋。逢三、六、九一集，两三个月就有一个会。逢集赶会，乡下人来了，最大的享受是吃上一碗热锅子（相当于西安的羊肉泡馍），再就是看上一场戏。逢集不一定有戏，逢会必有戏。会上的戏，白天一场，晚上一场。我母亲看戏，总是选在晚上。父亲在外地工作，母亲在家带着我们弟兄几个。若是要看戏了，我和哥哥的任务，就是早早扛上凳子，在台子底下占好座位，自然也就跟着母亲一道看了戏。每次看戏，母亲总是一边看戏一边擦泪水。那时我还明白不了这是为什么，长大后自然就明白了。或许是受母亲的感染吧，我现在也是爱看戏，也是逢上看苦戏，一边看一边落泪。

我来北京好些年了，初到那两年，心说戏票不定多贵，不敢萌生看戏的念头，没事时，在家里听听电脑上储存的京剧名段，也就很满足了。时间久了，交往的人多了，说是真要看戏，不是什么难事，戏票不像想的那么贵。只要不坐前面的雅座，普通的工薪人士也是能消费得起的。有个年轻朋友，主动担起了买票的任务，我要做的，只是及时将票钱用红包形式发给他，届时他开车过来，我们一起去看就是了。

算下来，去年看了四场。先是春天在梅兰芳大剧院看了一场折子戏《过韶关》和《周仁献嫂》；五一前后，在长安大戏院看了一场折子戏《将相和》和《贵妃醉酒》；秋天去亦庄的博纳星辉剧场，看了全本的《搜孤救孤》；还有就是十多天前，去长安大戏院看了全本的《红鬃烈马》。第一场是中国京剧院演出，后三场，全是北京京剧院演的。长安大戏院的两场，还都是杜镇杰和张慧芳联袂主演。《红鬃烈马》里，最著名的一折，是须生与青衣名家必唱的《武家坡》。

此前在家里电脑上听的京剧名段，最爱听的几段中，就有《武家坡》，另一个名段当数《二进宫》。听得多了，我忽然悟出，京剧文戏里，有名的唱段，其路数几乎全是在“劝说”，这也正是戏曲教化功能之所在。

《二进宫》的经典组合甚多，常听的有李维康、耿其昌、邓沐玮组合，李胜素、于魁智、孟广禄组合，王蓉蓉、张克、杨赤组合。我这种水平，没有资格评价各个组合的优劣，只想从劝说的艺术性上，说说三个组合不同的特点，且只说扮演李太后的女性演员。这个折子戏的故事梗概是，李太后被他的父亲李良锁困在昭阳宫，方察觉这个父亲心肠狠似王莽，要夺她皇儿的绵绣江山。正好老将军徐彦昭和兵部侍郎杨波，来昭阳宫看望这位曾羞辱过他俩的李太后。此时，若劝说动徐、杨二位出马，则江山可保；若劝说不成，这江山定为奸贼李良所夺。徐、杨二人因与李太后曾有嫌隙，故此时并不言语，欲视太后的真实态度而后做定夺。这样一来，如何劝说，全看李太后的本事了。三个女角中，王蓉蓉是悲情派，慷慨激昂，大放悲声。李胜素是威严派，纵然落魄，仍保持着太后的尊严，明里劝说，暗里也有威慑。而李维康呢，一边恺切陈词，一边满面生辉，眉目灵动，既有深情，又有厚意，无论从人情上说，还是从表演艺术上说，都是最能动人心魄的。我将这个组合表演的《二进宫》“保存”了，想听了，打开电脑一点就播放了。

再说《武家坡》，这个折子戏是两人组合，名家的演绎就更多了。我也举三个，一个是杜镇杰、张慧芳组合，一个是张克、李佩泓组合，再一个是耿其昌、李维康组合。杜、张组合里，张慧芳扮相俊美，确有相府千金的份儿，唱腔也是中规中矩，如此一来，美则美矣，但少了明显的特色。倒是“试妻”时，杜镇杰那“坏坏”的一笑，让剧情顿显生机。张、李组合中，李佩泓的扮相娇羞甜美，颇似李维康年轻之时，张克反而显得太正经了。耿、李组合中，或许是因我爱看两人演的《梅龙镇》，仍觉李维康在此剧中有《梅龙镇》中李二嫂的妙姿，与其说薛平贵试妻，倒不如说王宝钏在戏弄憨憨的薛平贵。

对《武家坡》的唱词，我有些自己的看法。在薛平贵和王宝钏的对唱中，薛先唱：“这锭银子三两三，与大嫂做一个安家的钱，买绫罗，做衣衫，打首饰，制簪环。”到了王宝钏反驳时，竟是：“这锭银子奴不要，与你娘做一个安家的钱。买白布，做白衫，买白纸，糊白幡。”同样是安家钱，用项怎么会有这么大的不同？秦腔也有这个折子戏，叫《五典坡》，这儿唱的是“安葬钱”。只有“安葬钱”，才会是“买白布，做白衫，买白纸，糊白幡”，也才会“落个孝子的名儿美名传”。因此，我建议此处还是改为“安葬钱”为佳。

再就是，薛平贵唱罢“好一个贞洁的王宝钏，百般调戏也枉然”，退后一步，从腰间取出一物，虚晃一下，接下来唱道：“腰中取出银一锭，将银放在地平川。”这里给人的感觉是，这个女人太好了，于是军爷取出一锭银子作为奖赏，只是男女授受不亲，便将银子放在地上，让女子自己来取。当然，随后的唱词，也就袒露了他的良苦用心，不过是借此要与宝钏“一马双跨到西凉”。而在我看到的耿其昌、李维康早年表演此戏的一段视频中，薛平贵在唱这段戏文之前，还有个铺垫。铺垫的两句戏文是：“自古青酒红人面，财帛可以动心间。”

为什么要删去呢？想来是一用上“财帛”，就有不高尚之嫌。倘若真是如此，那可真是过虑了。戏剧作为一门艺术，要的是入情入理，而入情入理，重要的是入情。以财帛打动女子之心，是世间最为通用的法则。事实上，薛平贵随后也这么做了。莫非通常的“君子动口不动手”，到了戏里头，反倒成了“君子动手不动口”了？

2020 年 1 月 3 日

五作家莅晋讲学记

五作家者：从维熙、刘绍棠、邓友梅、林斤澜、刘心武。莅晋事，在1983年春夏间。莅晋地，临汾地区。记，追忆也。

鞋子小了，脚就显得特别大。说这话，是想起自己20世纪80年代的遭际。1980年夏秋间，我还是个中学教师，阴差阳错，竟参加了中国作家协会文学讲习所的学习班。在班上，我是个不起眼的学员，可一回到山西，再回到临汾，再回到教书的学校，一步一步就成了个人物。于是便有了接待北京莅晋五作家的荣耀。

要申明的是，我不是参与接待，而是名副其实的接待组成员，且是首席。给我这个荣誉的，是其时临汾地区文联主席郑怀礼先生。

郑先生在山西文艺界，可是个了不起的人物，就是马烽、西戎这些文艺界的大佬，也要让他三分，不，应当说是敬他三分。我原以为郑先生年纪比马、西二位小，上网查了一下，方知郑比马、西二位还要年长三岁。马、西二位同岁，均为1923年生人，郑则是1920年生人。再就是，他们都有参加过抗日队伍的经历。若论家境，郑比马、西二位还要好些。这从他们的作派上也能看出来。马、西二位身上，多些老干部的气质，而郑先生身上，则多些世家子的风度。他那个落拓不羁的劲儿，若在京城见了，要么会被当作天桥说书的，要么会被当作大宅门里的遗老。他平时脚穿圆口布鞋，什么时候见了，都是趿拉着，仅此一点，便可推想其余。这样的人，别说马、西二位敬着，我是一见面，就视其为高人。

敬着谁，说不定就会麻烦谁。这个民间的逻辑，在马、西二位与郑先生之间，同样适用。改革开放之前，文联、作协这类机构还没有恢复，别的地方我不知道，山西的情况则是，从省上到地区，一律称文艺工作室。这个文艺工作室，省里大概在1973年就成立了。这是我的推测，因为我1973年参加北京电影制片厂的电影文学剧本学习班，在北影招待所认识马烽和孙谦的时候，好像就有这个机构了。说是文艺工作室，实际就是过去的省文联。既是省文联，便会有省文联的事要做。1976年，文艺工作室遇上个颇为棘手的事，这便是从维熙的安置问题。

从维熙因“右派”获罪，用如今的常识推断，定然是“右派”一平反，他就没事了，原来在哪儿被打成“右派”的，回到哪儿安排就是了，但实际情形却不是这么简单。简略了说吧，他早先是被判了刑的，1976 年初刑满释放，但北京回不去，太原来不了，只能是就地安置。

据说他找了马烽，马烽跟西戎一商量，这件事，说了能办的，也就是郑怀礼。以老郑的脾气，我都能想出他们当年是怎么对答的。马烽或西戎说了，老郑问上一句：“杀了人吗？”“没有。”“放了火吗？”“没有。”“求，来吧！”于是就给办了。至于从维熙有多大的能耐，什么品行，老郑根本不管，知道他受过难，有马烽、西戎一句话就行了。

从维熙安置之初，我去地区文艺工作室办事，顺便看望过。他的住处在后排尽头，紧靠城墙的一间小房子，屋里就几个纸箱子，想来是从劳改地带回来的。当时他已开始写作，发了篇什么文章，挺兴奋的。他还问我，说又写下一篇，能不能推荐给《山西日报》发表。

再后来的事就不必说了，“右派”改正了，《大墙下的红玉兰》发表了，从维熙顺顺当当回到北京。到 1983 年的时候，他已是名满天下的大作家。

再说郑怀礼。1972 年他已是临汾地区文化局的副局长，1975 年成立地区文艺工作室，过来当了主任。省文联是 1980 年恢复的，地区文联不是恢复，而是组建，所以时间要迟些。

临汾地区文联的组建是在 1982 年，当时开了大会，老郑当选为主席。他这时已 62 岁，内定两年后离休。

一个在文艺界工作了一辈子的老干部，要解甲归田了，再豁达的人，心态也跟凡夫俗子差不了多少，要的是风光一下。不知哪位高人给他出了个点子，要开个大型的文学创作会，请名家来讲学。请谁呢，头一个便想到了从维熙。老从也是知恩图报，正当其时，自然是一说就准。不能老从一个人来，还得再拉上几个。这事是怎么定下的，我不知道，知道的时候，我已遵郑主席之命，赶到洪洞县政府招待所，位列接待组成员之首了。

这样的会，为什么不选在临汾召开呢？不是说在临汾老主席调动不开，而是临汾的剧场影院都太小，也就几百个座位。洪洞就不同了，过去县上的大礼堂全是为“三干会”预备的。洪洞是山西人口最多的县，大礼堂光座位就上千。可以说，这个创作会要开多大就能开多大。事实上也真够大的，虽说是临汾地区的创作会，实际上邀请了别的地市的代表，十个八个不等，能来尽管来，食宿全包。

郑怀礼这个人，做事也真怪。按说地区文联有副主席，也有各部门负责人，可他偏是怪招迭出，将这些人全都安排成后勤保障人员，而将韩石山、贺小虎（北京知青）等五个青年作家，安排为接待组，并下令，除了这五个人，文联其他人员不得接近北京来的五个大作家。

创作会的主要内容，是听五作家的讲学，一人一上午或是一下午。会期三天，头天上午是开幕式，仪式很短，接下来是从维熙主讲，其他四人，依次主讲。最后一天下午，安排五作家去参观了壶口瀑布。

讲课的场面有多大呢？现在说了，可能有人不会相信。但请一定要弄清，这是20世纪80年代，且是80年代之初，文学正是烈焰腾空的时候。讲课在大礼堂进行，座位坐满不说，连过道都全是人，贴墙也全站满了人。两边窗台上趴满了人，窗户高，有的干脆手攀窗框，站在窗台上。听招待所的人说，窗户都被弄坏了好几扇。有人说人数超过两千，依我看，只多不少。那几天，洪洞城里天天跟过年似的。

讲课之外，还有一件事，就是请五作家题词。从维熙、刘绍棠、邓友梅、刘心武四位写什么，全忘了。但记得的是刘心武的执笔法，类似苏东坡，三指执笔，如同常人拿筷子一样。再就是林斤澜写的字。先用行书写下两句诗："树上黄叶随风去，明日来寻都是诗。"他不满意，又用隶体写了一张，好多了。

那两年，我爱写评论文章，会后不久，见到林斤澜的"矮凳桥系列”小说，觉得好，写了篇评论，便用下句“明日来寻都是诗”做了题名。

2020 年 4 月 30 日

与徐志摩后人的交往

有感于世人对徐志摩的误解，一家出版社约我写一本《非才子的徐志摩》。我正好赁居京师，陪老伴看孙子，闲着也是闲着，便答应了。“非才子的徐志摩”，这个命题，意思是撇开“风流才子”的一面，专述其平生事业。正如写苏东坡，只写他“问汝平生功业，黄州惠州儋州”（《自题金山画像》），至于如何的“朝云暮雨”，就全不管了。

起了这个意，过去不会买的书，就得买了。买的书里，有徐善曾先生的《志在摩登》。他是徐积锴的儿子、徐志摩的孙子，书里揭橥其祖父的事迹不是很多，刊载的照片则是他人著作无法比拟的。全书分几部分，真正的传记只有 100 多页。传记中配有照片，凡是重要的，下面都注明“选自徐氏家族影集”。传记之后，是徐志摩的诗选。末后一部分，为徐氏家族影集。全书前前后后，刊出的徐氏家族照片，有好几十幅。

然而遍翻之后，我发现徐积锴先生单人的全身照一张也没有。再就是，徐善曾与三个姐姐初到美国，与父母一起拍摄的全家福也没有。缺了这两张照片，不能不说是此影集一个小小的缺憾。

“有这么两张照片吗？”

“有。”

“去了哪儿？”

“在我手里。”

这就不能不说到我与徐志摩后人的交往。

20 世纪 90 年代中期，写罢《李健吾传》，北京十月文艺出版社约我写《徐志摩传》，材料我已收集得差不多了。天津人民出版社又邀我编一套《徐志摩全集》。我对编全集的兴趣更大些，便放下《徐志摩传》的写作，开始做编全集的准备。

此前看到陈从周先生的一篇文章，说抗战期间，有个日本记者从硖石镇上的徐志摩故居抄走两册徐志摩的中学日记，带回日本送给他的一个朋友。这个朋友又将之送给研究中国文学的斋藤秋男先生。1975 年，日本社会科学家代表团来访，斋藤秋男为副团长，将这两册日记带到中国，交给了中国人民对外友好协会，希望能转交给徐志摩的家人。从后来的事实看，对外友协很负责，将这两本日记转交给了在美国的徐积锴先生。

要编《徐志摩全集》，这两册日记不能不收入。香港版的《徐志摩全集》，是陈从周参与校订的，未收入此两册日记。这是怎么回事呢？托上海的朋友打听，说陈先生已失语，问不出来了。这样一来，就只有问美国的徐积锴先生了。我去过海宁多次，托当地朋友打听徐积锴在美国的住址。朋友告诉我，说李文哉律师是徐家在海宁的代理人，肯定知道。我与文哉先生有一面之缘，去信问询，李先生见是办正事，就告诉我了。这样，我便与徐积锴先生有了联系。

起初徐先生不承认有这样的事，想来是人老了，怕麻烦，但是关乎他父亲的事，又不能不答复，就那样说了。我不死心，第二次去信，列举了证据，说明两本日记确实在其手里。这次不能不说实话了，他说当初要编香港版的《徐志摩全集》，陈从周跟他要，他寄给了陈。中间还出了个差错，本该上下两册一起寄的，他误寄了两本下册。陈发现后，他又补寄了上册，并嘱咐陈从周将多余的一本下册寄还他，陈没有办。为这事，老先生颇为生气。

《徐志摩全集》编了好几年。到了2000年，海宁的虞坤林先生告诉我，陈从周去世后，他去陈家吊唁，顺便问起《府中日记》（即徐志摩中学日记）的下落，陈先生的女儿没费什么事，便从书柜的下层格子里找见了包扎得好好的两册《府中日记》。想来是陈先生收到徐积锴补寄的上册后，复印了一份，这样就有了两套，将一套寄香港，一套自己留下做研究用。虞先生得到后，复印了一份给我。再后来，虞先生将这两册日记整理出来，连同其他四种，出版了《徐志摩未刊日记(外四种)》。我编的《徐志摩全集》即据虞的整理本录入。

《徐志摩全集》编定后，将书稿送交出版社，我就不管了。腾出手来，接着写《徐志摩传》。临到《徐志摩传》出版的时候，编辑问能不能有张别处没有用过的徐志摩的照片，显得我们的书有些新意。于是我又给积锴先生去信，提出这个要求。有了前面两三次的通信，老先生对我印象还不错，见《徐志摩传》要出版了，这个忙不能不帮。可是他的相册里，确实没有他父亲的照片，过意不去，只好寄来两张别的照片，一张是他的全身照，是在庐山坐在一块石头上照的。正好徐志摩也有这么一张照片，对比之下，还有点意思。另一张是他的四个儿女，20 世纪 50 年代中期从香港来到美国跟他夫妇团聚，一家六口在一座大厦前照的。照片上能看出，他的夫人张粹文女士真是一等一的美人。

此照片可印证一件轶事。积锴先生到了婚配年龄，母亲问他要找个什么样的女孩子，他的回答跟他父亲是一个路数，说“我只对漂亮的姑娘感兴趣”。他的母亲明知自己是“栽”在这样的男人手里，可轮到儿子了，还是打心里喜欢。他的母亲当时是上海女子储蓄银行的副总，办这个事不难，便在朋友圈里物色，给儿子介绍了这位绝顶漂亮的名门闺秀。这还不够，婚后多年，又送儿子带上儿媳赴美留学，就读于前夫曾读过的哥伦比亚大学。

这两张照片都是原照，且能看出是从相册上揭下来的。背后四角，均有黏起的黑色的纸屑。

《徐志摩传》的前面要放几张照片，单独放徐积锴的不好，便放了这张全家福。没过多久，广东教育出版社让我编一本《徐志摩画传》，积锴先生的那张单人照也派上了用场。

《徐志摩全集》书稿送给出版社，一放就是好几年，临到要出的时候，我想，是不是可以让积锴先生在前面写上几句话，算是小序。台湾版的《全集》前面，有他的小序，文字甚佳，篇幅却不长。去信问了，老先生说他年事已高，“出国以来已五十余载，平时除偶尔与朋友书信往来以外颇少应用，中文字已续渐忘却，不要说写文章了”。

《徐志摩传》是 2000 年出版的，出版后曾寄给积锴先生。天津人民出版社的《徐志摩全集》拖到 2005 年才出版，按说也该寄一套给老先生，但没寄，我以为他已经去世了。此番购得《志在摩登》才知道，积锴先生是 2007 年去世的。

这就要说到与徐志摩长孙徐善曾先生的交往了。

2012 年 6 月，留法的张葵女士联络中科院院士孙枢等人，在济南开了个徐志摩国际研讨会，邀请的来宾里有徐善曾先生。张葵女士问我，能不能送给善曾先生一套我编的《徐志摩全集》。我不曾犹豫，当下就答应了。其实出版多年，我已没有多余的书，手边的一套，上面有我的勾画增补，不能送人。市面上又没有卖的，想起女儿家有一套，便拿来带到济南。上面有我写给女儿夫妇的题签，也顾不得了。在会上，作为一项仪程，把书送给了徐善曾先生，算是补上了没有给积锴先生寄书的遗憾。

会上，善曾先生还在我的笔记本上写了一段话，全是英文。我回来叫人译给我听，都是些感谢的话。

我与积锴先生的通信，共有五通。其中一通，送给了李文哉还是虞坤林，记不清了。印象中好像是谁帮了我个忙，又无以回报，便将积锴先生的一通信顺手送出了。那个时候人们之间多是书信交往，信里再夹一封信不是个事儿。

2020 年 5 月 9 日

【附】徐积锴致韩石山书信（四通）

第一通

韩石山先生大鉴：

刻奉手书，知有关先父全集事，颇为热心，深表铭感。但实不相瞒，来信所谓“府中日记”，从未见过。数年前，凡有与先父有关资料，均寄陈从周先生处理。故敝处已无任何资料可寄，实深歉疚。专此奉复，顺颂

时祺

徐积锴谨上　一九九八年十二月七日

又：近年来敝人脑筋失常，外加手抖，故任何事嫌烦，今此事特殊，不敢不答，尤冀原宥为盼。

第二通

石山先生大鉴：

大札奉悉多时，实因杂事烦恼，未克遽复为歉，手书所提各点，兹作复如下：

奉上敝人年轻时照片一张；

敝夫妇与子女（四人）亦奉上一张；

敝人向无传记，一以笔拙，无先父之才能，二以旧事已不复能回忆，有失雅望。

“府中日记”当初寄陈从周先生时误寄了两份一样的

半本，后来他发现后，即将另外半本寄给他，他也没有将多余的半本还我。1997年我带子女四人前往硖石扫墓，同时因我年老，不便再去，带他们看看这个老乡，并率小儿去看望陈从周先生一次，希望能找到那半本“府中日记”，想不到他已言语支吾，虽由他女儿帮同找寻，亦无结果，只好扫兴而归。

来信所索我已答复为上，请原谅我年老体弱，不复能从“无中生有”，小儿不识中文，故来信已由我作复，他看了也不懂，匆此都复并祝

时安

徐积锴谨上 1999年9月15日

第三通

石山先生大鉴：

11月28日来信敬悉，承不弃，将贵作“前言”之职委之于锴，实不相瞒，锴自1947年出国以来已五十余载，平时除偶尔与朋友书信往来以外颇少应用（中文），中文字已续渐忘却，不要说写文章了。故此事实难从命，切祈恕罪，匆此作复，以便早日另觅贤者。专此即请

大安

徐积锴上 1999年12月11日

第四通

石山先生大鉴：

今奉手书及附件，均已收到，欣悉先父日记两册都已找到，请将两册都复印后寄小儿处，地址如下（略）。

有关费用连邮资请来信告知，以便立即寄上，最好折合美金之数，来信称先生拟出一本《徐志摩画传》，闻之欢迎之至。不知此信是否足够？如是对外，请寄下一稿容我抄录。至于先父照片，实在抱歉，因先父生时，在家颇少，未有同摄照片，故无法寄上，匆此布复，并颂

时安

徐积锴谨上 2002 年 3 月 19 日

潘亦孚：《花笺》里的一个原型人物

我认识潘亦孚先生，有些年头了，想要写他，却是近来的事。起因嘛，说起来有些不地道。我在长篇小说《花笺》里写了一个人物，叫潘亦复，就是以他为原型创作的。所谓原型，真要写起来，也“原”不到哪儿，调盐加醋、涂红抹绿是免不了的。我怕小说出来了，老潘见了会说，老韩啊，潘某待你不薄，怎就背后捅起刀子来了？

与其等他彼时说，不如此时我先说了，说说这位老潘究竟是何许人也。

先说与他的交往，以见我俩情谊之深。最初我们相识，有个中介人叫刘绪源。刘比我小几岁，跟老潘年纪差不了多少。刘在沪上算得上是一个文化名人，编过《文汇读书周报》，后来是《文汇报·笔会》主任编辑。他编《文汇读书周报》时，我就是他的作者，在他手里发了好些文章，我的现代文学研究者的名声，有一半是拜此公所赐。刘先生已去世，过去不便说的话也可以说了。最重要的一条，是我批评黄裳的关键材料为刘先生所提供，而刘先生之所以提供材料，又是出于对潘先生的仗义。

且摊开了说。大约20世纪90年代初，潘亦孚结束了他办的企业，转向收藏，在上海长住下来。他鹰隼一样的眼睛，最早盯住的是沪上几个有收藏名声的文人，其中之一便是黄裳先生。给他充当掮客的，则是有“黄门侍郎”之称的刘绪源。“黄门侍郎”这个雅号是我起的，绪源也不怎么在乎。后来我将这个雅号，奉献给另一个常在黄家走动的朋友，据说他是闻之大怒，声言是我对他的挖苦。这就小题大做了。黄裳是沪上文坛的大腕，他们常在黄家走动，有侍坐的荣宠，借了古代皇宫的官名，称之为“黄门侍郎”，顶多算是一种雅谑，哪里谈得上挖苦？我又不是不会挖苦人，我想要挖苦，会比这个刻薄得多。

话说某年月日，经刘两头递话，终于达成一宗生意，黄裳出让30张花笺，有的是小幅字画，潘这边出价20万（这些数字都是约数，将来黄先生的日记面世，当以日记为准）。交割之时，黄先生在家，潘先生在附近一家酒店坐镇。刘将钱送到黄府，并带了字画回来交潘验看，潘一看，其中一位大名家的信笺与初看时不同，竟是“复印件”。可不是普通的复印件，是极为逼真的那种，用行家的说法是，差真迹一等。但即使再真，也瞒不过老潘那双鹰隼一样的眼睛。

“怎么会是这样，上次看过，明明是真迹呀！”刘也懵了。

清醒后，先由刘打电话到黄府，不料黄竟说出了门，是什么他都不认了。一个文化人竟会如此行事，潘也恼了，要直接打电话给黄。刘怕事情闹大了，两下都没面子，当下按住潘这头，带了复印件，直奔黄府。不一会儿刘回来了，原件自然不会带来，带来等于承认是自己倒换了，但也还说得过去，带来的是胡适的一小幅字。但在当年，胡的这一小幅字比不上那位国内的大名家的字。最后，潘一想，也就算了。胡适的这一小幅字，就是后来印在《百年文人墨迹》里的《贯酸斋的清江引》，上款是张充和与傅汉思的名讳。左下角，有张充和的小字：“黄裳留玩，充和转赠，一九八七年四月。”黄先生自己有文章谈到过，说是张充和回国，两人在上海见面，黄说他曾有胡适的字，后来怕惹事给烧了。张回美国后，就寄来了这一小幅胡适的字。前面说过我对黄的不屑，那事自然不能写，便借黄将胡字出手这件事，写了篇《黄裳：这样的藏品也肯卖》，在我编的《山西文学》上发表，打响了“贬黄之役”的头一枪。

此后几年间，陆续发表的文章有《可怜天下黄迷心》《这件事该怎么办》《我与黄裳先生的是是非非》。批评这种文人，是我的顽劣，没什么可称道的。只是这次不为无故，确有给潘亦孚出气的意思。纵然如此，此时我俩还不相识。

不相识而对此人有敬意，是源于一件事，这也是刘绪源告诉我的。说是章诒和平反后，想去法国待一段时间，苦于手头没有钱。其父亲被抄的字画几经周折，要回来一部分，便想到卖上两幅以筹措路费。这是我起初听到的。再后来看书，方知章之所以出售字画，是为了以她母亲的名义筹措一项教育基金，“将父母之物，用之于父母”。不管怎样，章是要出售手中包括张大千的《落日渔樵人》在内的两幅名画，要价自然不菲，后来又加了一幅齐白石的名作，共是20多万。这个价钱，现在听起来不算什么，可那是20世纪90年代初，北京城里竟无人接手。有朋友推荐，潘亦孚来了，二话不说，如数付与。

“也不搞个价吗？”我问绪源。

“他这个人，看上的，不会搞价。不能光看成买画，他也有济困名人的意思。”

这样的事儿，闻之能不顿起敬意吗？

再后来，是2014年，他的《一觉山话》出来，寄给我几本，我留了一本，其余分赠友朋。一位朋友看过书后跟我说，此人对你很是尊崇。我说何以见得。他说此书自序中引用了你的话。我这才翻找，确实如此，是引用了我的一句话，在他那篇长序的最后两句里，原文是：

> 近年，自觉饮食衰退，耳不聪，目不明，多年吸烟造成的肺气肿日趋严重，夜咳惊寤，已听得见发自天籁的三更鼓、五更钟，觉悟当留生命的一小截，干一点别太自私自利的活，或至少如韩石山先生说的，“老了应有个老了的样子”。否则这么多年了，不是我玩字画，而是字画玩了我。

直到此时，我俩还没有见过面。见面是在2016年，我和老伴来北京看孙子之后。

接着说我们相见之后的事，以见此公待我是真的不薄。

在北京，我们老俩口住在儿子家里，有一个房间不大，也不能说小。平时我就在这儿看看书，写点什么。一天，老潘来电话，说他到北京了，听朋友说我在北京，要过来看我。过了半个小时，他来了，比我想象的要老些，主要是瘦，面带烟色，但也还精神。坐定之后，他摸出烟，想了一下，问可以吸吗？我说不可，他就又放了回去。谈了一会儿，他提议去他的住处，在朝阳区的某某酒店。我说可以。去了，聊得也还开心，不到五点，他说下去吃饭吧。在我看来，两个人吃饭，点条鱼什么的也平常，可他点的鱼，一条下来要2100多元。这我可不干了，说这是做什么。他说初次相见嘛，贵就贵点。可在我的观念里，一条不大的鱼，怎么也不该是这个价。若是相熟的朋友跟我来这一套，我定会说别吃了，折现吧，一人一半，给我1000就行了。可是这位是敬着我的有钱人，我不能说这号没见过世面的话。

也是这年六月吧，上海的陈歆耕先生出了本书，开了个研讨会，邀请了我。会后返回之际，陈歆耕问我是回北京，还是回太原。我想，反正是他们出钱，钱也差不了多少，何不去温州看望一下老潘？陈歆耕让人帮我买了车票，于是便在当天离沪到了温州，见了老潘。

来温州，我是怀了鬼胎的。我与老伴在北京，说是照看孙子，实际是老伴既照看孙子，同时也照看我。我在太原的大房子里住惯了，住在北京儿子家里，心里总觉得不舒畅。找老潘，心里打的主意是，给他写一本传记，给我二三十万，加上我的积蓄，再把太原的一处房子卖了，在北京儿子的住处附近买个小点的二手房，跟老伴住。白天老伴去儿子那边“上班”——看孙子，我独自在这边待着多快活。

来到温州的当晚，老潘请我吃饭喝酒。借着酒劲，我全跟老潘说了。老潘也真够意思，说写传什么的不用了，借你二三十万都不是个事儿。只怕你的这个想法，不会实现。因为你在太原的房子是留给儿子的，卖了，老伴怎么会答应？最好的办法，是在你儿子的小区里租一套房子住，既省心又实用。见我犹豫，他问有什么困难。我说，我倒是有钱，但都在老伴手里，老伴要是不给，我是一点办法也没有。老潘说这好办，我给你10万，你回去先租下房子再说。当即叫来他的助手，问我要了银行账号，吩咐明天给这个账号打上10万吧。

我出来开会前，正好儿子的一个朋友要去南方发展，现成一套150平方米的房子要出租。第二天我就给儿子这个朋友打了电话，说我要租，叫他把房子留着。他问韩波（我儿子）答应吗。我说，我有钱，不管他答应不答应。最后当然是儿子也同意了。这样，我一回到北京，就交了全年的租金。到现在，我还在这大房子里住着，离儿子住处不超过古人说的“一箭之遥”。

在温州，临行之际，为了布置未来的书房（我租的整套房子就叫书房），老潘送我一幅山西督军阎先生的真迹，文曰“发扬文化”，是阎先生去台湾后，给一家诗词刊物的题词。他还送我一幅高仿的国画，乃是傅抱石的名作《渊明归隐图》，顺便还跟我说了这幅画的来龙去脉。这幅画是他多年前在香港嘉德拍卖会上以数百万的高价拍下的。这几年，傅抱石的画作，尤其是他抗战期间在重庆金刚坡的大幅画作，拍卖价嗖嗖往上蹿。这幅《渊明归隐图》现在若上了拍卖会，没有1500万拿不下来。可是就在几年前，他将此画转让给朋友了。为什么呢？因为他有一个大的收藏项目要完成，手头现金不足，只能忍痛割爱。出手之前，商得买家同意，专程去了趟上海，用国内最好的大幅字画复印机，复印了几张。现在他家楼梯的一侧挂原画的地方，画框还是原先的画框，里面的画作已非原件，而是复制品了。他手头还有一件复制品，就送我了。他又怕我小气，特意叮嘱，这样的画，即便是复制品，也要用好木料的框子，因为画幅太大，框木不好会使画作走形。我回到北京，专门去琉璃厂，找了一家大装裱店定制画框，花了 1000 多元。

仍是在温州，闲谈中我说，来到北京，少说也要住个十年八年，预备刻一方闲章，刻什么呢，就刻个“万人如海一身藏”。老潘大喜，说应该，大隐隐于市嘛。其时是晚饭后，我俩在他的楼上房间喝茶，说过这话，他起来去柜子里摸索了一会儿，过来手里拿着一方石章。

“这个够大的，刻七个字没问题，拿去磨了刻你的。”说罢，他又取出一个绵缎小盒，说这是多年前买下的一对鸡血石章，一直未刻，也送给你吧。

他送我的那方有字的石章，说“磨了刻你的”，回来后我没有磨，在网上查了边款署名，乃是西泠印社创办人之一的叶舟先生为杭州某富室所刻。

这些事，说老潘待我不薄，都是轻的了。

说了这么多，该轮着说老潘在收藏上的业绩。他怎么个有钱，我不想多说了，只能说，温州人毕竟是温州人，而他又是个杰出的温州人。其身世、其经历，合在一起可以写一部长篇小说。说到这儿，我想起来，还真的有作家以他的经历写过一部长篇小说，书名叫《彼岸》。写他当年在法国重然诺，出重金购回一堂国宝级黄花梨木器的事。作者鲁娃，也是温州人，这些年旅居海外。该书先是在台湾出版，随后又在北京的作家出版社出版。两个版本，潘先生都曾寄给过我。

他的收藏，前面说了有《落日渔樵人》《渊明归隐图》，可见一斑。但这只能说是标志性的事件，并不足以概括他收藏的整体面貌。能显示其整体面貌的，是他出过的三本书，一本是《亦孚收藏》（香港世界图书公司 1997 年出版），一本是《百年文人墨迹》（上海复旦大学出版社 2001 年出版），一本是《一觉山话》（上海中西书局 2014 年出版）。这三本书显示了他收藏生涯前期的成果，主要是名人字画，这里就不赘述了。

我要说的是他后期的收藏成果，即鲁娃在《彼岸》一书里写的事儿。这也是我想为他写传要写的事儿，也是我在长篇小说《花笺》里用了一整章的篇幅写的事儿。

这话得扯远了说，多远呢？不多，三四百年吧。太沉闷了，且让我用叙事诗的形式，将这段彪炳千秋的英雄史传写出来：

在中国的历史上，多少往事啊可歌可泣，
论艰辛，都比不上吐尔扈特部落的东归。
他们是蒙古族的嫡裔啊，却远走又高飞，
明崇祯三年，迁徙到了伏尔加河的下游。
原本也能安居乐业，不料沙皇起了祸心，
要将这个蒙古汗国，改造为俄国一个州。
刚登上汗位的渥巴锡在王宫前发下宏愿，
不做沙皇之奴，再远我们也要回归故里，
转身用手中的火把，焚毁了华丽的汗宫。
于是，十七万吐尔扈特人的雄伟队伍，
扶老携幼，车载骡驮，朝着东方迤逦而行。
沙皇闻讯，勃然大怒，派出了哥萨克拦截，
一场恶战，又一场恶战，终于摆脱了追兵。
可前面的行程啊，更加艰难，也更加凶险，
冰封的乌拉尔河，还有茫茫的哈萨克草原。
渡过巴尔喀什湖，穿过陡峭的塔拉斯河谷。
终于在同年七月，抵达新疆伊犁的察林河畔。
十七万人的庞大队伍，仅剩下了不到七万，
衣衫褴褛，形容枯槁，如同墓穴里的鬼魂。
然而，见了皇上派来迎接他们的大清军队呀，
个个喜极而泣，扑俯在地，如同见了娘亲。
大队驻扎在伊犁休养，渥巴锡汗前往陛见，

承德的避暑山庄，拜见了尊贵的乾隆皇上。
册封渥巴锡汗为亲王，疆域就在伊犁河畔，
论头功，当数巴木巴尔，给封号是多罗郡王。

且把这个故事说完——

此人虽孔武有力，内心却是个风雅的文人，
忽一日相中了京城某亲王家里的一堂木器。
全是黄花梨阔板榫接，全是名家的精工制造，
多罗郡王，以赏赐的全部财宝，与之交换，
又是马车，又是骆驼，运回伊犁新建的王府。
多罗八世，有个漂亮公主名叫尼锡达尔玛，
骑射之余，诗书之外，喜欢上了西方的绘画。
此时已进入民国，父亲送她去了法兰西学艺，
在法兰西，蒙古公主爱上了一个法国的小伙。
小伙叫米歇尔·贝尔阿勒，儒雅俊秀又英武，
原是法国贵族的后裔，又是饱学的现代绅士。
北洋政府时代，西方各国都有驻京总领事，
谁也没有想到，米歇尔就被法国派到中国。
几经战乱，多罗郡王的那一堂黄花梨木器，
已安置在北京，干面胡同一个大院北屋里。
国民政府在南京成立，米歇尔升任了大使，
那一堂贵重木器，又随他夫妇搬到了南京。

转眼到了一九四九年，南京政府撤到台湾，
订下最后一班轮船，米歇尔夫妇也将撤离。
该带何物，该弃何物，两人心里都在念叨，
两对目光，滑过了鲜亮的瓷器，又移过了华丽的衣裳，
最后的目光，定格在这一堂古老而又贵相的家具上。
这是祖上遗留下的珍宝，再怎么也要带在身旁，
于是乎，全部运到了塞纳河左岸，放在那个石砌的楼房。

再往下说两句吧，到了 20 世纪 90 年代，巴黎塞纳河左岸这所楼房的主人，早已不是米歇尔与尼锡达尔玛公主，也不是他们的儿子，那个叫查理的法国老人，而是这个老人年轻时就恋上的一个美人，做了他多年的情人，最后才做了他夫人的苏姗娜·吐尔扈特女士。此时的苏姗娜已有七十多岁。

好了，下面的故事，该说潘亦孚这个精明的温州人是怎么到了法兰西，又怎么将这一堂黄花梨木器买下运回了中国。

不行，还得先说另一件史实。为什么我会动了给老潘写传的念头，说是为了挣他的钱，只不过是个由头，我是真的想写一部当代人物的传记。这样从徐志摩（1897 年生人），到李健吾（1906 年生人），到张颔（1920 年生人），再到潘亦孚（1950 年生人），就是一条中国近代史的长链。在他身上，折射出的

历史变革实在是太多了。他怎么去的法国，也隐含着一个历史事件。

20 世纪 70 年代，中国一个有名的歌舞团去法国演出，临到返回的时候，好多女团员转眼不见了。在当时叫“叛国”，现在叫什么，不知道。但也不会是好事，只是不追究了。这些女孩子当时就加入了法国籍，到了 90 年代，二十几岁的人都成了四十几岁，人老珠黄，再要跳跳蹦蹦是不可能了。谋生要紧，于是顺应时势，她们参与了一个新兴起的行业，这便是“引渡”国内想去法国生活的人前往法国。办法很简单，两人办个结婚证，男的就可以到法国了。按法国婚姻移民规定，只需待两三年，再离婚，这男的就成了合法的法兰西公民。老潘去法国，用的就是这个办法。据他说，那个跟她结了婚的舞蹈女郎，还真有几分姿色，且想跟他真的生活下去。他自然不会上这个当，到了规定时间，离婚了事。

到了法国，老潘先在马赛，后来到了巴黎。据他跟我说，所住的房子就是塞纳河畔苏姗娜·吐尔扈特家古老的宅邸。而我看了鲁娃写的《彼岸》上说，他一住进来，苏姗娜老人就看出，这个中国人是奔着她那一屋子黄花梨家具而来的。不管怎么说，到了后来苏姗娜信任了这个中国人，答应将几件主要木器出让。为此，他卖掉了傅抱石的《渊明归隐图》。

事情还没有完。那一堂木器中没有出让的几件，虽不是很大，却分外精美。大件得手后多少年，贪心的潘亦孚一直念念不忘，有时真是到了夜不能寐的地步。几年过去，苏姗娜老人80多岁了，身体日渐衰弱，决计去瑞士的养老院度过余生，她手头的这几件木器不得不再作处理。这时，老人又想到那个温州男人，为此还专门来到中国，看看先前卖出的木器保管得怎样。来看了后，她非常满意。老潘安排她去了苏杭游览，又让助手陪她去北京，看了干面胡同里她丈夫早年住过的院子。临走时，苏姗娜对潘亦孚说，你随便给几个钱，剩下的那几件，你也收了吧。就这样，400年前多罗郡王从一位北京亲王手里买下的满堂的黄花梨木器，去了伊犁，回到北京，又去了南京，再去了巴黎，最终又经潘亦孚这个温州人之手，回到了中国。

这堂黄花梨木器有多珍贵呢？说一个数字就明白了。那个上面是独板下面带三个抽屉的翘头大条几，独板的宽度，故宫博物院里的那件也没有它宽。

最后要说的是，从我在《花笺》一书里对老潘这个人做了怎样的处理，就可以知道，我为什么害怕书出版之后，他见了会责怪我太不厚道。我将潘亦孚在《花笺》书里化名为潘亦复。专门写这个潘亦复的共三章，分别是第十一章《一觉山话》，第二十三章《又见潘亦复》，第四十四章《吐尔扈特公主的故事》。

他看了，会以为《又见潘亦复》一章是丑化了他。本来我是去了温州的，可是小说里不能这么写，得另辟一个场地。为了场地集中，我将那次的温州之行，改为他来扬州收购重要字画。送我印章的事情，也放到这里。其中有一个情节，说我晚上喝酒回来晕晕乎乎的，有人敲门，开门只见楼道的暗光里，一个鬼魅似的人影站在那儿，沙哑的嗓子低沉地唤了一声："老韩啊，没想到吧！"后来在谈话里，几次提到他瘦削的脸颊，阴鸷的眼睛，尤其是那低沉沙哑的嗓音，像是从地下传了上来。写的时候，我都觉得是有点过分了，可是我这过分，也是有依据的。这依据便是《一觉山话》前面，上海文化名人赵兰英女士给他写的序。文中说到他的声音，也说到他的眼睛。说到他声音的句子是，"仿佛又听见他在倾述，那慢慢的，带着沧桑惑的语调"。说到他眼睛的句子是，"由此，他眼镜后的那一双眼，深邃锐利，'眼火'准得很"。我相信，我与赵兰英的感受实则是一样的，不过是赵兰英的心善，用词雅些；我的心不是那么善，用的词也就不会是多么的雅驯。再就是，文体不同，着眼点也就不同。赵给人写的是序，如同请下的乐队班子在门上吹奏，自然是喜气洋洋，声声入耳；我写的小说是要卖钱的，先要"拢"住读者，就不能不怪声怪调地描写，招人顺着声儿来看。

说了我们有着怎样的交往，说了他待我的不薄，又说了他收藏上的业绩，最后说了我的小说里怎样写这个人。相信读者朋友看罢，会对潘亦孚其人有个整体的印象。至于有多好，还是有多不好，借句古语，那就是“则非某之所敢知也”。

2020 年 6 月 4 日于潺湲室

燕祥先生的『老礼儿』

惊闻邵燕祥去世，感伤之余，不由得就想起我与他多年的交往。

与邵先生最早相识，是在 1995 年《太原日报》办的一个笔会上。报社办笔会，邀请的都是常写稿子的作家，写杂文的有好几个，记得有蓝翎、舒展，还有邵先生。初次见面，大家只是认识而已。一天傍晚，得知他去山西大学看望了常风先生。问询之后方知，40 多年前，常风在北大教书，同时还主编一家报纸的副刊。当时副刊采用了邵的一首诗，将刊发而未发，北平解放了，报办不成了，但常仍将稿费给了邵。邵记着这点情义，一到太原就说要去拜访常风先生。我听了，觉得这像是《世说新语》里的故事，由不得便对这个儒雅的老作家有了好感。

隔了一年，我们在张家界的一次笔会上再次见面了。

笔会归来，觉得此人儒雅而风趣，可敬也可爱，就写了篇《邵燕祥先生》的短文，发在北京一家报纸上。我写这类文章是顺手的事，觉得能写成文章就写了，根本不图对方会有什么回报。想不到的是，邵先生见此文后，遂将我当成了知音。那些年，邵先生出了什么书，总会寄本给我看看。

这几年，我随老伴在北京闲住。老伴一面看孙子，一面照料我。起初我们与儿子同住，后来觉得多有不便，便在同一小区租了套房子另住。我不是个喜好跟名家交往的人，可是不知为什么，到北京住下后，不由得就想去看看燕祥先生。这也是因为知道他的住处离我赁居的地方不远。

燕祥先生这个人，你只要看上一次，就会想再去第二次。跟他在一起，坐上一两个小时，见识了他的博闻多识、机警风趣，真有胜读十年书的感觉。这还是次要的，最让我心里感到温暖的，是他那份温和与周到。我比他小好多，按说我要去了打个电话，他只要在家里待着就是了。不，你还没有把他当个人物，他到先把你当个人物了。他家住楼房，在十几层，头回我去了，到了十几层，电梯门一开，让我吃惊的是，他正站在电梯门口，我一时慌张，忙问："你要下去？"

"等你呐。"

一口柔和的京腔，吓我一跳，心里直说犯得着嘛。

以后每次来都是这样，我也就见惯不怪了。后来才知道，他母亲是旗人，旗人最讲究“老礼儿”。再后来读他的文章，发现再苛刻的话，只要他说出来，总带着一种温和的味儿。大概这也是一种人生的修养在文字上的体现吧。

进门坐下之后，你面前肯定有个干净光亮的玻璃茶杯，随后他夫人谢大姐过来沏茶，谈话间，你能看着绿绿的茶叶缓缓地沉了下去。

人老了，有时不免会谈起往事。在邵府，我曾跟他说过，起初对他的印象好，全是因为他会为了几十元的法币，在40多年后去看望常风先生。说起那次山西之行，他说在太原还没有什么，后来报社派车，安排专人陪同他们几个“老家伙”去看壶口瀑布，在临汾可让他受了惊吓。

“贵省给我的印象，不敢说坏，可好字，实在说不出口！”

他的话语，总是那么轻柔而略含讥讪，明知不会是好话，可让人一下子也摸不准会从什么地方来。我以为他要说，去壶口的道路不好，坑坑洼洼，受尽颠簸之苦。这条路我走过，确实被颠得够呛。他说不是的，若是那样，受点累，反让他有“反璞归真”的感觉。是路过临汾，晚上遇到民警查房，把他跟蓝翎吓了一大跳。

“噫？会有这等事，我倒要听听。”

他说，他们一行人返回太原途中路过临汾，日已偏西，还去逛了有名的尧庙。看到雍正年间的二龙戏珠影壁下散落着几块残破的琉璃，茬口还像是新的。他就觉得山西号称文物大省，也太不珍惜这样的古物了。他们回到旅馆住下，半夜三点忽听打门声，同房的蓝翎睡得警醒，立马起床。开门一问，原来是民警查房，见是两个老家伙，查房的民警也不道声歉，转身又去敲下一房间的门。

“都什么年代了，还来这一手。贵省呀，让人真不好说。”

“山西做什么，总比外地慢半拍。”

“还有一样，也让人受不了。”

“山西话难听？”

“不，比山西话还难听。也是在临汾，被查房闹醒后，我们反正睡不着了，就聊起来。不等天亮，街上的高音喇叭就响起来了，不是革命歌曲，也不是时政要闻，竟是商品广告。真也邪乎了，这么早谁买东西呀。”

这些，他都是当笑话说的。最有趣的，还是说北京老一辈文化人的旧事。有次说到沈从文，他说，他不算沈先生的学生，只是上中学的时候读了沈先生不少的书，偷偷学过沈先生的文笔，主要是学行文的简古，但怎么学也学不像。1947 年，燕祥先生才 14 岁，写了几首诗向沈先生投稿，其时沈先生正主编天津《益世报》的文学周刊。诗虽没有登出，但退稿信上有一句“稿甚多，恐积压，敬奉还”，让他学会了这一手，几十年后编《诗刊》时多次用过。这年秋天，他还是见到了沈从文，是同学吴小如领他去的。沈先生鼓励他多写，还从开明书店送来的样书里挑了几本，一一题字赠送。在《从文自传》扉页上写的是“一个顽童自传给燕弟存”，《湘行散记》上写的是“一个小城的平凡记事”。

正好那次，燕祥先生送我三四本书，也都一一题了字。不是先写好了拿出来，是当场在谈话的桌子上写的。送的书里，有《昏昏灯火话平生》，写的是“石山兄闲时翻翻”；《我死过，我幸存，我作证》上写的是“韩石山兄，请审视一个小人物走过大时代的足迹与心迹”。他一边写着，我一边想，一个作家与一个时代，不应该动不动就说什么小与大。作家与时代，应当像李白《独坐敬亭山》诗里说的“相看两不厌”，才是正理。想是想了，没有说。

这话没说，开玩笑的话还是敢说的。跟邵先生这样的智者在一起，脑子总是格外灵光。他刚写完，我就说，你这一手也是学的沈从文吧？他一愣，马上就想到他刚刚说的故事，笑了笑，说是无意中学下的，但总学不像，没有沈先生那种轻灵。我问他，知道是为什么吗？他又是一愣。我说，你没有沈先生那种务实之心，只知“老礼儿”，分寸上把握不准。不等他开口，我就指着他的题字说，你看，你比沈从文小，沈先生题字时称你为“弟”；我比你小，你题字却称我为“兄”，客气是客气了，但也感觉不亲切了。他连连点头，说出的话却是：“石山真刁啊！”

又有一次，我的《边将》出了修订版，我和老伴一起给他送去。仍是电梯一开他就站在对面；仍是迎进屋里，一人面前一个玻璃茶杯；仍是谢大姐捏上茶，注上水。交谈中，他似乎对我老伴的年龄有了疑问。我说，跟你们夫妇一样，都是鲁迅给他爸治病要用的蟋蟀药引子——原配。他大概是知道我写过什么书，料不到我对鲁迅作品这么熟悉，一听就笑了，没再说什么。我们喝着茶，他一边说着，一边翻看《边将》，忽然问我：“唐朝有个诗人，写过一首名为《边草》的词，词牌是《调笑令》，你读过吧？”他这样说，就是知道我没有读过，于是便吟诵出来：

> 边草，边草，边草尽来兵老。山南山北雪晴，千里万里月明。明月，明月，胡笳一声愁绝。

我说，若是我早知道有这么美的一首《边草》词，写《边将》时一定会让主人公在马上吟唱一番。

谈兴起来了，他接着说了许多诗中与“草”相关的典故。他说最初是见了卞之琳的诗集《十年诗草》，觉得这名字起得真好。李叔同有“芳草碧连天”句，白居易有“离离原上草”句。还有“青青河畔草”“细草微风岸”“天涯何处无芳草”等等。穷困潦倒的诗人，一肩行李，披星戴月，从来不愁没有道旁、河边、原上的野草为伴。

说到这里，本该一声叹息了事，不料，邵先生接着又来了一句：“没有草，就没有诗歌，草是迁客骚人除诗以外，仅有的无主的财富吧！”

听了他的这番话，我想起什么，对他说：“你这个神态，让我想起了你在一篇文章里称赞一个黄姓朋友的话，你说这位朋友总是能在别人停止思维的地方再想下去。我觉得你这番谈论，也达到这样的境界。不只是这一次，几乎每次闲谈，都会出现这样的情形。”

我跟燕祥先生谈得正高兴，呵呵直笑，正在摆弄手机的老伴抓拍了几个镜头，当下给我们看了，燕祥先生直夸我老伴有艺术感觉。我笑了，说你这也是“老礼儿”，见了谁都是“心有微词，而礼赞有加”。你看她拍的，我靠前你靠后，显得你比我小了许多，这还叫会抓拍吗？

“呵呵呵……”他笑了，笑得那么开心。

唉，此后再也听不到这样爽朗的笑声了。

2020 年 8 月 4 日于潺湲室

第二辑　说文论史

女性更适宜于文学写作——在山西女作家协会成立会上的演讲

能在山西女作家协会成立会上有个发言的机会，是我的荣幸。

中国的女作家，主要是女诗人，历史上代不乏人，佳作纷呈。山西或许是个例外。这或许与山西的地理环境、文化环境、文化传统有关。山西地方苦寒，自古是征战之地，打仗还打不过来，妇女的工夫全用在缝制寒衣上了，就没有兴致写诗作文了。新时期以来的中国文学也像是打仗，攻取的是一个个思想阵地，借鉴的是外国的一件件新式武器，似乎也不是心思绵密的山西女人做的事。然而，进入21世纪，情形变了。相对来说，中国当代文学成熟了，就轮着山西女作家出场了。一些多年辛勤写作、有相当根基的女作家，赢得了文学界甚至是文化界的普遍认同，更有一些新锐女作家，一跃上文坛就让人刮目相看。在这个时际，山西省女作家协会在过去女作家联谊会的基础上，重新登坛亮相，以崭新的身姿展现在世人面前，实在是件可喜可贺的大事。在这里，我要说的一个中心意思是：在中国，女性更适宜于文学写作。

将近30年前，我在北京参加过一个为时不短的文学讲习班。那时，我们经常举办一些外国作家翻译作品的研讨会。记得在讨论前苏联长篇小说《活着，可不要忘记》时，小组推举我发言，我说过这样的话："一部世界文学史，就是一条站满裸体女性雕像的画廊，你能为它再增加一个吗？"因为作品中的女主角纳斯焦娜是个新婚不久的女子，我还提了一个论点：少妇比少女更具有文学性，并列举古今中外许多优秀作品予以论证。同学们将我这一论点戏称为"少妇论"。几十年了，我没有改变我的看法，就是看一个作家的才情功力，端看他能否塑造出独特的、唯一的、可留存的女性形象。不会写女人的作家，一般来说不会是优秀的作家。既然年轻的女性最具有文学性，既然以能不能写好女性形象作为判断作家优劣的条件，那么，谁更具有这样的条件与能力呢？只能是女作家了。还有比写自身、写自家的事，更得心应手的吗？要是这样，干脆说女性更适宜于文学写作好了，为什么前面要加上"在中国"这样的赘词呢？这也是有我的考虑的。中国的男性作家们，更多的是把文学当作功名事业，当作"文治武功"。人生三不朽中，立德、立功之后就是立言了。这种风气，古已有之，于今为烈。而女性因为长期被排斥于或淡化于“文治武功”之外，也就少了这方面的功利心、竞争心，这样一来，就更宜于表达内心的真情实感，也就更接近于文学的本真了。当然，女性也有自身的局限性，比如羞怯心、格局小等等。但相对于功利心来说，这种阻力要小得多。只要慢慢地往前走一步，就是花团锦簇的境地；只要轻轻地撩开遮蔽心灵的罗衫，就能够贴近整个世界。较之女红、持家，女性更适宜于文学写作！

还要说的，有两点：一是要勇敢地面对批评，二是要善于深入地思考。

先说第一个。不敢面对批评是中国作家的通病，女作家尤甚。本来人们就不忍心批评女作家（比如我就是这样），你要再抗拒批评那就只能自得其乐，不会有大的长进了。正面地理解批评，以女人的小心眼实在是不容易的事。从反面，或从势利的一面来理解，就容易些。反面是，不遭人妒是庸才。势利的一面是，可以收到双倍的名声。不管怎么说，他总是将你的名字又一次告诉了世人。

不光要勇于面对针对你个人的批评，还要勇于面对针对中国作家的批评。近一两年，德国汉学家顾彬先生对中国当代作家做了严厉的批评，最厉害的一句话是“中国当代文学都是垃圾”。据说对这句话的理解有歧义，我看了顾彬的几次谈话，觉得这个概括大致不差。最近我又看了顾彬先生与上海大学杨剑龙先生的一个对话，仍是批评中国当代文学的，他说了一个很新颖的观点：“读中国当代作家的作品，你一般不必查词典，我的意思是可以不必查百科词典，你阅读德国诗人的作品，如果你不了解德国的文化、历史、学习传统，你就看不懂诗人在写什么。”他还说：“你阅读中国当代作家的创作，几乎难以了解 1949 年以前的中国，难以了解鸦片战争以前的中国。中国当代作家基本没有什么思想，有些诗人是例外的，因此与诗人们在一起很愉快，但中国当代小说家基本上没有什么思想，这是我阅读当代中国小说的遗憾。”（《芳草》2008 年第 2 期）这些话，要看你怎么理解，善良地理解，就是针砭我们疾病的药石；恶意地理解，那就是帝国主义分子对新中国文学的恶毒诬蔑。记得前两年顾彬的论调刚出来的时候，有人在一家刊物，记得好像是《文学自由谈》上撰文，逐条反驳，连顾彬说中国当代作家不懂外语（顾是与中国现代作家作比较提出这一论点的），也要反驳。上面引述的两句话中，第一句最值得注意，就是看中国当代作家的作品不用查词典。他说的是不用查百科词典，在我看来，情况比这还要严重，看中国当代作家的小说作品，连普通字典也不必查。一部几万字的中篇小说，连一个生僻的字也不会遇到，都在文字改革委员会规定的那 3000 个常用字里面，还都是简化字，还都是字典里的第一义项。这有多么可怕!

再说第二个，就是善于深入地思考。道理不讲了，说个故事吧。4 月 18 日的《参考消息》上登了一则消息，叫《“蝴蝶效应”提出者辞世》。这个人叫爱德华·洛伦茨，活了 90 岁，4 月 16 日在马萨诸塞州剑桥镇家中去世。什么叫“蝴蝶效应”呢？好多人都知道，大多是当作笑话来讲，实际上这是一个科学概念。简单地说就是一句话：“巴西一只蝴蝶扇动翅膀，改变了空气持续流动方式，最后可能会在美国得克萨斯州引发一场龙卷风。”这个理论叫“混沌理论”，也叫“确定性混沌”。在科学上的意义是很大的。大到什么程度呢？大到被誉为“自牛顿以来人类对自然看法的最大改变之一”（京都奖授奖辞）。诺贝尔奖不设气象学奖，若设了，他肯定能得。现在要说的是，这样简单（近似玩笑话）又这样巨大（震撼科学界）的一个理论，洛伦茨先生是怎样发现的呢？据他的一位学生说，洛伦茨先生工作非常仔细，思考问题非常细致。由于有这样的习惯，他才能在 20 世纪 60 年代提出了“混沌理论”。有一次，洛伦茨在一台老旧的电脑上进行了两次看似一模一样的运算，结果大相径庭。查找原因时发现，一个小数点稍微有些变化，相差不到 0.0001，结果导致了巨大的错误。他对这个小小错误进行深入思考，渐渐地形成了“蝴蝶效应”这么重要的理论发现，并写成论文，于1972年首次发表。中国的《礼记》上，有“失之毫厘，谬以千里”的话，意思跟这个差不了多少。中国的读书人，没有不知道这句话的，可是千百年来只是把它挂在嘴上，谁也没想过把它用到科学研究上，用到对自然现象的观察上。这个例子，足以说明善于思考的重要性。

还是说山西作家吧。若从男女性别上说，我们省的作家解放以后经历了三个时期。第一个时期的主力作家，如赵树理、西李马胡孙[1]，几乎全是男性作家；第二个时期是“文化大革命”以后至20世纪末，主力作家也几乎全是男性；第三个时期开始了，这几年真正在中国文坛上显示了山西作家实力的，主要是几个女作家。

我们老说振兴山西文学，重铸辉煌，多少年也想不出一个切实可行的办法。我看，依托女作家说不定是没办法中的一个好办法。写《李健吾传》时，我注意到一个小故事。古希腊戏剧家阿里斯托芬写过一出戏叫《妇女公民大会》，李健吾将它改编为《女人与和平》，抗战后在上海演出，极为成功。大致剧情是：雅典时期，执政官穷兵黩武，连吃败仗，一群妇女穿

1 西李马胡孙：指山西的几位著名老作家，分别是西戎、李束为、马烽、胡正、孙谦。这是山西作家中的一种戏谑性的说法，也很亲切。

戴上丈夫的衣服帽子，出其不意地把政权夺到手中。剧中有个诗人，鼓励这群不理外事的家庭妇女干预政事，因为男人一个坏似一个，他们中间偶尔有一个人做了一天好事，就有权一连做十天坏事。一个男子绝望之余说，把政权交给女人吧，这是雅典还没有试过的唯一新办法。对于山西来说，依托女作家来振兴山西文学，也是几代作家从来没试过的新办法。

我相信这个新办法会灵验的。这就是我对山西女作家协会最大的期望。

2000 年 4 月 19 日

读书的姿势

能走进“星期日讲座”，不胜荣幸。今天讲一下我的读书经验，同时也就读书这方面的一些问题，和大家一起探讨一下。

读书的好处用不着多讲，至于说是不是读书越多越好，这个话是劝说年轻人的，实际上谁也做不到的，因为越多越好，这个“越多”多到什么程度，恐怕很难有个量的把握。台湾有个大作家叫李敖，写了很多书。此人经常口出狂言，他曾在一篇文章里说，白话文写作50年来，500年内，前三名是谁呢？李敖、李敖还是李敖。也就是说，他的文章是天下最好的。他还有一句话也是很自负的，说这世上没什么人是让他佩服的，他要想佩服什么人的时候就去照照镜子。就是说，他只佩服他自己。狂是狂些，但也不是没有一点道理，他有些见解，确实高人一筹。比如说，一般老师都劝学生多读书，越多越好，他认为不是这样的，并不是越多越好。他提出一个标准，就是古人说的“读书有间”。所谓“有间”，就是能看出问题、看出名堂，这个“间”在这里是间隙、缝隙的意思。能看出名堂的就是会读书，看不出名堂的就是不会读书，读得再多也是白搭。他还说过一个小故事，他问他的儿子：“你每天都在读书，读了这么多的书，为什么不写作，不研究学问呢？”他的儿子说：“我觉得我读的书还太少，我还要再读得多一点。”听了这话，他对儿子说：“我要是把天下的女人都看遍了再结婚的话，现在还没有你呢。”这个话猛然一听，让人转不过弯儿来，实际上道理很简单。假若一个人认为把所有该看的书都看遍了，然后再写作，再做学问，那就把什么都耽搁了。天下的书是看不完的，一个专业的书也是看不完的。这就好像找对象结婚一样，你不能把天下的女人都看遍了，然后再挑一个最美的结婚。你可以这样想：啊，我的妻子一定要是天下最美的。事实上谁也做不到。不等你把天下的女人看一遍，你就先老死了。读书的多和少，只是相对的，千万不要认为书读得越多越好，应该是会读书，有节制地读书。人在年轻的时候，比如十几、二十来岁的时候，可以无节制地读，见到什么读什么，喜欢什么读什么。因为这个时期，精力旺盛，兴趣广泛，多读书没有什么坏处。再就是，在广泛的阅读中，可以发现自己的兴趣，确定自己往后的专业取向。如果到了30岁，还是这样无节制地读，很有可能是为读书而读书了，就是不变成书呆子，也会一事无成，把自己一辈子都耽搁了。

我有一个同学在学校学习非常好，后来高考考取一所一流大学，我考到山西大学，只能算个二流大学，可见他学习比我好得多。但是过了20年后，我们在一起闲谈，喝了点酒，都很兴奋，他向我提出了个问题。他叫着我原来的名字说："某某，有个事情我就是悟不过来，论聪明我比你强吧，论勤奋我认为也不弱于你，为什么你就出了大名而我却依旧默默无闻呢？"他说的这个勤奋，我知道是指他非常喜欢读书，出了校门还是一直读书。我想了想，就问他："某某，你平常是怎么读书的呢？"他说："唉呀！你可不知道，我晚上有时候读到一两点，白天只要不上班，也是拿起书就看。"我说："我不是说这个，我是说你平常读书的姿势是什么，是坐着读还是躺着读呢？"他说你问这个干什么，我说没别的意思，只是问问。他最后说了："唉，我这个人就喜欢躺着读书，沏杯茶，把烟放在旁边。"我说："这不就结了吗？"如果说我们两个人后来的发展有什么不同的话，根源是什么呢？根源就在于我们读书姿势的不同，我读书从来都是坐在桌子跟前读的。我睡觉以前也读书，那是哄自己睡觉的，我从来不把那样读书认为是读书，只是别人睡觉要吃安眠药，我睡觉以前要读几页书，有时候一页书没读完就睡着了。我对他说："你那个读书不叫读书，叫享福。为什么呢？你读书的时候，你老婆肯定不让你做饭，你的儿女也绝对不会催着你去扫地或者做别的什么，他们经过你面前的时候都蹑手蹑脚，生怕发出一点响声影响了你读书。在他们看来，读书是神圣的，是不能受打扰的。传到外面，人人都说你是个爱读书的人，是个有文化的人，见了你都分外敬重。也就是说，你用读书这个办法，欺骗了妻子和儿女，也欺骗了世人，获得了家人的优待，获得了世人的尊敬。仔细想想，你这怎么能叫读书？这是一种最巧妙的偷懒的方式呀。"我这个人和朋友说话就是这么冲，"嗒嗒嗒"，就跟打机关枪似的。他听了也不得不说："你要这么说，还真有点道理。"我不能再说啦，要叫我再说，不是有"点"道理，就是这么个道理。

现在社会进步了，说谁是个读书人，等于说谁是个文化人、文明人。说这话的人固然是赞扬，听这话的人也得想一想，掂一掂这话的份量。就是说，你的读书是不是有益于身心健康，是不是有益于国家民族，有益于社会进步。如果你仅仅把读书当作欺骗妻子儿女的手段，获取世人廉价称赞的手段，那么你有什么脸面面对"读书"这两个字呢？你有什么脸面面对洁白的纸张和墨黑的字迹呢？所以我说，在读书这个问题上，不要仅仅以“读书人”自满自得，要看一看你的读书出于什么样的用心，追求什么样的效果。当然了，也不能把话说得太绝了。对于普通人来说，尤其是成年人，有自己日常工作的人，读书就是读书，不必有什么别的目的，只要身心愉悦就行了，修身养性就行了。还有一种读书，就是消磨时间，也无可非议。这样的读书，就和业余时间下下象棋、打打扑克一样，纯粹是一种娱乐、一种消遣。当然这样的娱乐，这样的消遣，比下象棋、打扑克要文明些，要高一个档次。只是这样的读书，也不要说得多么了不起，就像我的那位同学那样。

总之一句话，读书不是坏事，爱读书总是个好习惯。

不过教人多读书

古人对读书的见识，比今人似乎要高一筹。有些话，看你怎么听，怎么理解。

宋朝有个皇帝，说过这样几句诗，后来很流行，好多人都知道。“书中自有千钟粟，书中自有黄金屋，书中自有颜如玉。”这句话，记得“文化大革命”期间被批判过，“文化大革命”前我们上中学的时候也批判过。都说这话是笼络读书人的，是腐蚀读书人的，是为了统治阶级的长治久安。这要看你怎么理解。或许是我这个人思想比较落后吧，当年我就觉得这话没什么不对，而且是越想越觉得有道理。为什么呢？说个很简单的道理，比如说，年轻人谁不想娶个漂亮的妻子？用我们农村的话说，谁不想娶个好媳妇呢？但是你如果就是在村里种地，这种可能性就很小。如果你一直读书，读到大学毕业，参加工作，当个小干部，混个小科长，这样选择的余地就大了，就有可能娶个漂亮的媳妇。虽然这个漂亮媳妇不是从书里蹦出来的，但是总是因为念书而得到的，所以说“书中自有颜如玉”这话并没有什么不对。这是从最浅的层面上来理解的。实际上，要是仔细想想，这话还有更深一层的意思。皇帝有三宫六院，不会像我们这样俗气，一想就想到找个漂亮的媳妇。皇帝的着眼点要大得多。我认为他说这个话的意思，就是要让他的臣民，全国的士农工商，各尽其职，各安其分，都能找到一个精神上的寄托；就是让那些读书的、种地的、做工的、经商的，各色人等，都能够通过读书达到自己从事的行业的最高境界，获得最大的精神上的满足。比如说经商的，谁不希望日进斗金，拿黄金盖一座屋子；种地的，谁不希望五谷丰登，家里仓满屯溢；读书的，谁不希望当个州官县官。无论是经商的、种地的、还是读书的，谁不希望有个其面如玉、秀色可餐的女人当老婆呢？可事实上，经商的不一定都能发财致富，种地的不一定都能旱涝保收，读书的不一定都能当官从政，这时候就不免要失望，要悔恨，要呼天抢地，要怨天尤人。这可是个普遍的社会问题呀，怎样解决呢？那时候也没有心理医生这一说，憋下去要出事的。别急，皇帝跟你说了，就是读书。也就是说，我们如果读书的话，就能从书里达到所在行业的这种最高的境界，获取精神上的最大满足，得到感觉上的最大享受。前一段时间省图书馆的领导让我写一幅字，我就自己编了一首诗："金屋美女千钟粟，此话从来费踌躇。仔细想来无他意，不过教人多读书。"就是说"书中自有千钟粟，书中自有黄金屋，书中自有颜如玉"这句话，很久以来让人不知该如何理解，你仔细地想想吧，没有什么坏意思，不过是劝世人多读书罢了。

在读书这个问题上，今天就谈这些。下面谈谈我的读书经历。

我的读书经历

先说一下我的读书经历。我是 1970 年山西大学历史系毕业的，在这以前上过十七年的学，没留过级，也没跳过级，一步一步走过来的。那个时候大学是五年制，初中三年，高中三年，小学六年，加上大学五年，合在一起正好十七年，这十七年时间是在学校读书。大学毕业后分配到汾西县教书，汾西是个小县，在吕梁山里，属临汾地区，在那儿一待就是十五个年头。

后四年不教书了，在城关镇当副镇长，那时候不叫镇，叫公社，我是公社的副主任。我这个副主任是挂名的，实际上是住在那儿深入生活搞写作。1984 年调到太原，进省作家协会当专业作家，到现在正好又是十七年。这三个十几年，就是我读书的三个时期。第一个时期可说是启蒙时期，第二个时期可说是摸索时期、探索时期，第三个时期可以叫做自觉时期。

这三个时期，我认为第一个时期是最珍贵的。为什么呢？因为它不带任何功利色彩，读书就是读书，不是要借鉴写作经验，也不是要收集资料做学问。第一个时期说是十七年，真正懂得读书、收获大的是高中三年和大学五年。

我的高中是在运城的康杰中学上的，这可是个好学校，时间是 1962 年到 1965 年，正是“文化大革命”开始之前三年，虽说也有些政治运动，不过对教学的干扰不大，还是能安心读书的。学校的图书馆向学生开放，每天下午活动时间可以去借书，或到阅览室看报纸杂志。我不光常借书，还借了一部《辞海》，旧版的，一大本，放在教室的抽屉里。我自己也买书，那时我家里比较富裕，每月给的生活费能节省下好几块钱，除了吃点零食，就全买了书。那时年纪小，也不怎么懂得选书，见了喜欢的就买，看着有意思的、不太贵的，想买就买了。最可笑的是，买了一本《墨子研究论文集》，谁写的已忘了，总是个老学者吧。全是学术论文，我哪儿看得懂。还订过一年的《人民日报》，只是喜欢第六版上的文章。那时候《人民日报》就六版，五六版是一个单页，第六版是副刊，上面常登些短小的杂文和散文。我在图书馆看到那些文章美得很，又有学问又有文采，就自个订了一份，一年还是半年记不清了，最少也是半年。

进了大学，学的是历史，读书的方向就明确了。我是1965年秋天考上的，入学之初，发下个借书证，六十四开，蓝皮的，很粗糙，大概也就十页八页，里面是小格子，借什么书就在上面填，管理员在上面盖个章子，还的时候再盖个章子。我记得第一个学期，我就把上面的格子填满了，又办了一个新的。这倒不是说借回来的书都看了，那是不可能的，有的看不懂就不看了。反正一次可以借五本，可以连续借，今天借了明天还，还了再借。记得那半年，每天除了上课，就是看书。刚进了大学，心劲高，什么书都想看。这种看书，说是看书也好，说是一种享乐也好，反正让我真正品尝到读书的乐趣。有的是细读，有的是浏览，浏览也有浏览的好处，就像走马看花、游山玩水一样，随心所欲。有些书当时看了觉得没什么，过后才知道是非常有用的，比如当年我看过梁启超的《中国历史研究法》，知道写人物传记要先做年谱，后来我写《李健吾传》《徐志摩传》时，都是先做年谱再写传的。第二学期没有结束，“文化大革命”就开始了，再没有上过一天课。我常给人说，我的大学是“混”出来的，不是谦虚，是真的。“文化大革命”开始后，不上课了，有一段时间图书馆、资料室都没人管，谁想进去就进去。那时候我们还真是纯洁，看完的书再往里面一扔就算了，没有想过据为已有。也有的同学偷过书，把书拿回家了，后来还受了处分。绝大部分同学还是自觉的。记得那个时候，我还看过一本《中国的西北角》，是著名记者范长江写的，当时也没注意到作者是谁，是后来才知道的。他那简洁的文笔给我印象很深，后来写东西，若是想写得简洁一点，就会想起《中国的西北角》。他那种简洁，给人的感觉是他在采访一天之后，在煤油灯下写的，趴在炕头上写的，句子很短，没有废话，没有虚词，一句一字都是实的，想写得花哨点都不行，煤油灯太暗，趴在炕头上一会儿就累了。海明威的小说句子也很简洁，他说他是站着写的，站着写当然得简洁点，要不站久了谁也受不了。难怪我们的文章写不好，因为我们是坐着写的，是在书桌跟前坐着写的，当然就长了，就水了。李敖说的“读书有间”，我这种感悟就算是有“间”吧。

第二个阶段是在汾西那十几年，那个时候正处在“文化大革命”中，又在山区，没什么书可读。好在我以前买下好多书，到汾西县的时候带了一个木头箱子，里边全是书。刚参加工作，最高兴的一件事，就是早上学生上自习的时候，学生在教室念书，我在自己的房间里读书，也是出声地念。山区农村学校规模比较小，学生的教室和教员住的地方，要么是连着的，要么是对着的，坐在宿舍里，能看见教室里头。学生在教室里念书，我就拿上《古代散文选》，或者是别的什么书，在宿舍里念。时间长了，虽然也自得其乐，总觉着是在虚度光阴。上大学的时候，我想做学术研究，研究太平天国。记得大学毕业的时候，图书馆让还书，我还留下一本简又文写的关于太平天国的小册子，最后以三倍还是两倍的价钱赔给图书馆，这样这本书就是我的了。到了农村，才知道要做学术研究根本不可能，这才想到写作。上学的时候是有研究的兴趣，也有写作的兴趣，在农村教书，相比之下，写作还是可行的。这样到了 1972 年，就开始写作了。那时是"文化大革命"中期，没有什么刊物，报纸也很少发表文艺作品。我的第一篇作品是给省文化馆办的《革命文艺》写的，后来省出版社出了一本刊物叫《红小兵》，我就写童话。我的写作就是这样起步的。后来到了后山的一个镇上的中学教书，那里有图书室，有许多"文化大革命"前买下的书。那时我对语法很感兴趣，读了许多这方面的书，比如汉语是"有词无类，有类无词"，就是那时候看书记住的。在汾西的十几年，一门心思想着怎么离开这个地方，心思全放在写作上，反而读书不太多。

第三个时期是到了太原以后，读书就很多了。读书多是因为买的书多。我在汾西十几年间，只买了一两千本书；来到太原十几年，就买了有上万册。最近搬家，我把过时的书、没用的书剔出来，让老家一个亲戚装了满满一小面包车拉回去了。我估计现在家里藏书也有八九千册。我个人在读书和研究这个问题上有一个比较固执的看法，如果你不是在大学里，不是在研究机构里，那么你读书的数量和你买书的数量是成正比的。就是说你是不是一个爱读书的人，得先看你是不是一个爱买书的人。爱去书店、爱买书的人，比爱去图书馆的人更值得尊重。为什么呢？到了书店，你是买书的，到了图书馆你是借书的，借下的书是人家的，买下的书是自己的。读书人对书的占有欲望是很强的，说得不好听点，就跟贪官对于金钱，好色的人对于美女差不多，贪得很呢！有的人也爱看书，觉得只要能借来看一看就行了，认为没有买的必要。这样的人，要叫我说，还不能叫一个真正爱书的人。当然，也有一些大学者，比如钱锺书先生，据说家里就没什么藏书，只有一柜子工具书。我们要知道，钱锺书是大学者，上学是在清华大学，留过洋，回到国内在西南联大教书，新中国成立后又是在中国社科院，这些地方的图书馆都很好，要看什么书到图书馆去借就行了。他晚年在社科院，名气那么大，他想要看的书，图书馆没有，他只要给院里的秘书或者什么人打个招呼，去把什么书买回来，买回来之后一登记，送到他家，就跟他的一样，什么时候不用了再还。再比如说陈垣先生，是著名的历史学家，曾是辅仁大学的校长，新中国成立后是北京师范大学的校长，非常有名。我听我的老师讲过，陈先生为了写《释氏疑年录》，一次一次地从图书馆借书，等他的书写完了，还书的时候，是用卡车拉了满满的一车书去还的。当然，陈垣本人的藏书也很丰富，他去世后，他的家属遵照他的遗嘱，捐献给北京图书馆的书就有四万册。我的意思是说，对那些大学者来说，他们爱买书是他们的癖好，不爱买书有他们的道理；对于我们这些小学者，或者说小作家、文学爱好者，或者仅仅是个读书人来说，书还是要买的，靠借不是个办法。不光对于读书人来说，就是普通人也应当多买书。前不久，我到一个朋友家里，他家刚装修过，他说："你看我这家装修的怎么样？"我说："这些柜子里应该放些书。"他说："我又不是个爱看书的人。"我说："正因为我知道你不是个爱看书的人才说这个话。你要是个爱看书的人，就不用我说这个话了。你看你的这些柜子放的那些古董也不一定是真的，还很贵，要是少买些假古董，花上同样的钱买书，就可能把你的这些柜子装满了。仅仅从视觉效果上，也比你的那些假古董强。

要是气派再大些，把一面墙壁全弄成书柜，放些《二十四史》呀、《资治通鉴》呀，摆满一墙，也就是花两三万块钱，可那效果绝不是平常花两三万块钱能显出来的。”可不是嘛，对那些大款来说，与其山吃海喝把钱胡花了，仅仅从装饰效果上说，还不如买书。这些书将来传给子孙，也是一笔财富啊。你不读书，不会也不希望你的儿子、孙子都不读书吧。说这么多，我的意思是说，真正爱书的人还是要买书的，不能光靠借。我这样说，图书馆的人肯定不爱听。图书馆的作用还是很大的，再爱读书的人，也不可能把需要用的书买全，尤其是做学术研究的人，要查资料，必须借助图书馆。但是，一些基本的书，比如《诗经》《论语》这类书，或是自己平常就喜欢的《唐诗三百首》《古文观止》，这些书也要从图书馆借的话，那就没道理了。

我不是个多聪明的人

读书和写作、做学问之间是个什么关系呢？好些爱读书的人，也写作，也做学问，又总觉得底气不足。不外是这么两个困惑，一是认为自己读书读得不够多，再一个是认为自己不是那块料。第一个困惑前面说了，现在说说第二个困惑，就是认为自己不是那块料。一定要破除一种想法，就是千万不要认为那些写作有了名声，或者做研究有了名声的人，都是脑子聪明或者是什么天才。天才是有的，肯定不会多，一多就不叫天才了。大多数人肯定不是。不怕你们笑话，就说我吧。我的写作，我的研究，如果不是吹牛，也算是达到了一个相当高的档次。去年我写了本《徐志摩传》，今年年初刚出版，4 月份的时候，中央电视台就打电话给我，说：“韩先生，我们想请你到中央台的《读书时间》做一次节目，时间在半个小时，谈谈你是怎么写作《徐志摩传》的。”到了 6 月份，中国现代文学馆打来电话，说：“韩先生，你的《徐志摩传》我们看了，写得很好，你对现代文学的研究确实是有成就啊，能不能来这儿给我们讲一讲啊，我们每两个星期开一次讲座，上一次请的是王蒙，这一次想请你，看你能不能来。”我听了，心里高兴得不得了，但还要沉得住气啊。我说：“那就……最近有点……”人家说：“我们这个讲座反响还是很大的。”我本来还想说工作忙，一想人家是星期日讲座，还能说忙什么呀，马上就答应了。我说：“给不给报酬呀？”现在要报酬是很够派的事，等于说你是个大人物呀。人家说：“我们这儿报酬不高，两千，扣税以后也就是一千六七。”我一想他就是给上二百我也会去的，就是不给报酬也会去的，那是什么地方啊！平常你要进去人家还要盘问，今天人家让你在那个多功能厅做报告，到哪儿寻这样的好事去。我说这些，没有要自炫的意思，只是要印证一下，我也算是个有点成就的人。

但是，我并不认为我是个多么聪明的人，傻，肯定也不傻，我常说我是个中常之材，也就是中等智商吧。有人会说，你这是谦虚。不是的，我说件事情，你们就知道我的智商应该算是什么程度了。我上小学五年级了，还总是弄不清左和右。比如说，体育老师一喊：“向右转！”老师总是面对学生站着的，他喊了后他向右一转，我呢，老师往哪边转，就跟着往哪边转，一转就跟旁边的人脸对脸了。老师总是说我捣乱，我也挺冤的，我认为你发口令就是以你为准则的，你朝哪边我就朝哪边呀。有一个同学说：“你弄不清我告诉你，东西南北你总弄得清吧，你看老师朝东，你朝西不就行了吗？”我一想是这么个理儿，再一想又不对了。我说：“他要是个连长带上我们冲锋的时候，他说向前冲，我就向后退呀？”这自然是说笑话。现在是能分清左右了，但还是不敏捷，遇到紧急情况的时候，还是要暗暗握一握手，噢，拿筷子的这个是右手，不拿筷子的是左手。我都这么大年纪了还是这个德行，能说是个聪明人吗？再比如我和我们机关的司机出去办事，小车一到十字路口我就奇怪，那个警察怎么就知道我们的车要左转或是要右转呢？好多年我一直认为这来自于警察的一种职业训练，一种准确判断。有一次又转了个弯，我跟司机说：“这些警察对自己的业务太熟悉了，一看就知道咱们的车要去哪儿。”我又有些担心，说：“他要是判断错了，咱们本来是向右转弯，他给指向左边怎么办呀。”司机一听哈哈大笑，说：“韩老师，你也真是的，我打了转向灯。”我举这个例子，就是想说明，我不是个多聪明的人。就是真正聪明的人，也千万不能依赖自己的聪明。人太聪明了，要想成点事反而很难。

大家可能还记得，改革开放以后，国内的一些大学都设立了少年班，招收些十二三、十三四岁的孩子上大学。那是 1981 年左右的事吧。我当时就对这样的现象表示忧虑。因为我是教书出身的，我知道小孩子要是聪明起来是可怕的，学啥会啥，啥也难不倒他。但是，小小年纪就上了大学，怕不是什么好事。干什么都讲究个循序渐进、日积月累，一步一步地来。真要是太聪明，按正常年龄上大学，也会做出大成果的。还是个小孩子，你说他是天才，他要是信了会毁了他的。中国科技大学 1981 年、1982 年入学的那些孩子，总有四五十个吧，到了 1985 年、1986 年毕业，现在十五六年过去了，照理说，中国应该有四五十个正经科学家了。但这么多年了，我从没听说，这四五十个人里面，哪个研究出了个什么定理，或是在科学技术上有什么重大的发明创造。有人会说，那里面出了多少博士，有些还是留洋的博士。这不能算数，不上少年班，也会出博士的。真正的科学家，还是要通过正常的渠道培养。当然了，有的人总希望自己的孩子从小是天才，上少年班就是天才的标志。这是父母的心愿。有个作家写了一本书，叫《怎样把你的孩子培养成天才》，我就觉得这句话从逻辑上说是不成立的。天才是天生之才，是天赋之才，你不能说我怎样把孩子培养成天才。是天才就不需要特殊的培养，培养成的就不能叫天才。

中国上两代人受的苦太多了，好多都是该上大学的时候没有上大学，因此好多人都把希望寄托在下一代的身上，总希望自己的孩子是个天才。这个想法先就不对头。孩子有了天才的名声，受益最大的是他的父母，对孩子来说多半是灾难。小孩子不懂事，早早认为自己是天才，就会放弃努力，以为我是天才，将来肯定会有大成就，就不刻苦努力了。凡是这样想的人，多半都不会有什么大成就，将来能身心健康地成长，能在社会上自立就算是好的了。中常之材的人，也就是平常人，是社会上最多的，好些成了大事的人都是中常之材，不是什么天才。

要多读些古诗文

现在的人，为什么有大成就的不多呢？我觉得我们的教育是有责任的。教育体制不对头，毁的不是一个人、两个人，很有可能是一批人、一代人。数理化不好说，我就说说语文和外语吧。语文教学，基本上是分阶段进行的，小学低年级主要是认字，高年级主要是写句子，写简单的文章。这不行，小孩子的记性最好，你让他学这些最简单的东西，是把他荒废了。应当是一入学就学文章，理解不了不要紧，先背会再说。外语也是要从小学就开始学，不学什么语法，一上手就先学会话，会说了再教语法。事实上，会说了不学语法也行。说到这儿，再多说几句吧。

中国人过去的教育方式，我认为是比较好的。我们现在一说大学里的老先生，科学院里的那些老科学家，都说他们受的教育是完整的，功底扎实、博古通今。这些人少年时上过私塾、上过小学堂，古文很好，年轻时接受了新式教育，后来又出国留学，有丰富的现代科技文化知识，所以他们成为一代人才，成为一代宗师。说他们受的教育好，在这点上是应该承认的，确实是这个道理。中国旧社会的启蒙教育，一上学念的就是《三字经》《论语》《孟子》，甚至念《史记》《汉书》。这样做，实际上是把识字教育、道德教育和儒家的经典教育放在一起完成，而且是在一个人记忆力最好、最心无旁骛的时候完成的。你想想这有多少好处！光从认字上说，等于是没有教认字，就认了字了。现在小学生认字，从一、二、三、手、足、尺这些字学起，光认字就认一两年。对于这种认字方法，科学家已经提出意见了：哪儿需要这样认字，认字应该是从一堆字中去认。一开始先念书，把一本书念下来，复杂的字都认得了，简单的捎带着就认得了。旧式的教育方法，仔细想想，好处真是太多了。我不这样说，你们不会这样想；我说了，你们想想是不是这么个理儿？

现在的教育，是有问题的。前年，国家教委组织一批人对新出的中学教科书提意见，我参加了这个会议，在北京香山一个宾馆，开会的时候国家教委的一个副主任主持会议，发言的时间很短，有人就不想说了。我到这种场合，心里有话是一定要说的。你平常要找他，先不说找不见，就算找见了说了他也不一定认真听；这种场合，他不想听也得装作愿意听。这种机会怎么能耽搁呢？要说就要说到点子上。我说：我们的语文教学有两点是不成功的，一是不该简化的简化了，二是不该复杂的复杂了。不该简化的简化了，是说汉字。我们现在用的简化字，我认为是不该简化的。当初简化汉字的出发点，是为了让翻了身的劳苦大众、翻了身的贫下中农、工厂里的工人，尽快地掌握文化这个武器，学习科学文化知识。当时就没有想到，今天这些农民、工人一开始学文化是容易了，学习了基础文化过后要深造，还得学繁体字。即使他们不深造，他们的孩子将来还是要深造的，到时候还是要学繁体字。这样一来，原本只要识一个字就行了，现在得认识两个字，光认识简化字不行，还得认识那个繁体字。比如说你上大学，学的是文科，总要看一些古典的书籍，全是繁体，你不是还要重新认吗？实际上，现在的某些简化字，就是过去的简体字，有时为了写得快，就将繁体字写成简体了。这种简体字哪用专门学，写得多了就会了。事实上，现在的年轻人，也大都认识繁体字，不是在学校学的，是在什么地方学的呢？是在歌厅里学的。港台歌曲的字幕，都是繁体字，唱歌唱得多了，也就认识了。

不该复杂的复杂了，是说汉语语法。我是教过十多年书的人，我可以负责任地告诉大家，中国没有一个学生敢说他把汉语语法已经学到家了，能用汉语语法分析所有的汉语句子。这是为什么呢？因为现代汉语这一套语法实际上是模仿英语语法弄出来的，它不是像有的学者说的，基本上符合汉语语法的规律，而是基本上不符合汉语语法的规律。可以这么说，不学这套语法还会写文章，学了肯定不会写文章，或者说肯定写不出好文章。因此我建议，在没有符合汉语语言规律的语法教材出现之前，先停止现行的这套语法教材。我说完，大家好一会儿没有吭声，主持会议的人也不好说什么，只好说大家继续发言吧。下午我在会场外面散步，见了一个老教师模样的人提着东西过来，像是要离会的，走过我身边，竖起大拇指说，“老韩，你说得真好！”

不是我说得好，是我当了多年中学教员，在这上头的体会太深了。比如说，你的孩子上初中放学回来迟了，你问他：“怎么现在才回来呢？”孩子说：“我的语法题做错了，老师让我重做。”要是你没有听我今天讲的这些，你肯定脸一变说：“人家都会做，怎么就你不会做！肯定是你上课不好好听讲，没领会了老师讲的内容！”手快的说不定上去就是一个巴掌。你听了我今天讲的这些，如果孩子再出现这种情况，你就告诉他，有个叫韩石山的老中学教员说了，那东西谁都学不会，学会了也没用，不光没用还有害处。你们不信，我且举个例子，比如说我们的语法中有一条就是造句的时候，一句话里要有主语。光这一条，不知道把多少人害得不会写文章。因为在汉语里，真正的汉语语法通常是尽量要把主语省去。你看文章时要是注意就会发现，要是每个句子都有主语的话，这篇文章简直没法念，疙里疙瘩的念不通。

我主张，人在年轻的时候，要多读些古诗文。读古诗文的好处，就好像练功一样，浑身上下气就通了。写文章就是一股气，气通了，文章就通了。有人教孩子读古诗文，一说就是“锄禾日当午，汗滴禾下土。谁知盘中餐，粒粒皆辛苦。”让孩子记住了，不要浪费粮食。不要把读古诗文仅仅当作一种知识、一种教化的课本，要把它当作练习文气的一种方式。中国古代有个文学理论叫做文气说，曹丕说过，“文以气为主，气之清浊有体，不可力强而致”。韩愈也说过，“气盛则言之短长与声之高下者皆宜”，意思是说，只要你的气足，运用得当，怎么写都是好文章。也就是说，好的文章实际上是有一种气在那里支撑的。这样说，是有点玄乎，但是确实是这么个道理。我们写文章要有浩然之气，不要有衰败之气、畏缩之气。真正的“气”是什么呢？就是指文章的气韵、文章的韵律。好的文章，是有一种内在的气在里面流动的。这种气的流动，靠什么来体现，来检测呢？就要靠念。念起来酣畅通顺、音韵铿锵、抑扬顿挫、婉转有致，这样的文章自然就是好文章。所以我们应该从小就进行这种训练。有的人读文章能读得痛哭流涕，这就说明他进入了文章的境界。好文章念得多了，受到这种熏陶感染，自己写起文章来，也就气韵生动了。写文章的，就要把文章写到这个程度。好多写文章的人不懂得这个道理，以为只要写得清楚明白就行了，还常常举胡适为例。这些人只知道胡适提倡白话文，白话文就是要把文章写得明白如话，而不知道白话文的精髓是什么。这不行。胡适的白话文理论不是那么简单的。他说过，第一是要写得清楚明白，第二是写出力来。他说的力，就是气韵生动、感情充沛。只有达到这个标准，才是真正的白话文，才叫真的会写文章。胡适的文章确实达到了个程度。不久前，一家电台让我谈《徐志摩传》，我顺便谈到了胡适。我说，胡适和徐志摩都是很会写文章的人，一个长于说理，一个长于叙情，他们的文章都可说是达到了现代文学语言的水准。

优秀作家的作品要细细品读

现代文学史上，值得敬重的作家很多，但是在语言表达层面上达到现代水准的并不多。我不知道我这个话说清楚了没有，就是说现代作家虽然很多，有的名气也很大，但是他们在语言表达这个层面上不一定就达到了现代水准。比如说，巴金是很有名的了，但是他的文学语言就没有达到现代水准。冰心和巴金的关系很好，冰心就说过这么一句话："巴金这个人挺好的，怎么写起文章来啰里啰唆的。"可见连冰心也认为巴金的语言文字是有毛病的。再比如说鲁迅。鲁迅是一个很好的古文家，但他的白话文，我不敢说已经达到了现代的水准。鲁迅的文章，那就是叫孔夫子看了都得说好，为什么呢？因为他的文章，基本上是按古文的路子写的，不能说是真正的白话文。有人说要学鲁迅，那是妄想。你没有他那样好的古文训练，怎么能写出那样典雅峻拔的文章呢？他的文章，就是放在古文里，也是上等货色。再说一句不好听的话，谁写文章学鲁迅，那就等于是活得不耐烦了。一个最基本的事实，也是最具说服力的事实是，从鲁迅活着的时候就有多少人想学鲁迅，可是几十年了，没有一个人学得像的，顶好的也不过是学了点皮毛。光这一点，就说明鲁迅的文章是学不会的，会了也没用。为什么学不会呢？道理很简单，他那是好的古文，你要学写白话文，那是南辕北辙、缘木求鱼，怎么能学得会？会了又有什么用？鲁迅写文章的办法有两条，一是凝神结想，二是字斟句酌。凝神结想，就跟运气一样，把气运到一点上。字斟句酌就是他说的，写完之后至少看两遍，将可有可无的字、句、段统统删去。你想想，谁写完文章以后敢这样删？删到最后肯定是一封电报。鲁迅的文章，最大的好处就是有筋，就和牛肉一样，里面有根硬硬的筋。这种文章的特点是简约，有力度。缺点也很显著，就是干瘪、苦涩，给人一种不丰满的感觉。我一说这话，大家的眼睛都瞪起来了。不怕，这话我到哪儿都敢说，这是个学术问题，不是什么政治问题。比如说哪个男孩子或是哪个女孩子听了老师的话，认为鲁迅的文章是天下最好的文章，也认为自己学鲁迅学到家了，那好吧，请你用鲁迅的笔法来写一封情书试试。你不用写，我都能想出会是什么样的效果。“我是爱你的，然而，爱，是不能勉强的，须得彼此心的相通。”这样的情书敢让对方看吗？一看准吹了。鲁迅是伟大的，但是不能说他所有的地方都是伟大的。优点是优点，毛病是毛病，各是各的。说他的优点不避讳他的毛病，说他的毛病不掩盖他的优点。我的意思是说，即便是伟大的东西，也要用平常心去看，才能看出其中的不足来。

胡适的文章是现代水准的文章，徐志摩的文章也是现代水准的文章。还有李健吾的文章，也是现代水准的文章。郁达夫的文章也是。这些人不管他们的思想境界如何，他们的文字都达到了现代文学语言的层面。第一是通顺的白话文，第二是文笔曲折有致、生动丰满，让人读起来有一种亲和力，这才是现代文章的特色。胡适和徐志摩这两个人，我给他们一人总结了一句话，胡适是没有他说不清楚的道理，只有他自己也不清楚的；徐志摩是没有他说不清楚的感情，只有他自己也没有的。就是说，他们要想表达的，没有表达不了的。这对于一个作家来说是非常了不起的。

对于这样的优秀作家的作品，不能泛读，一定要细细品读。读书有多种多样的方法，泛读是一种，品读也是一种。对于优秀作家的经典作品，如果时间充足的话，一定要细细品读，一边读一边品味，品味它的妙处在什么地方，作者为什么这样写而不那样写，这样写有什么好处，那样写有什么坏处。这样读得多了，就摸索出写文章的门道了。

做学问要舍得大投入

下边再说说，我是怎样把读书和做学问以及写作联系在一起的。我认为一个人到了三四十岁就不应该仅仅满足于读书，而应该有事干，找事干。不久前，我到南方走了一趟，开了两个会，一个是去海宁参加徐志摩逝世七十周年国际学术研讨会，另一个是到福建参加中外传记文学研讨会。这期间，我还在富阳住了几天。在南方我有一个感觉，人家那些地方的文化氛围比我们这儿浓。就说海宁吧，不过是个县级市，位置在上海到杭州之间，偏近杭州那边。这个地方真奇怪，清末民初短短几十年时间，出了那么多的文化名人。我给你们扳着指头算一算，军事家有蒋百里，当过陆军大学校长，据说是蒋介石的老师；文学家有徐志摩；学问家有王国维、吴世昌；还有诗人穆旦、武侠小说家金庸。科学家、工程学家也有几个，我一下子想不起名字来了。那么一个小地方，出了这么一大批文化名人，真是一个非常奇怪的文化现象。我到了那儿是什么感觉呢，是惊讶，是兴奋。怎么人家这儿研究学问的风气这么浓厚。我到那儿住下后，过了一会儿来了个人，看那身穿戴，我还以为是他找错了地方呢。他说，韩老师，早就听说你来了。我问他有什么事。他说他最近在研究徐志摩的早期日记，并说他有全部的复印件。徐志摩的早期日记在文化界已经成了一个谜，一桩公案，曾经出现过，后来又神秘地消失了，不知道在哪儿。当年我也费力找过，还给徐志摩在美国的儿子徐积锴写过信，徐积锴也很无奈，说他给了陈从周，陈从周中风失语了，这批日记也不知转到哪儿了。我问来人是做什么的。他说他是个工人，平时就喜欢研究海宁的文化人物。一个工人，居然拿到了令学术界争论不已，谁都不知道在哪儿的徐志摩的早期日记。我说："嘿，拿出来让我看看。"他拿出来了，我就像《智取威虎山》里的座山雕见了杨子荣拿来的联络图那样，马上站起来跟着人家转。确实是的。他是怎么找见的呢？他说这个稿本（复印件）一直在陈从周那儿，是徐志摩的儿子寄给陈的，陈又寄给香港商务印书馆，准备编入新版的《徐志摩文集》。香港商务印书馆觉得一时难辨真伪，又是手写体，也不好排字，就给退回来了。大概就在这期间，陈从周中风失语，躺在那儿，谁也弄不清这东西在哪儿。徐积锴曾去过陈家，也没办法弄清。那这些文稿怎么会到了这个工人手里呢？据说是他跟陈从周家的女佣人说好了，让他到家里去找，一找果然找见了，这个东西就在陈从周的书架下面放着呢，翻了两下就翻了出来了，然后他拿出去复印了一份，把原件还给人家，就把这事办了。我举这个例子，是说要做成一件事，就得有这种精神。

我每出去一次，回到太原都要生气，几天都不舒服，都缓不过劲来。为什么呢？你说这个空气污染解决不了，经济上不去，但文化事业又不要多少投资，怎么也上不去？就算是空气污染，怎么就解决不了呢？要解决就能解决得了。今年夏天我去大连，大连采取了一个什么办法呢？把所有市内的工厂全部迁出，迁出之后，工厂原址不准建房子，必须建成公园。迁出一个工厂，就建一个街心公园。我们太原呢？这就要说到太原解放后那一茬领导人，包括省委领导。解放初期的那一茬领导人都是农民，就算是念过几年书的，也是小农意识很重的人。他们都是在东山、西山打游击下来的，一到太原，好家伙，这么大一片地方，这能盖多少房子呀！所以几十年了，你看太原的城市格局，除了迎泽大街留得比较宽以外，别的地方再见不到开阔一点的机关、开阔一点的学校。这是山西人的老传统、老观念。比如乔家大院，人家南方人看了以后，倒是佩服这个院子盖得结实，盖得宏大，但是人家马上提出一个问题，你这地上全是砖铺的，怎么就没有一点点绿色呀！你仔细想想，这是不是缺憾？在南方，人家是花园、房子、绿地都融合在一起，比如苏州的网师园、拙政园。而我们太原，说起来真叫个丢人，比如杏花岭体育场，原来是明朝的园林，后来毁了，清朝末年是山西农林学堂的苗圃，有一百亩大，到抗战前都还是一片绿地，林木茂盛。被日本侵略者占领后才改成体育场的，解放初期又修整了一下。从明朝到清朝再到民国，也就是说四五百年间都是园林，但是到了改革开放以后，太原市的领导居然把它卖了，盖了宾馆、宿舍楼，真是罪大恶极。这样的人比那些贪污了几百万的贪官还要差劲。贪污了二百万，摊到一个市民头上不过一块钱，你把杏花岭体育场卖了，这个账怎么算？一人摊上两块钱也建不起来呀。

还是说我们的文化建设吧。我希望在座的诸位，既然有兴致来听韩某人在这里讲课，就要有一种文化意识、干事业的兴致，要么研究一个题目，要么准备写个什么东西，要么就搞某一方面的收藏。我的意思是说，你总得给自己的精神找一个文化的载体，你总得做一件事来体现你的人文兴趣、文化追求。没有具体的事儿，没有文化追求，光说自己有文化、有品位，那是空的假的。我也算是给大家做个汇报吧，说说我这些年是怎么坚持自己的文化追求的。

1989 年以后，我就没有心境搞写作了。写作是需要激情的，没有激情了，就不要去写作，如果勉强写，那是无病呻吟。所以从 90 年代初，我就有意识地转向学术研究了。起初，我的学术研究不过是给写作寻找材料，因为写散文得写自己，自己也就干过那么几件好事、几件坏事，写上几篇就没了。写评论，你得看别人的东西，我这人手不高眼高，别人的东西很难看进去。搞过写作的人，再看别人的东西，都有这个毛病。慢慢地，就喜欢上了现代文学研究。在这方面，我有优势，一是原来就喜欢看这方面的书，再一个它离我近，有亲切感。第三是现在搞现代文学研究的人不是很多。第四是现代文学的资料多，也容易收集。我做现代文学研究的方针是：短计划，大投入。这是我做学问的一个方针。什么叫短计划呢？就是选定一个课题，三五年就做完它，不能拖。什么事都不能拖，一拖就没影儿了。什么叫大投入呢？就是要舍得花钱，不能按常规办法来。我当时已经 40 多岁了，要是从头开始慢慢地收集资料，这个过程就非常长。比如查资料，在北京国家图书馆查资料，我发现要是自己去查是非常慢的。上午早早坐上出租车到了那儿，写了条子递上去，一次只能借两本书，其间换上一次，甚至一次换不过来，就到了十一点半，一到十一点半不借书了，弄得你一上午也就是借上两三本书，抄上或者复印上两三条资料。后来我发现有一条捷径可以走，就是找人代查。不用自己动手，只要给钱就行，一条资料也就是三块钱。我去北京查资料的时候写了密密麻麻三张纸，有上百条的资料，要是用普通的办法，得在那儿住一礼拜。我就找了一个北图的人，让他帮我查找，然后我付给他一定的劳务费。看着好像我花一了大笔钱，但算下来比自己查还要省钱，更重要的是省下了时间。再就是要舍得买书。我在写《李健吾传》和《徐志摩传》期间，买《胡适遗稿及密藏书信》一共四十几本，每一本都是16开，很厚，刚出来的时候这部书卖1万多块钱一套，后来内部处理价也就3000多块钱，我是托人买下的。还有民国时期的报纸《晨报副刊》，影印本有十几大册，我记得我是93年或是94年买的，当时要2300块钱。我在北京见了，身上没有带那么多钱，回来以后给北京的一个朋友打电话，让他赶快去那儿买下来，正好过两天他来山西，顺道就给我带过来了。我还从台湾那边邮购过《中国现代文学丛刊》《徐志摩全集》《胡适之先生年谱长编初稿》等书。初步估算了一下，我在写这个《徐志摩传》过程当中，花出去的钱就在3万左右，但我毫不心疼，只要是有用的、该买的，二话不说，买！有人说你有钱呀。也不是我有钱，是山人我自有妙计，我自有来钱的办法。我的来钱的办法是什么呢？很简单，一是多写文章，二是把脸皮放下，一稿多投。在查阅资料的过程当中，只要有一点小资料可以写成小文章的，就马上写出来寄出去。一方面是熟悉资料，一方面是收回成本。只有这种小文章才能够一稿多投，大文章你在刊物上发表一次就过去了，小文章没人在意，可以随便投。那段时间，我给自己定了任务，每月要完成多少任务，一年要完成多少任务，就是说一年要收入多少钱。至于说一稿多投，也没有人们说的那么严重。通常一篇稿子，在报纸上发一次，在刊物上发一次。实际上这就叫一稿多投。既然一稿两投可以，三投行不行？也行。四次五次呢？也不能说什么吧。好了，以此类推，那么就是三十次、五十次，也没什么了。你不能说，一稿两投可以，三十投、五十投就不可以？我们得讲道理嘛。这样做，至少在逻辑上是成立的。这叫“盗亦有道”呀。石达开写过一首诗，前两句就是：“大盗亦有道，诗书所不屑。”你不屑归不屑，但你不能说我这样做没有道呀。

一稿多投也是有道的。不上道只能玩一次，一锤子就砸了。比如说你写了一篇文章，第一次就寄给《光明日报》这样的大报，那往后就不能给省报、市报了。一稿多投的道就是，看你是要名还是要钱，要名就不能要钱，要钱就不能要名。你不能说名也要钱也要，那肯定不行。我是光要钱不要名。怎么投呢？要悲天悯人，要有慈悲的胸怀，要看得起那些小报，别人都认为自己是大作家就看不起小报，我不，我是小作家，专照顾小报。当然了，你得先知道中国各地都有些什么报纸，这个很好办，咱们国家的报纸体系是各省都有省报，绝大多数是以各省的名字命名的，山西肯定有个《山西日报》，河南肯定有个《河南日报》。只有个别省不是这样，比如山东叫《大众日报》，江苏叫《新华日报》，上海叫《解放日报》，特殊的就这么三四家。各个省会城市肯定有以各个省会城市名字命名的日报和晚报，比如太原有《太原日报》和《太原晚报》，郑州肯定有《郑州日报》和《郑州晚报》，西安肯定有《西安日报》和《西安晚报》。只有极个别的省会城市的晚报，用的不是这个城市的名字，比如上海叫《新民晚报》，天津叫《今晚报》，哈尔滨叫《新晚报》，昆明叫《春城晚报》，也就那么四五家。再就是你要知道，这些省市报纸，地域性都很强。一般来说，一个太原人不会订一份《合肥晚报》，也不会订一份《西安晚报》。怎么投稿呢？要从下往上，先给那些省会城市的晚报投稿，比如说给了《合肥晚报》吧。等它发了，你就要想到，合肥市民看到我这篇文章了，西安市民是否也应该关怀关怀呢？于是又给《西安晚报》寄去了。西安市民看了，还要想到东三省的民众，是不是也应该给他们“传经送宝”啊！那就再给东北寄。先给这些地方寄，最后看见实在哪儿都投不出去了，再考虑是不是让全国人民再重读一遍啊，那就给了《人民日报》或《光明日报》。记得前些年《文艺报》让我写用电脑的感受，别人都是用了电脑思维怎样活跃，能够得到多少信息。我写了一篇文章叫《分明是台印钞机》，我说这哪儿是电脑啊，简直是个印票子的机器呀。为什么呢？前几年投稿有个不成文的规定，好多报纸都不要复印稿。你一复印就证明你把原稿留下了，或者是要一稿多投，这儿还没有发表，那儿已登出来了，弄得编辑很被动。所以编辑们一看见复印件就好像看见贼一样，避之唯恐不及。但是这个电脑和打印机一出来，那个效果简直是一次生产力的大解放，为什么呢？因为每次打出来的稿子都是新的，都是第一份。这就为我们这些一稿多投的“不法之徒”敞开了金钱的大门！人一定要弄清楚，尤其像我这样不怎么有名的作家，千万不要认为你的文章字字珠玑，只有愚蠢的家伙才会这么想。我这个人没有这个毛病，我给编辑寄稿子的时候，都说稿件内容可删可改，只要能发表，随你处置。我在这里说这些，是愿意把话说得轻松一点，就是说，写文章、做研究，一定要大投入。不光是金钱上的，也是精力上的，必须倾其全力，不能老考虑如何获得回报。事情还没做成，就想这能得多少钱，不是太可笑了吗？不能这样。对自己喜欢做的事，就要不计成本、不计得失地来做。

咱们的讲座时间是两个小时，从 9 点半到 11 点半，我一开始还扭扭捏捏的，心想这么长怎么能讲得下来呀，就和小姑娘一样忸忸怩怩，让你们看了还觉得我怪可怜的。实际上，我这个人只要一上这个讲台，那个劲儿就上来了，就和唱戏的一样，只要一出台口，就浑身是劲。今天我感冒了，要是不感冒，讲到12点都煞不住。现在已经到了11点20分，留点时间，看看大家有什么问题，可以随便提问。

读者提问

问：我今年刚满19岁，刚刚走向社会，您觉得我在学好课本的基础上，在咱们这个社会背景下，应该读点什么书比较合适呢？另外，我也想写一点东西，但在写的过程中感到力不从心，像这种情况该怎么办？

答：读书这个问题不太好说，但是说要写东西，今天我们谈写作少了一点，我认为一定要勇敢地去写，不要计较这次写得行不行，别人会说什么，你总得不断地去写，才能写成。另外学生时期写不写无所谓，但到了社会上一定要写东西，一定要有研究的方向、写作的方向。

问：我看了一篇报道，金庸先生说他喜欢看《史记》和哲学方面的书，他是不是有什么样的思想搞不懂？

答：这个也不好说，但是我想这种出了大名的人，都有自欺欺人的一面。以金庸的名气，他现在干什么都可以的。他说喜欢读历史和哲学方面的书，我认为他连看书的时间都没有，每天忙忙碌碌这儿参观访问，那儿做报告。

问：韩先生你好，在《李健吾传》序中你写道："要现在的文学界和读书界接受这样的'大家'还不到时候，还不配。"您能结合咱们文学界，像卫慧，或者现在有一个新出来的乌鸦，这一类人的写作，包括现在社会上流行的法律文学、网络上流行的FLASH，您觉得这个时候离我们还有多远，是不是文学走向边缘化了？还有，我觉得您像一个人，像朱学勤。

答：朱学勤我没见过，您说像总是有几分像吧。您说的前一个问题，李健吾这样的“大家”，我对这个人是非常佩服的，我希望在座的都了解一下李健吾，了解李健吾能长山西人的志气。山西人在二三十年代，真正进入中国文坛中心的只有两个人，一个是李健吾，另一个是常风，就是常家大院的后代。当时进入文坛中心的，不是赵树理，赵树理是解放区的人，那儿不能叫文坛中心。所谓进入文坛中心，是指当时在文坛上真正起过作用，真正参与过文坛上的许多大的活动。他不一定是中心人物，但和他打交道的一定有许多是中心人物。

问：我看您写的一篇《保卫“的”字》的文章，近期的《山西晚报》上有人对此作出评价，我大概看了一下，他认为您这个行为可能是封建文化的卫道者的行为。您如果坚持您的观点的话，您认为在现在这样的一个文化舞台，您坚持这个文化立场是不是感到力不从心？

答：第一，我没有封建文化卫道者的那种使命感，我只是为了汉语的纯洁。比如说这个“的”字，这个字是不能随便乱用的，比如说“的士”这个词，用了“的”字在句子中就容易引起混乱。在汉语里这是个结构助词，这个词如果做了其他用途的话，我们平常写起文章来，句子是非常难把握的。我只是说翻译的时候，要把这个字避开。至于说有人批评什么，对我来说无所谓。批评好嘛，就是说又有人知道你了。

问：我写文章只是按我的感情流程而写的，写出来的文章自己感觉也很好，可是别人不理解，我因此有点自卑。我个人认为任何艺术首先都是主情的，不同人的情是不同的。

答：我认为这位同学说得很对，艺术都是主情。至于按照自己感情写作，有人不理解，在这个问题上应该反躬自问，就是你自己认为好，为什么别人不理解呢？或者为什么别人不欣赏呢？恐怕在表达上，也就是你文章的句式是不是让人不容易接受？所谓的文学修炼，就是句子的修炼、词语的修炼，就是要把文章写得更美更好。除了这个，写文章还有什么呢？没有了。

问：按照自己的感情，以自己的感情为主线，然后结合一些名家的经验技巧，比方说名家的那种精细的表达，这样结合起来是不是就能写好文章？

答：我认为不行，为什么？我的感情、名家的表达，再加上工人阶级的思想就是好文章了？不是这个道理。应该是什么呢？应该是我的感情、我的文字、我的表达方式，必须是这样的。因为你不可能有两张皮，不可能把自己的感情装在别人的表达方式里头，谁也做不到。

问：比如我看了徐志摩的《再别康桥》，我去了西湖以后我就想到在西湖的“柔波里我甘愿做一条水草”，他的表达比我更准确一些。

答：你那个已经不是你的感情了，你只是盗用了徐志摩的感情，模仿了徐志摩的感情，因为你顷刻之间想起了徐志摩的那首诗，实际只是把他的这首诗借过来表达你自己的感情，而不是自己的感情的一种直接表达。

问：按您的意思说，自己的感情应该按自己的方式表达，只是我一时没有找到。

答：是的，你真聪明！

问：您在汾西县山区教书十几年，您认为对自己的写作得失怎样呢？

答：我认为我在汾西的十几年对我的写作没有什么好处，为什么呢？因为人们往往把那个苦难认为是写作的准备、生活的积淀。有人说，你就是在汾西县待了那么多年，才有了生活体验，才能写作。就好比有些插队青年到了农村，后来成了作家了，人们就说，你看那个插队多好啊，把你培养成作家了。你就不想想，如果不插队他也许还是个科学家呢？对我来说，我本身是农村长大的，对农村生活就比较熟悉。当然了，在汾西教书那十几年，对我来说也不算是很苦的事。年轻时受点苦，不算什么。

问：有人说胡适是一个知识分子，他并不是热衷于政治斗争，你认为是这样吗？但我对他反对谈主义不怎么理解。

答：我觉着这位同学的思维还是非常敏捷的，认识还是很到位的。一个知识分子，不一定要热衷于政治斗争，确实是这样的。但是胡适他们那一代人是有抱负的，他们认为自己应该为国家民族做事。比如说，他从来不当官，但是全面抗战一爆发，国民政府任命他为驻美大使，他毫不犹豫马上就去了，为什么？他认为抗战期间，自己应该响应国家召唤，就是说国家有难的时候，一个知识分子应该随时接受国家的征调。这一点非常可贵。你对他不谈主义不太理解，我认为他当时不谈主义是有道理的，因为当时很多年青人被各种外来思潮搅得无所适从的时候胡适就说，我们少谈点主义，多研究问题。就和我现在写作一样，我写《李健吾传》《徐志摩传》，为什么能够获得成功呢？一个很主要的原因就是少谈主义，多研究问题，我就不给徐志摩定论成什么资产阶级思想，我只是考证他一生的历史事实，什么时候干什么，究竟是怎么回事。比如说，人们光说他和陆小曼之间感情怎么怎么样，我就考证徐志摩和陆小曼"出事"是在哪一天晚上。通过排查事实，详细考证，我真的考证出来了，连准确的日子都有了，就是在

1925年1月19日那天晚上，他们之间的关系突破了“朋友之妻不可欺”的男女大防。虽是这么一件小事，但也得摒除成见，才能是非分明，做学问一定得这样。多研究一些问题，少谈一些主义，对年轻人来说没有坏处。

如果没有其他问题的话，最后我还要给大家说句话，本人还是《山西文学》的主编，希望大家关心我们的刊物，今天我带来几本刊物送给大家。谢谢!

2001年12月9日9时半到11时半在省图报告厅

好学近乎智——在山西大学历史文化学院的演讲

感谢历史文化学院的邀请，让我这个老学生，趁山西大学校庆之际，回来给同学们做个讲座。郝平院长说题目由我定，正好此前有个讲座，定了这个题目，我顺嘴就说了。这个题目，对之前那个讲座不一定合适，但对这个讲座，倒是十分的恰当。

学问这个事，古人有个说法，说是“知之者不如好之者，好之者不如乐之者”。“好学近乎智”，《中庸》原文是“近乎知”，这里的知即是智。一句话里，有学，有好，还有乐，智里就有乐的成分。

用这么个题目，是为了好记，也有点卖弄的意思，说白了就是谈怎样做学问。

若有人问，你一个作家来大学作讲座，不谈写作却谈做学问，是不是有点不自量力？这茬儿，我还真不好接。就算我解释清楚了，你们也会说，噢，你这个铁匠会做木匠活呀！受窘的还是我。我们能不能达成一个共识，就是不管我是谁，做什么的，只看我说得对不对；对了你们听，不对也不要怨我，要怨就怨你们郝院长，是他找错了人。

讲做学问，最易蹈空。为了避免这个通病，我今天给同学们介绍四个著名的历史学家，全是华人。说他们著名，并不是说没有超过他们的，只是说，近几十年来在大陆，他们的名头够响的。听了这四个人的故事，该有怎样的心志，该走怎样的路子，聪明人不用教，也懂个七七八八。

这四个人是杨联陞（1914—1990）、何炳棣（1917—2012）、黄仁宇（1918—2000）和唐德刚（1920—2009）。以年龄而论，杨年长，何次之，黄又次之，唐最小。注意一下，他们都是出生于20世纪第二个十年的人。他们还有一个共同点，都是留美的博士；以国内教育而论，杨和何是清华的，黄上过南开，唐是中央大学。

不能说得太详细了，只说说他们学术生涯中，最为关键的一两个节点。

先说杨联陞。他是河北保定人。他的一生，最为蹊跷的是，那个哈佛大学的博士来得太容易了。古人说那些轻易当上大官的，叫“拾青紫如草芥”，用现在的话说，就是当大官如系鞋带，弯一下腰的事。杨先生这个哈佛大学的历史学博士，得来真的跟系鞋带差不了多少。

1937 年夏天，杨联陞清华毕业，正赶上抗战爆发，就在家里闲待了一年。转过年，运气来了。哈佛大学远东语文系有个助理教授，英文名叫 Charles Sidney Gardner，中文名叫贾德纳，1938 年有一年的休假和进修，便率全家来到中国，在北平的南池子住下。他先是请了青年学人周一良帮他看中日文书籍。时隔不久，周得到哈佛燕京学社的奖学金，可以到美国去读博士。谁来接替呢？周推荐了同是清华出身，毕业于经济系的杨联陞。

杨与贾，可说是一见如故。这也不是没有道理。周一良是天津周（叔弢）家的公子，原就打算留学的，做这种陪太子读书的事，只是一时的将就。杨就不同了，父亲有过军职，但早就失势，只能说个普通职员家的孩子，遇上这样的好事，自然是尽心去做。贾住在南池子，杨每星期去三次，除了帮贾看日文学报，用英文做提要之外，还帮贾选择北平各书铺送来的古籍；贾来北平，另有一个任务是替哈佛代购书籍，他自己也要买些。

1939 年，贾回国时，知道杨面临失业（其实还未就业），特意留下一部百衲本《宋史》和一部《后汉书》，请杨替他用朱笔标点校对，每月仍有酬金。按说两人的关系到此就该结束了，可好事却在后头。1940 年 8 月，杨联陞意外地接到贾德纳从美国发来的电报，说他愿意出钱，邀请杨去美国一年，一半时间继续帮他工作，一半时间在哈佛研究院选课，攻读硕士学位。经过几个月的筹措，1941 年 2 月初，杨来到美国。贾供给他全部学费和生活费一年有余。1942 年夏季，杨拿到历史系的硕士学位，又得到哈佛燕京学社的奖学金，继续攻读博士学位，于 1946 年 2 月获得博士学位。

他的博士论文研究的是什么呢？说了你们不会相信，就是一篇《晋书・食货志》的英文翻译注释。

说开了也不奇怪，他的导师就是贾德纳。而这位导师，当年的博士论文是《〈清史稿・康熙本纪〉译注》。若以为这位导师汉学根底浅薄，只会翻译古史，那就又错了。贾氏著有《中国旧史学》（*Chinese Traditional Historiography*，今多译为《中国传统史学》），且精于目录之学，是一位颇有根基的汉学家。

杨后来的表现，甚是杰出。他一直在哈佛历史系任教，当过哈佛中国史学会的会长；这个职务，过去一直由白人担任。用何炳棣的说法，杨这个人，可说是海外清华大学史学传人里最早成名的。

杨的著作不是很多，且多在海外出版。大陆最早出版的，是蒋力先生编的《哈佛遗墨》，是商务印书馆出的；近年又出了他的《汉学书评》和《东汉的豪族》。广为人知的，是他与胡适关系非比寻常，前些年有家出版社，出过他与胡适的书信集《论学谈诗二十年》。

杨联陞这个人，会作诗，会画画，风流儒雅，博学多识。他的学问，几乎不是使了劲做出来的，而是不经意间，偶有所得，轻轻松松就写出来了。他说他是开杂货铺的。他的学问是杂了点，但是凡有所论，必有高见。他写过一篇小文章，叫《五、十新解》，举了好多例子，说是中国古书里有一种特殊的计数方法，就是一小一大两个数字组成一个复合数字时，通常不是我们现在说的几十，而是几到十之间。比如汉代某渡口，需要三十人守卫，这里的三十，实则是三到十个人。我曾就此写过一篇文章，说战国时秦国坑杀赵降卒四十万，很有可能是四至十万。

再说何炳棣。他祖籍浙江金华。杨联陞是清华六级，何炳棣是清华九级。何的学历，那真是一步一个台阶走过来的。多辛苦不好说，但每一步都有骄人的成绩则是真的。

何出生于一个有文化、有地位的家族。上清华的时候，他的本家哥哥何炳松就是清华的史学教授。抗战开始后，清华撤到昆明，与北大、南开合组联大，对外叫西南联大，内部三个学校仍各是各的。1938年，何清华毕业。他的目的是考公费名额，出国留学。因故耽搁，直到1944年，何才参加第四届清华公费留美考试。西方史只有一个名额，他考上了。

我在一篇文章里说，何炳棣晚年在北京曾跟杨振宁较过真。杨说炳棣啊，那年留学考试，你比我高3分，何当即说不对，是高7分。我当时说这是外语考试的成绩，后来我查了何的《读史阅世六十年》，知道是我记错了，何说的不是外语的成绩，是多学科的综合成绩。当然，专业课是各算各的。当时我只是估计了他俩的分数，查了以后知道了，何是78.5分，杨是71.5分，确实高了7分。历届留美考试里，最高的是钱锺书，87.95分。

何的学术特点是，气派宏大，论证精密，完全是西方学人做学问的路数。如果说杨联陞的学问是杂货铺，他的则是专卖店，且是大型的。何出国留学考的是西方史，博士学位论文研究的是英国中央和地方财政，1952年获哥伦比亚大学史学博士。拿到博士学位后，何觉得还是要做中国的学问，于是转向明清史的研究，出版了《明清社会史论》等著作。晚年，大概是在70岁以后吧，又转向中国古代史的研究，仍有不俗的成绩。

在明清经济史的研究上，他是个高峰，至今无人可及。何很勤奋，天分也极高。多少人研究明清时代丁口与赋税的关系，丁就是人口，该没有什么疑义。而他在《中国历代土地数字考实》里说，他用了一周的时间，翻阅清代赋税资料，发现丁口与田亩，绝非前代学者说的那么回事。随粮起丁，随田起丁，清初的丁，与各州县的人口细数无关，是一种赋税的概念。明初规定，16 至 60 岁的成丁，其劳役折成税银，转嫁到田亩上承担，雍正朝正是推行“摊丁入地”的时期。

多年前，大陆出过他的自传《读史阅世六十年》，这书有好几种版本。我最早买的是广西师大出版社的版本，后来见中华书局出了纪念版，又买了。有志学历史的同学，可以看看这本书。书中开头一章里，说他考上了清华，父亲给他写信，说有两件事不要舍不得花钱，一是买书，一是吃饭。想想，多有道理，买书是充实智力，吃饭是充实体力，有智力有体力，还愁成不了大事？何是南方人，体魄完全是北方大汉型的，活到 90 多岁。书里还有个情节，很是发人深思。某年在巴黎，何遇见数学家林家翘，林比他大，当时已颇有声名，林对何说，我们这样的人，不能做第二等的学问。听听，这话多有气派。玩味一下，什么叫第一等的学问，什么是第二等的学问，不用再往下说了。

三说黄仁宇。他是湖南长沙人。改革开放初期，在外籍华人历史学家里，此人可说风头最健。《万历十五年》这本书，无论是学历史的，还是学文学的，几乎无人不晓。大陆的初版，是中华书局出的，薄薄的一本，封面是黄绿色的图案，书名几个字是廖沫沙题写的。1986 年春天，应李占恒先生之邀，我和两三个朋友去黑龙江一带考察，实际是游玩。每到一地，都要去新华书店，若有可能，还要去书店库房里看看。记得是在黑河，在书库里，我们一下子找见一摞子《万历十五年》，一人买了好几本。我回来留下一本，其余的全送了朋友。当年读《万历十五年》那个兴奋啊，原来历史还可能这样写，可以写得这样有趣，这样机警！

黄仁宇这个人的经历很是复杂。曾在南开大学读工科，没毕业，投笔从戎，军校结业后，分配到前方作战部队。1944 年奉命加入驻印军，第二年参加过密支那战役。抗战胜利后，奉命赴东北，任少校参谋。1946 年被保送入美国陆军参谋大学，回国后在国防部任职，不久又被派往日本，为中国驻日代表团团员。1950 年退伍后，再度赴美，于密歇根大学攻读历史学博士学位。1964 年获博士学位时，已 46 岁。《万历十五年》是他的代表作，也是他的成名作，完成于 1976 年，这时黄已是 58 岁的人了，可说是大器晚成。实际上，谈不上多么的成，据说黄都评为终身教授了，没过几年，又被解聘。这事较为复杂，不说也罢。

他的学术特点，不好概括。说他精细吧，他提出的历史观点，叫“大历史观”；说他宏阔吧，他最有影响力的著作却是《万历十五年》，以一年而写尽了明代后期的历史风貌。当然，叫这么个书名，并不是真的只写这一年的事，而是选择了这一时期的五六个代表性人物。写了这几个人，也就写了万历朝。选择一年时间和五六个人，写尽一个朝代，真是绝了。平常人想都不敢想。他是军人，精研战术，借用来说他的学术，该是出奇制胜吧？相比之下，他的《明代的漕运》，也就是他的博士论文，倒是一部扎扎实实的史学著作。

他晚年写了本自传，叫《黄河青山》，很有看头。看了你就知道，什么叫坚忍不拔，什么叫矢志不渝。同时也就知道，一个人的阅历对他学术上的成功是多么的重要。我甚至以为，他能用那样一个蹊跷的方法写历史，或许与他某一时段的经历有关。一个时期，几个人物，便是一部丰盈的历史。没有特殊的经历，难有这样奇特的体验。至于他的大历史观，实在没有什么新鲜的东西，不过是老生常谈而已。

最后一个，说说唐德刚。他是安徽合肥人。1939 年秋，考入重庆中央大学历史学系，1943 年毕业，曾任中学教员、大学讲师。1948 年赴美留学，获哥伦比亚大学博士学位，此后长期在美国大学执教。

1980 年，我在北京文讲所学习时，有个同学也是写小说的，后来出国了，听说他的舅舅就是唐德刚。我后来看了唐的照片，发觉这舅甥二人，还真长得很像。我看唐德刚的书是比较早的。1990 年后，我不写小说了，转向现代文学研究，跟太原外文书店建立起关系。他们有一项业务，就是给研究者提供买港台书的便利。他们提供一个书目，凡是这个书目上有的都可以买。书目上没有的，经他们认可，也可以买。我的台湾版的《徐志摩全集》、香港版的《徐志摩新传》，就是这样买下的。除了买这类书，我见了新奇的书也会买一些。就是用这个办法，买了唐德刚的《史学与红学》《书缘与人缘》。过了几年，他的著作内地大都出版了，最有名的该是《胡适杂忆》《胡适口述自传》。这两本书，我买过三个版本，最早是华文出版社的，后来买了广西师大出版社的，再后来又买了台湾版的。《晚清七十年》是他的集大成之作，我买的也是台湾版的。

唐是晚清和近代史的专家。从学术成就上说，跟台湾的郭廷以、大陆的杨天石这样的专家，是不能比的。不是说没有见识，见识是有的，只是在材料上、论证上粗疏了些。相比而言，他在口述历史上的贡献更大，也更重要，有开宗立派的意义。这方面的著作，除了前面提到的《胡适口述自传》，还有《李宗仁回忆录》和《张学良口述自传》。《顾维钧回忆录》一书，他说他出了大力气，但顾的家属好像不太认账。

唐这个人，有一点是非常了不起的，就是文笔十分好，甚至可以说是十二分好。你看他的著作，常常会忘了这是一个史学家写的，由不得会想到，这个人只是将史实当作材料，在写他的文章。由此可以推知，文笔好，对一个历史学家是多么的重要。说句刻薄的话，文笔好了，能把一个不太合格的历史学家，造就成著名的历史学家。

我对他最不满意的地方，是他提出所谓的“历史三峡说”。好几本书里，都有这个说法。他也没有什么精确的论证，只是说中国由战乱的诸侯国，到统一的农业帝国，中间经历了三百年；两千年发展下来，现在要由农业帝国，转向工业文明的现代国家，要走出这一困境，少说也得二百年。这二百年，可称之为“中国历史上的三峡”。这话比瞎子算卦，还要不靠谱。瞎子给人算卦，人问什么时候能发家，若说二百年，耳巴子早就抽上去了。二百年，七代人啊，谁能等得上？还不如说“圣人出，黄河清”，圣人再难出，总是个人，有盼头。他这倒好，什么条件都没有，叫人干等上二百年。

不说他的这个怪异数字，要探究的是，为什么他说了这么个数字。他是 1920 年生人，到改革开放时，取个整数，以 1980 年为界，整整 60 岁了。他是 2009 年去世的。我注意到，这三十年间，尤其是改革开放之初的十几年，他曾多次回大陆讲学游览，所到之处，都受到隆重的接待，被视之为对大陆友好的海外学者。他的“历史三峡说”，就是这一时期提出来的。我们有理由怀疑，他提出这一论点的动机。一个历史学家，完全是凭着自己的情感，提出这样一个难以实证的命题，是很难让人信服的，甚至让人怀疑其人格。照他这样说，这二百年内，发生什么都是可以容忍的，正在“三峡”嘛，出了三峡就是广阔的江面呀。

这四个人，可说是四个不同类型的历史学家。

杨联陞是中国传统型的，他的长处是博学多识，轻松自如，常在他人不经意处，显示出自己的高才卓识。何炳棣是西方传统型的，结构谨严，气势恢宏，他就是要超越前贤，就是要彪炳史册。黄仁宇属于经历型的，以其独特的经历，敏锐的才识，独辟蹊径，自立门户。唐德刚是才子型的，也可以说是位学者型的社会活动家。他能在纷纭的现实社会中，及时找到彰显自己才华的门径，获取地位与声名。你看他，结识了胡适，就写了《胡适口述自传》。以此为开端，走上口述历史的路子。

有志于史学的同学，不妨把这四个人，当作自己的四种人生阶段。也就是说，走到哪一步，算哪一步。比如说，现在还没有定下研究选题，或者说只是隐隐约约有个方向，还不明确，这时最好是学杨联陞的治学方法，多看书，多结交名流，激起研究兴趣，想写什么文章，就写什么文章，不慌不忙，走走停停，朝前晃悠着。

一旦获得学位，站稳脚跟，就要拉开架势，大干一场。这个时候，就要学何炳棣的做法了，旁搜远绍，竭泽而渔，最大限度地获取资料，拼足气力写出皇皇著作，占领学术高地，铸造人生辉煌。

人生不总是一帆风顺，说不定会遇上什么样的困厄。这时候，千万不要气馁，要咬着牙，坚持下去。想想黄仁宇先生，40 多岁才获得博士学位，到 60 多岁了，才获得巨大的声誉。你也许什么都得不着，但努力的过程也是值得欣慰的。

不管什么时期、什么境况，都要有唐德刚的本事，文思敏捷又笔下灵动。有了好的文笔，只要逮住个题目，就能写出洋洋洒洒的文章，这是大本事。而这个本事，是要靠平日勤学苦练，才能得到的。

因为我是历史系的老学生，你们都是小学弟、小学妹，我很愿意再跟你们说几句掏心窝子的话。

一是，毕业后若不选择历史研究则罢，若选择历史研究，一定要舍得花钱买书。凡是有大成就的学者，都是舍得花钱买书的，胡适是，钱穆是，陈垣是，陈寅恪是，这些人都做成了大学问。钱锺书聪明过人，但是舍不得买书，做学问全靠从图书馆借书、抄书。他的《管锥编》里，只能看到一根一根的管子、一根一根的锥子，看不见天，也看不见地，只能说是饾饤之学。

二是，一定要知道，做学问的最高境界，乃是竭忠尽智。

这四个字，各人有各人的理解。有的人认为，我只要做好自己的本职工作，就是报效了国家，就是竭尽了对国家的忠诚。我的看法是，只有竭忠才能尽智，只有有了强烈的报国情怀，才能将自己的聪明才智充分地发挥出来。报国情怀，不同历史时期，有不同的内涵。为什么19世纪末出生的那一批知识分子，凡是去海外留学的，几乎都成了所学领域里的开山祖师呢？一来是因为他们成年的时候，传统科举停了，清朝的门户开了，有了外出求学的机会。最重要的是，他们认识到祖国积贫积弱的处境，一心报国，也就最大程度地显现了他们的智力，这才成了大事。

三是，中国有个传统，就是文史不分家，由经可以入史，由经也可以入文。而中国文人自明代以后开始认识到，过去的诗词歌赋格局小了点，最能显现文人情怀、最能施展文人才华的还是说部，就是长篇小说。自明末以来，中国长篇小说的传统，可以归纳为八个字，就是“邪思淫喻，呈才使性”。肇其端者是《金瓶梅》，继其后者是《红楼梦》。清末民初，大放异彩，为其绚烂期。钱锺书的《围城》，可说是中国长篇小说的一部杰作，虽说吸取了许多外国小说的元素，但也没有破了这个八字诀。我曾写过一篇文章，叫《钱锺书的淫喻》，意思是说，《围城》里面精彩的比喻几乎全是从男女情事上来的。钱氏有此成就，不比任何一个学者差。

将来若有可能，不妨试着写写小说，别让你们这个老学长孤零零地走在前头。

谢谢同学们，谢谢郝平院长！

2017 年 8 月 23 日于潺湲室

散文，神仙也写不好——与太原西峪煤矿女职工谈写作

怪不得下面几乎全是女同胞，据说是单位搞三八节征文，要求写一篇散文，好多女同胞说不知道该怎么写，单位领导说给你们请一个大作家来谈谈，不知怎么就把我叫来了。我听了只有苦笑。为什么会苦笑呢？是觉得，叫我说什么不好，怎么会叫我说写散文呢？如果叫我说写小说，我能说个头头是道，你们听了一愣一愣的。叫我说做学问，在理不在理，我也能说上一大套。只有写散文，我听了只有叹气，只有苦笑。为什么呢？散文，尤其是当下的散文，说句直白的话，那是神仙也写不好。

不是说现在的人写得不好，古人也没有几个写得好。从汉唐到明清，两千年间，诗文通论，好的诗，能说上几十首；好的散文，怕连十篇也说不上。有灵气又有感情，我能看上的，也就那么几篇。宋玉《登徒子好色赋》算一篇，司马迁的《报任安书》算一篇，韩愈的《祭十二郎文》算一篇，归有光的《项脊轩志》

算一篇，沈复的《浮生六记》算一本，其他达到这么高的层次的散文，真的想不起来了。有人会问，苏东坡的散文不好吗？我的看法是，此老有才气，会铺排，却少感情，算不得好文章。《史记》《汉书》《资治通鉴》中都有好文章，可那不能算纯正的散文。

散文之所以写不好，还有一个原因，就是它原本不是文学作品，可说是一种实用文体。前面举的几篇，叫赋的就一篇，也是假赋之名，行辩驳之实。其余几篇，有的是祭文，有的是书信，更多的是札记。可见，散文在古代，是以实用为主，记事为主。近世以来，才把它归到文学作品里了。文学作品，最大的一个特点是它的文学性，而文学性的最显著的特征是虚构和夸张。这两条与散文的特性，可说是相抵触的。这么说吧，文学作品是要把假的说成真的，到了散文这儿，如果加上文学性，成了把真的说成假的。说成假的，还要更像真的。这样的事儿，神仙也做不好。

现在的人写不好散文，最主要的一个原因，是承载的东西太多。本来是《人民日报》社论的事儿，你都揽在自己身上了，还要一篇小小的文章来承担。这么小的身子，这么重的负担，站都站不直，还要它五光十色，翩翩起舞，怎么能行呢？

我来的时候，主持人问我要不要准备课件，我说要，我的晋南普通话，发音不准，把我要说的几首诗词，放在屏幕上，大家看了清楚。就是上面这几首。有人会说，你这不是歌词吗？怎么讲散文，讲起歌词来了。我不是说了嘛，讲散文，神仙也讲不好，我这是借了歌词、唱段，来讲怎么写散文。

这道理，也是我近年来才悟出的。这几年，我一直在外地，陪老伴看孙子，实际上我是陪老伴。她忙她的，我只是看书、写东西，闲了在电脑上听歌、听戏。听歌，只听女歌手的，还是漂亮的那种，不漂亮的，唱得再好也不听。听戏，只听周信芳的，不是周信芳的录像，是音配像。所以我就选了邓丽君的一首歌，周信芳的一段戏词，还有唐代诗人张籍的一首《节妇吟》。先看邓丽君的这首《你怎么说》歌词：

我没忘记你忘记我，
连名字你都说错。
证明你一切都是在骗我，
看今天你怎么说。
你说过两天来看我，
一等就是一年多。
三百六十五个日子不好过，
你心里根本没有我。
把我的爱情还给我！

这首歌，我听了不下一百遍，每次都跟头一次听一样新鲜，越听越有味儿。这首歌我看的是个视频，好像是在台湾某地的一个月光晚会上，下面黑糊糊的，看不太清，观众有军人，也有平民。一开始，邓款款地从台阶上走下来，一袭红色的旗袍，绸缎闪动。她开始唱了，朝前走去，走到某处，有人伸过手，握了一下。唱到一个停顿处，她朝远处问了声："在哪边？"好像是说，她说的那人，总也找不见，莫非是在那边。邓旋即走到一个年轻军人面前，又从头唱开了。唱到"证明你一切都是在骗我"，单手插腰，像是要问罪的样子。又弯下腰，凑到对方跟前，唱道："看今天你怎么说！"又站起来，问对方的年龄，对方说26啦，邓的脸上掠过一丝惊喜，又问结过婚没有，对方说结过啦。邓一转身，恼悻悻地走开，边走边唱："你说过两天来看我，一等就是一年多！"给人的感觉是，这一年多的时间里没来看她，原来是结婚去了。待走上台阶，转身站定，先是将手臂伸开，又狠狠地往里一勾，这才唱道："把我的爱情还给我！"接着是含情脉脉地一瞥，缓缓地低下头来，谢幕。

不说歌词了，光这个神态，这个动作，就是水乳交融、浑然一体，让人拍案叫绝。若是有人如实地写下来，就是一篇好散文。歌词呢，句句是实话，全是一个被欺骗了感情的女孩子的哀怨之叹。这样的词儿，继承了中国古代闺怨诗的传统，凄楚动人，怨而不伤。

这首是创作的歌曲，也可以看作是一首民歌。山西是民歌之乡，有许多好的民歌，让人百听不厌，我最爱听的是一首晋北民歌，叫《对面的圪梁梁上》。后来我发现，这首民歌让我们的文艺工作者给改坏了。

前几天在手机上看到的一个演出，唱的就是改了的词儿，是这样的：

> 对面的圪梁梁上，那是一个谁？
> 那就是那，要命的二小妹妹！
> 妹在那个圪梁梁上，哥在沟，
> 瞭不见妹妹哟，你招招手！

声音确实嘹亮动听，但是听了词儿，一点也动不了心。觉得就像当年编刊物，明明是一篇好文章，七改八改，给改成狗屁文章了。首先歌词在情理上就不通。前两句，是说对面的圪梁梁上那是一个谁，明明是男的在问，而后面两句，却成了女的在说，你看不见我，就招招手吧。意思是，用招招手来代替相思情深。这改得多别扭。这边都看见那边是那个“小妖精”了，那个“小妖精”却说，你要是看不见我，你就招招手，莫非先前看见的不是这个“小妖精”？这不合情理嘛。

原来的词儿可不是这样。20 世纪 80 年代，我们去河曲县采风，当地“二人抬”剧团为我们唱的，是原汁原味的《对面的圪梁梁上》。词儿是这样的：

对面的圪梁梁上那是一个谁？
那就是那，要命的二小妹妹！
妹在那个圪梁梁上，哥在沟，
亲不上嘴嘴哟，你就招招手！

原词就合理多了。一个在山梁上走着，一个在沟里走着，男的忽然一抬头，呀，这不是我的那个相好的吗？于是便唱道，我还以为是谁呢，原来是你这个要人命的“小妖精”。平日见了，总要亲热亲热，今天偏偏不巧，你在山梁上、我在山沟里，隔了这么远，连个嘴都亲不上，那就算了，你招招手，就权当是咱俩亲了嘴了。多么美好的感情，多么纯朴的想法，为什么要改了？想来是我们的文艺工作者，怕把青少年教坏了，万一看了这个演出，之后会亲嘴了呢？好像这样改了，年轻人就不会亲嘴；不这样改了，年轻人就一天到晚不停地亲嘴。这是操的哪门子心哟！

王洛宾的民歌，就是这样原汁原味，让人一听就动心的歌儿。他的民歌，不能说是他创作的，只有说是他整理的。人家就没有随意地改动。比如，《达坂城的姑娘》，就是“赶着你的马车，带着你的妹妹来”。还有那首《在那遥远的地方》，“我愿做一只小羊，跟在她身旁，我愿她拿着细细的皮鞭，不断轻轻打在我身上”。我听了，觉得就是被狠狠地抽上几鞭子，心里也是舒坦的。这就是真情实感的力量，这就是细微处着力的力量。凡是好的民歌，都有这种细微处着力的特点。如果我们写散文，掌握了这个技巧，也会达到这样动人的效果。

关于细微处着力，我们来看看周信芳的这个京剧唱段。我看的音配像视频，音是周信芳的音，像是小王俊卿的像。这个小王俊卿，真是把周信芳的唱腔演活了。周信芳活着，怕也只能是这个样子。京剧《赵五娘》里，最有名的段子，一是《描容上路》，一是《扫松下书》，今天我们说说《描容上路》。故事很简单，赵五娘的丈夫叫蔡伯喈，赴京赶考，高中后被丞相招为了女婿，三年不回，家中父母双亡。赵五娘在邻居老伯的帮衬下，埋葬了双亲。她背上公婆的画像，去京城寻夫。临行前，老伯殷殷叮嘱，其唱段是：

叫一声五娘且慢行，
老汉言来你且听。
身上背定公婆影，
鞋弓袜小路难行。

此番进京早住店，
登程还要等天明。
登山涉水心要稳，
行船过渡莫争行。
沟渠之水不洁净，
渴向人家讨茶羹。

就说这几句，下面的不说了。你看这个老伯给五娘的叮嘱，一项一项，都是实话，正因为是实话，又这么细致，才显示出感情，才能打动我们听戏的人。这唱词，想来原先底本就好，又经过周信芳先生的加工，更是炉火纯青。如果现在根据当下的观念改一下，看看会是什么样子。当然，假设这个改的人，是我这样的二把刀，又是非常听话的那种文艺工作者。现在我开始改了，一句一句来。“此番进京早住店，登程还要等天明”，这是什么意思？难道是说我们的社会治安不好吗？朗朗乾坤，一派祥和，有什么不安全的。那就改为：“此番进京随便走，或迟或早都能行”。“登山涉水心要稳，行船过渡莫争行”，什么意思？难道我们的公共秩序不好吗？“五讲、四美、三热爱”，讲了多少年了，社会秩序已大为好转。常见少先队员搀扶老太太过马路，年轻人在车船上争相让座。你就是走得再快，也没人拦着你；你就是心脏病犯了，救护车五分钟就到。那就改为："登山涉水放开胆，行船过渡有人扶。""沟渠之水不洁净，渴向人家讨茶羹"，太不像话了，难道我们的小溪小渠的水质就那么差吗？不是经多方治理已大为好转了吗？那就改为："沟渠之水清凌凌，掬上一口润喉咙。"于是这段唱词，后面几句就成了：

此番进京随便走，
或迟或早都能行。
登山涉水放开胆，
行船过渡有人扶。
沟渠之水清凌凌，
掬上一口润喉咙。

你们别笑，我这是打比方，实际的情形，只怕比这还要坏。我女儿是小学教师，前几天回来，吃饭时说，这些日子幼儿园举行童谣比赛，要有什么什么字，说着打开手机，念了一首，我听了差点把嘴里的饭食喷了出来。这是童谣吗？只怕是行政机关宣传栏里的决心书。

明白了什么样的句子是好句子，就会明白什么样的文章是好文章。可以这么说，好句子组成的文章，就是好文章；好句子多的文章，就是好文章。现在要说的是，怎么才能写出又平实又带感情的好句子。我的看法是，没有别的办法，只有平日多练习，多动笔。

最好的练习，是写家庭生活札记。我这个人，爱写毛笔字，过去工作忙，只是偶尔写写，现在退休了，一切都往慢里放。明明发个微信，就能办了的事，我的办法是，写个八行笺，拍照发过去。再就是，给孙子写趣事。我用的是蓝皮线装的八行宣纸本子，两个孙子，给大的写了六本，给小的写了九本。有的就发在手机的朋友圈，这儿给你们念两则。一则是写 7 岁的老虎（小名）的，第 157 则，叫《我的衣服用过很多次》，正文是：

> 老虎批评妈妈，洗完衣服总也不关洗衣机的门。妈妈说，只有洗衣服的人，才会不关门，你用过几次。老虎说，我是没有用过，可我的衣服用过很多次！

一则是 4 岁的小灰灰（小名），第 355 则，叫《姥姥说的不对》，正文是：

> 小灰灰吃饭时，把米饭掉在桌子上。姥姥教育他说，吃饭要小心，不能浪费农民伯伯种出来的粮食。小灰灰抬起头，争辩道："姥姥说的不对，米饭不是农民伯伯种出来的。农民伯伯种的是水果、蔬菜，米饭是妈妈做的！"

在座的多是女同胞，我看你们的年龄，中年以下的居多，差不多都有不大不小的孩子。如果能在孩子小的时候，就开始写这种家庭生活札记，等孩子长大后，让孩子看看，是很有意思的。练习文笔，这是一种方法，还有一种，就是记日记。我从上高中起就开始记日记。“文化大革命”期间，停了几年。到80年代，看见世事平静了，又开始记，直到现在，每天都记。前一天有空，前一天就记了。前一天没空，第二天一早坐在书桌前，头一件事就是记前一天的日记。起初记日记，想法很可笑。那时看见好多名人都有出版的日记，就想，我也要记日记，万一将来成了名人，没有日记，不是个缺憾吗？记了几十年，却还是个三流作家，老没出息。不过我不后悔，正是这几十年记的日记，让我的文笔变得细致起来，叙事状物，总能曲曲折折，完满地表达自己的意思。写文章，写那些大的事件，谁写都差不了多少，但文章好和坏，全在细微处。而记日记，多是写生活琐事，时间长了，笔头上的功夫就有了。

好多人不写日记，说是忙，顾不过来；闲下来呢，又觉得日常鸡毛蒜皮，卑微不足道。这里我要纠正一下，写日记，最有味的，恰是写生活小事。近日我看《邓之诚文史札记》，这本书实际上就是邓先生的儿子，从他的日记中摘录出来的。其中说到记日记的道理。邓先生就主张，记日记，忙时少记，闲时多记，最能养人性情。刚才有位女同胞，说是写文章，最难的是不知如何下笔。我告诉你，这个事，你不能想，想得多了，就无法下笔。再就是不能问，问到的都是大路货，都是人家不知用过多少遍的。怎么办呢？由着自己的性子，怎么顺溜怎么来；想到哪儿，就从哪儿下笔。觉得不得劲了怎么办？往回扭，一下子扭不过去，就扭两下子，等全扭过来了，整个道理就说清了，整个事情就写完了，而且得个落笔大胆、转合有致的佳评。

今天就说到这儿，但愿大家都能有所长进，都能写出好文章来。

2018 年 3 月 22 日于潺湲室

文学和我们的世界——在河北省图书馆的演讲

来到河北，我有一种使命感，就像一个住在山沟里的穷亲戚，受了委托，来到平原上，看望有了大发展的富亲戚。说是亲戚可就远了，应该说是同宗的族人。河北人一说起自己的根，就是山西洪洞大槐树，从这个意义上说，河北人就是山西人。你们富裕了，不能忘了六七百年来，替你们看守着祖先土地的同宗族人。不能一说起自己宗族源远流长，就把山西拉过来；一说自己多么文明，多么现代化，又把山西推过去。我这里说了这么多，不过是想跟大家套个近乎，说晋冀两省有着共同的文化源流，都要好好珍惜。

“文学和我们的世界”这个题目是大了些，好处是拘束少，回圜的余地大。同样的题目，世界读书日的前一天，我在山西省图书馆已经讲过。在山西讲，我是从读书讲到文学；来到河北，我想调过来，从文学讲到读书。我先谈什么是文学，再谈新文学的发展，再谈眼下的文学状况，最后归结到读书对人生的意义。

如果时间允许的话，我还想谈谈中国的小说传统。无论对于文学，还是对于读书，这个内容都该说一说。

我要纠正大家的一个观念，听讲座不能只管对与错，还要看有意思没意思，错了当然不妥，对了也得看有没有意思，如果没意思，对的也不值得。先打个预防针，别等我辛辛苦苦讲完了，问你们怎么样，说是对着哩。这岂不等于一个姑娘跟一个小伙子处了几个月，什么事都做了，末了要分手了，问小伙子感觉怎么样，说是跟邻居老王家姑娘一样。说这话，意思是提醒诸位，要凭自己的感觉，不要用别人的标准代替了自己的判断。

先得说说我对文学与科学的看法。我们这个社会，很长一个时期（现在也一样），总是把科学看得很高，把文学看得不怎么高。一个根据是，多年来一直流行着“学会数理化，走遍天下都不怕”的说法。再就是，好些中学生学习要是差点，家长就劝他报考文科，好像文科不需要多聪明。这等于从起点上就把文学这个学科，置于次一等的地位。一个学科的优劣，与从业人员的智商有很大的关系。虽说现实如此，我仍然认为这个看法是错的。为什么呢？科学只能说是发现，而文学则是创造。不管是牛顿也好，还是爱因斯坦也好，他们的万有引力学说、相对论，都是客观存在的，只能说是前人不知道，到了他们手里给发现了。不能说这些学说是他们创造的，世上原本就没有这回事，他们说有才有了。文学就不同了，《金瓶梅》里的西门庆、潘金莲，《红楼梦》里的贾宝玉、林黛玉，《西游记》里的孙悟空、猪八戒，《围城》里的方鸿渐、赵辛楣，世上并没有这些人物，全是作家创造出来的。你不能说，某地有个孙悟空，我们的科学家用什么方法，把他挖掘出来又让他起死回生了。

说件事吧。20 世纪 70 年代初，中美建交前后，一批美籍华人科学家、学者来到北京。不是一起来的，前后陆续分为好几批。科学家里有杨振宁，学者里有历史学家何炳棣，有次在北京饭店里两人遇见了。他俩都是 1944 年第 6 届的清华留美公费生，都在各自的专业上做出了突出的贡献。杨得了诺贝尔奖，何的学术成就也是世界级的。见了面，杨振宁客气地说，炳棣啊，那年庚款留美考试，您比我高 3 分。何炳棣不买这个账，说振宁啊，我不是比你高 3 分，是高 7 分。何炳棣说这个话，底气是很足的。他写过一本书，叫《读史阅世六十年》，里面说了当年考试的情形，各门功课所占的比例。除了普通科目，还有专门科目，就是现在说的专业科目。但是从这个比例上能看得出来，如果两个人的专业成绩都是全分的话，要差下分，只会在英文科目上。满分 100，专门科目占 50%，普通科目里，党义和国文共占 15%（前者占 3.75%，后者占 11.25%），著作及服务占 10%，英文一项独占 25%，谁高谁低，一看分数就知道了。杨振宁 71.5 分，何炳棣 78.5 分，确实是高了 7 分。何书里又说，如果历届中美和中英庚款考试合并统计，总平均分最高的要推第 3 届的钱锺书——得了 87.95 分。20 世纪新登科录中创下最高荣耀的是学兼中西、文才横溢的钱锺书，绝不是偶然的。几次演讲，我都举这个例子，没有别的，只是想扭转大家的一个认识，要论学业上的优秀，文科生一点都不比理科生差。是你不认为他优秀，并不等于他不优秀。还是那句话，不要用别人的标准，代替了自己的判断。

我一点也没有贬低杨振宁的意思，只是想说，杨做的是发现的工作，钱锺书《围城》里的系列人物，则是全新的创造。这一系列文学形象，将永远矗立在中国甚至是世界的文学史上。

这个观念立起来了，下面的话就好说了。

文学是很难讲的，空口说，怎么也说不清。说的次数多了，我摸索出个窍门，就是先说个故事，加以阐释。我这里有两个故事，一个是雅的，一个是俗的。通常我到学校（包括党校）讲文学，就讲雅的，到社会上办的班上讲，就讲俗的。今天到了河北，来的全是成年人，我就两个都讲了。先讲雅的，就是张籍的《节妇吟》。

张籍是唐朝人，他的这首诗，借汉朝做背景，说了个故事。说是汉朝有个有钱的年轻人（或许不年轻了），见了一个年轻漂亮的女子（或许不太年轻，但是气质甚好），仪态万方，让人看了会有想法。他就备了两颗珍贵的珠子，带穗儿的，涎着脸给了这个女人，还说了几句表白爱意的话，说得很是动情。这女人呢，接过来，撩起自己的红棉袄，系在了里面，这才拍拍衣襟说道：

君知妾有夫，赠妾双明珠。
感君缠绵意，系在红罗襦。
妾家高楼连苑起，良人执戟明光里。
知君用心如明月，事夫誓拟同生死。
还君明珠双泪垂，恨不相逢未嫁时。

这是个有意味的故事。其起因或许是恶意的，甚至是挑逗性的，极有可能发展为谩骂、厮打，甚至惊动官府。但是因为这个女子得体的处置、得体的言辞，末后成为一个美好的、充满人情味的佳话。可以这样说，优秀的文学作品，几乎都是人性在低层面上发生冲突，在高层面上达成和谐与解决。像这个故事里，起初只是美貌的吸引，最后是从理性的高度进行富有哲理的阐述，成了千百年来的一个永恒的喟叹。

再讲俗的，是火车上的故事。大前年冬天，扬州文联主席杜海先生办了个文学创作高研班，请了两三个作家去讲课，见我多年没去过南边，也叫了我。当时我在北京，陪老伴看孙子，从北京到扬州有一趟专列可以直达，头一天晚上九点上车，第二天早上七点到。一上车睡不着，我就想着怎么能用最简略的方式，讲清什么是真正的文学。那时我刚用微信，常有朋友发来的段子，忽然就想起一个段子，也是火车上的事儿。说是一个老同志，坐软卧车外出旅游，晚上车厢包间里只有两个人，另一个是躺在上铺的女孩，算个大龄姑娘吧。进入夜间行车，灯熄了，老同志要睡觉，上铺的女孩在看手机，大概看的什么电影，呜里哇喇吵个不停。下铺的老同志想说吧，也知道人家不是故意，只好强忍着。直到凌晨三点了，还是呜里哇喇，吵得人无法入睡。这老同志实在忍不住了，轻轻敲敲床腿说，能不能让睡一会儿。这女孩子听了，探下头，瞅了瞅，见是一个干练的老同志，又是这样文明地提出这么个要求，想了想，点点头说，那你上来吧。

别笑，大家可以想一下，这个事情，还会有什么样的结局。若这个老同志，是经过“文化大革命”的急风骤雨考验的，有一副革命的脾气，起初或许出于革命人道主义精神，忍一忍。到了半夜里，还是吵得他睡不成，定会怒火中烧，怒不可遏，伸脚往床腿子上，“咚咚咚”，踹上三下，喝道：“干什么的，还叫人活不叫人活！”那个女孩子，虽没有经历过“文化大革命”的洗礼，却也曾得到“文化大革命”精神的滋养，不是个省油的灯，定然会一跃而起，玉臂如戟，直指对方，大声喝道：“老不死的，敢在你姑奶奶面前撒野！”吵声惊动了列车长，过来调解，给老同志换个车厢了事。这次倒好，一个词语的误读，又是这样的一个夜晚，事情就有了神奇的转机。等于是人性在低层次上的冲突，在高层次上达到了充分的和谐、美满的解决。原来的段子下面，跟着这样的一句话，老同志过后说：“代沟真好！”我要跟帖的话，会说这是我看到的当今最好的短篇小说，世界级的，契诃夫写不来，欧亨利也写不出来。

什么叫文学？这就叫文学，它有特定的环境、特定的人物、特定的思想活动。人们以为会发生争吵，就好像两个国家会发生战争，但是没想到，事情出现了戏剧性的转化，达成了一个美好的结局。这个段子是俗了些，但透出的文学的品质更明确些。这就要说到我们的革命文学，多少年来，最大的一个失着便是，人性在低层次上的矛盾，用更低的方式来解决；有时甚至是人性在高层次上的矛盾，也用更低的方式来解决。这个失着，就是斗争与消灭。若不是还曾起过宣传民众、促成革命事业成功的作用，还有一定的历史意义，仅作纯文学上的评价，其几乎是完全失败了的。

前几年，德国汉学家顾彬说，中国的当代小说全是垃圾。中国作家一下子炸了窝，说什么话的都有。这位汉学家真是站着说话不腰疼，饱汉子不知饿汉子饥。人家白求恩，也是外国人，不远万里来到中国，帮助中国人民的抗战事业。你也是个外国人，不学白求恩也就罢了，还要站在万里之外说风凉话。中国小说是不怎么样，什么词儿不好用，偏偏要用垃圾这么刻毒的词语。可是又一想，我们一年生产几百部小说，怎么能好呢？要是好了，不就是说中国一年生产的小说，可以盖过世界几百年的好小说产量了。我们的小说，一年几百部，出版上市没几天，就一堆一堆往造纸厂送。说什么好呢，说是一个文化高潮，显然不恰当。想来想去，我以为最好是看作一场群众性的文化娱乐活动。“德不孤，必有邻。”在我看来，有文化的人写小说，跟老大妈跳广场舞，跟中老年人练书法，好有一拼。老大妈跳广场舞，除了夜里扰民不妥外，你好意思用舞蹈家的标准去指责吗？中老年人练书法，提个桶，在广场上，挥动胳臂写大字，湿湿的很好看，太阳出来全没了，坏了谁家的菜？有文化的人写小说，老大妈跳广场舞，中老年人学书法，可说是当今中国三大文化娱乐活动。

1958 年“大跃进”期间，曾有男女老少，全民写诗的例子。

我倒是希望，在很短的时间内，读书也能像广场舞、练书法一样，在全国推广开来，哪怕是装模作样也行。很少有小时候喜欢读书，长大了不喜欢的。也不怕你装，就怕你不装，装着装着就成真的了。前些年，我写过一本自传，叫《装模作样：浪迹文坛三十年》，说我从上中学时起，就想装个文化人，后来也一直是在装。几十年下来，弄假成真，真的成了个文化人。

该说说读书的意义了。我在讲稿上准备了一大段，昨天晚上在对面的凯旋金悦酒店住着，又做了修改。这是因为我在网上看到河北省图书馆的馆训，八个字：守正启智，修学求是。我觉得这八个字，足可以说明读书对人生的意义。只是我斟酌了一下，前一句的词序有点小小的不妥。启智与守正，应当调过来，改成：启智守正，修学求是。这样两个短语，才是结构相同，词性对称。从逻辑顺序上说，也是先求智，才能守正，已经守正了，还求什么智。不能把智仅仅理解为知识，正才是真正的智，有了智才能守正。想来制定者的思路，是先要守正，再来求智，却忘了守正恰是求智的结果。我再补充一下，读书对人生的意义，应当是启智、明理、怡情、守正。这样说就更全面了。怡情也是非常重要的，过去人们不愿意说怡情，那样读书的乐趣就少了许多。少了乐趣的事情，硬叫人去做，是不道德的。

有关中国传统小说的话题，简单说就是中国的长篇小说有自己的写作技巧与文体特色。《金瓶梅》—《红楼梦》—《绿野仙踪》—《儿女英雄传》，一路下来，才是中国旧小说的传承线索。在这上头，谁也想不到的是，新文学运动的倡导者胡适先生，做了许多有益的工作。1930 年前后，上海亚东图书馆（实为出版社）的老板汪原放，是安徽绩溪人，要出几部旧的世情小说，请胡适这位老乡作序。胡适自己写了几本的序，计有《三侠五义》《海上花列传》《儿女英雄传》《老残游记》，请徐志摩写了《醒世姻缘传》的序。我近来对旧小说起了些兴味，先后看了《儿女英雄传》和《绿野仙踪》，有个感觉，中国旧小说的特点，可以用八个字来概括，就是“呈才使性，邪思淫喻”。从《金瓶梅》到《儿女英雄传》一路下来，莫不如此。在这上头，钱锺书的《围城》，与其说是借鉴了西洋小说的写法，不如说是借鉴了中国旧小说的写法，真正体现了“呈才使性，邪思淫喻”这个八字真诀。在我看来，要重振中国文学的雄风，要看到中国长篇小说的崛起，必须珍惜旧小说的传统，参以西洋小说的经验，才会趟出一条新路来。

最后，送大家两条联语，一条是多年前，我送给太原的山大附中的：“勤勉是我们的本分；成功乃意外的欣喜。”一条是我这几天想下的：“尽职就是担当；幸福就是成功。”谢谢各位，有不对的地方，还请批评指正。

2018 年 5 月 4 日定稿于石家庄市凯旋金悦酒店，次日讲

我们需要怎样的文学批评——在中国人民大学『娴院』的演讲

谢谢“娴院演讲”的安排，能在中国人民大学这个教室讲一次，深感荣幸。不过我要纠正主持人的一个说法，刚才介绍我时说我是著名作家，这样的话我不爱听，能不能换一个说法。著名作家是因“名”而“著”的，说一下名字没有人不知道，比如鲁迅，比如胡适。这样的人说了名字就够了，根本不用说哪里人，写过什么作品，但我不够这个格。前不久去医院看病，轮到我的号，医生喊句“韩石山”，就我一个人站起来，别人头也不抬。试试喊句“鲁迅”，虽明知不是自己，也得抬头看看谁敢叫这个名字。

换个什么说法呢？“著名”这两个字，颠倒一下就行。别说我是著名作家，说我是“名著作家”就好了。我的作品只有两种，一种是已经成了名著的，一种是即将成为名著的。好笑吧！有人笑了，心里肯定会说，这家伙够无耻的。不用你说，我也知道够无耻的。可是你想过没有，纵使无耻，这种表达多么聪明，多么风趣。

这是我今天演讲的第二部分，叫风趣的表达。这里先说了，算是开场白。

我们需要怎样的文学批评？简截了当地说，需要聪明的文学批评，不需要愚蠢的文学批评。具体地说，就是愉悦的思维，风趣的表达。

什么样的思维，才是愉悦的呢？且举个社会上的例子。文学批评，是社会批评的一种，不过局限在文学这个方面罢了。高考刚刚结束，说个与高考有关的话题。我在太原的住宅，后面是个工人居住区。每年高考过后，到了发录取通知书的日子，我总希望工人居住区里能传来凄厉的哭声。某家的孩子考上了大学，父母和孩子三人抱头痛哭。父亲一边哭一边说："儿呀，我们家世代都是工人，你考上大学，成了资产阶级知识分子，从此以后工人阶级就少了一分子。长此下去，工人阶级就后继乏人了，痛心啊！"说着抹一把泪，又说，"不过，你还是去吧，工人阶级的阵地，我和你妈一定坚守住！"高考恢复没几年，我就住在这里，多少年过去了，年年我都用心听，却都没有听到哭声，听到的常是放鞭炮的响声。

有人会说，韩老师开什么玩笑，天下怎么会有这样的事儿？我知道我的想法不现实，但你要说没道理，也不见得。我们的宪法上写得明明白白："中华人民共和国是工人阶级领导的，以工农联盟为基础的，人民民主专政的社会主义国家。"也就是说工人和农民是这个国家的中坚力量。大学生历来被认为是资产阶级知识分子，工人家庭出了大学生，从理论上说，就是削弱了工人阶级的后备力量。家长作为一个老工人，能不暗自伤心，以至放声痛哭？他不哭是他不哭，不能说他不应该哭。

说到高考，又是在高校，又让我想起一件事情。多年前，全国各省高校评选211，好多省都是把综合学科的大学定为211，再把许多二三流的大学并进来，比如吉林大学就是这样。以至人们到了长春市，会弄懵了，到底吉林大学在长春市呢，还是长春市在吉林大学里头？一进长春市，这里挂个牌子——吉林大学财贸学院，那里挂个牌子——吉林大学师范学院。我说的或许有些夸张，但你不能不承认吉林省的领导人是有战略眼光的。从此以后，吉林二三流大学出来的学生，拿的都是211大学的毕业证，在长春找工作怎么样不好说，到了南方肯定是一路绿灯。

人家这么做，山西是怎么做的呢？说起来你们都不会相信，山西是把一个工科大学定为211。当时就有人反对，硬是叫省里给压了下去。这是当时一位省领导定的，没过几年，大家都看出这个决策给山西造成的危害。省领导走了之后，大家才都敢说了。记得在一次政协分组讨论会上（我列席），有人说，山西的事情，怨不得别人，就是山西人自己搞砸了的，举的就是这个把工科大学定为211的事情。

我是山西大学的老学生，按说该跟着嚷嚷两句，但我没有。我摆摆手说："这位朋友别生气，我觉得我们省委领导同志还是很有水平的。你想想，他是矿工出身，要是山西有个矿业学院，他把矿业学院定为211，我们怎么办？要是山西有个坑道学院，他将其定为211，我们又怎么办？他定个工科大学，还不应该感谢吗？"我这么一说，在场的人都笑了。后来有人跟我说，还是作家会说话。我说这个的意思是，一件事既然无力改变，何不朝好笑的方面想一想。这既揭示了事情的荒谬，也逗得大家开开心。何必一天到晚气嘟嘟的，又伤胃口又伤心。

这就是我说的愉悦的思维。这个问题我想多说几句，思维的问题解决了，表达不是难事。思维的迟滞，是当代作家的一个通病。各种艺术形式，在思维层面上是相通的。相声演员的思维，实在值得作家好好琢磨。千万别说，不就是逗人笑嘛，有啥了不起的。不是这么简单的。这世上，让人哭，让人难受，让人恶心都容易，唯有让人笑是最难的。更何况好的相声演员，绝不是单纯的让人笑，而是常给人许多警醒和启迪。郭德纲的相声，就有这个作用。我看过他的书，书里有个小段子，说有人说人心都是向善的，郭却说敢保证说这话的人没见过世上所有的人。最近又听了他一个小段子，说世上要饭的人没有要早饭的，为啥呢？他要能早起，就不会去要饭了。你听了觉得好笑，可你要知道，老郭要费多大的精神，才能说这样好笑的话。绝不是有人说的顺手拈来就行了。

还是说写作上的事吧。关于风趣的表达，我想举我自己的两个例子。一个是已经发表了的文章，一个是想要写，但还没有写出来的文章。先说已发表的文章。

很早以前，我是写小说的，曾跟中国好些个有名的作家在一个班里学习过半年。后来知道自己不是那个料，写不了那种时尚的小说，就主动放弃了。我对自己的定位，是个三流作家，意思是混饭吃的，上不了台面。离远了看文坛，看什么就更清晰了。我总觉得，中国作家不知是所受教育不足，还是大多出身贫苦之故，看写作如同种庄稼，以为辛苦到了自会有好的收成。有人累得病倒，有人累得毙命，我认识的一个作家，一到要写作了，先买两箱方便面，从此十天半月不出门。那几年我常给《文学自由谈》写稿，总想写一篇规劝中国作家的文章，意在说明，写作靠的是灵性，还有学识，辛苦不辛苦，实在关系不大；太辛苦了，反而戕害灵性。怎么写呢？告诫式的文章，我是不写的。不管写什么文章，我总愿意别人说这是个聪明的人写的。要是写了篇文章，让人看了骂笨蛋，那是自取其辱，活得不耐烦。

我写的文章名叫《在斯德哥尔摩西郊墓地的凭吊》。这名字一听就怪怪的，好像我去欧洲旅游，去了瑞典的首都，去西郊墓地凭吊一位外国朋友。中国作家有不知道阿姆斯特丹是哪国首都的，没有不知道斯德哥尔摩是什么地方的。是不是瑞典首都且不管，诺贝尔文学奖的颁发地没有人心里不清楚。即便本人没有去过，精神魂儿早不知去那儿游荡了多少回。几乎可以说，凡有大名气的作家没有没做过诺奖梦的，次一点的，也会将之作为悬在不远处的鹄的。放开了想象吧，于是我的眼前便出现了这样一幅壮丽又惨烈的图景：自从20世纪20年代，一个又一个域外作家频频获得诺奖，构筑起中国作家的文学美梦，同时也撩逗起他们的雄心以来，有多少优秀的，或不那么优秀却异常骁勇的作家拼了全力，向着斯德哥尔摩发起长途进击。

这是一幅惨烈的征战图。没有现代化的装备，没有足够的糇粮，甚至没有一双便于长途跋涉的皮靴，笔是他们唯一的利器，拐杖都是前行的赘物，就这么几乎是赤手空拳地上路了。穿过塔克拉玛干沙漠，向西偏北！越过哈萨克丘陵，向西偏北！走过东欧平原，向西偏北！前面的人倒下了，后面的人看上一眼，脚步不停，继续前行。如果有人坐飞机，沿着这条路的上空飞行，临窗下望当会看到，这里或那里，倒卧着一具具僵尸，有的已成森森白骨。这里或那里，仍有趔趄前行的身影。不管是倒下的，还是行走着的，脸都朝着正西偏北方向。脚步可以凌乱，呼吸可以停止，心中的方位是不会错的：在东经 18 度、北纬 59 度的一个点上，有一个城市，它的名字叫斯德哥尔摩，市中心有座皇宫，那儿每年颁发一次世界级的文学奖，用的是一个炸药制造商的存款，署的是他的名字，此人名叫诺贝尔！

真也凑巧，就在我来人大演讲的前几天，有个朋友从瑞典首都给我发来一组图，还有相关文字。这位朋友姓刘，是个德语翻译，他的夫人就是 2012 年我心梗住院时参与抢救的大夫。刘先生曾看过我的那篇文章，说诺奖颁发地不是皇宫，也不是市政厅，而是斯德哥尔摩音乐厅。且说，斯德哥尔摩确有一块世界闻名的墓地，位于南郊的森林公墓，1994 年联合国教科文组织将之列入“世界文化遗产名录”。这位朋友极富文采，说中国的文人极具战士品格，过去的文艺工作被称为文艺战线，人人都是拿起笔作刀枪。只是从未想到，他们会冲出亚洲，翻山越岭，一路杀到瑞典，最终折戟在斯德哥尔摩的西郊。

刘先生发来的图片里，有一幅是著名的打了结的手枪雕像，并附言说，瑞典人用很风趣的方式，表明了鲜明的立场。看那照片，乌亮的枪管，扭麻花一样打了个死结。不由得就想到，虽是沉重的命题，瑞典人用的也是愉悦的思维、风趣的表达。

已构思好了，还没写出的文章叫《中国当代长篇小说的论文化倾向》。来之前，我曾经想过，说还是不说。写文章跟蒸馒头有相似的地方，想好一个构思，不能跟人说，说了就跟蒸馒头走了气一样，写的兴趣就不大了，甚至没有了。为了佐证我的观点，还是说了吧。

当今社会，有不少奇妙的东西。学术研究不时有造假的传闻，反倒像是写小说。小说呢，本来是虚构的，也可以说是“造假”的，但好些作家写来，跟写学术论文似的，实实在在、有条有理。贾平凹写了十几部长篇小说，每一部的主题或者说是题材，都是一个社会问题，有的是计划生育，有的是贩卖人口，应有尽有。这一写作模式早在三十多年前，他大量写中篇小说时已驾轻就熟。1985 年，我在评他的几部中篇小说的文章里就总结过：

> 某种风格，对别人来说是独特的、新颖的，对自己来说，却可能是单调的、陈旧的。贾平凹是有独特风格的作家，也难以免俗地受到这一局限。读他的几个中篇，总感到是一个味儿：商州山地的一种或几种古老的风俗，当前农村的一种或几种致富门路，痴男怨女之间的一场或几场感情

纠葛。难得的是他能为文造情，写得那么洒脱，那么兴致勃勃。（韩石山《且化浓墨写春山》，收入文学评论集《谁红跟谁急》）

几十年走下来，不过是把当年的一种或几种致富门路，换成了当今的一种或几种社会问题，一样的为文造情，一样的兴致勃勃。一个作家，不在思想上着力，不在文体上显才，就这么个模式，一部又一部地写下去，以产量多而自慰，真是没治了。

贾平凹的这种写法，已有论文化的嫌疑，本应当成为其他作家的殷鉴。可让我惊呆了的是，在当今社会，这种写法竟像造假秘方一样，成为众多作家竞相效仿的不二法门。这不是谁学谁的问题，如果光是谁学谁，反倒简单了。这一现象有个大的文化背景，且容我在这里点破。

20 世纪 80 年代后期，中国文坛有过一次大的动荡，主要表现是，在“文化大革命”后期开始写作，改革开放初期迅速蹿红，并暴得大名的一批中青年作家，借新老交替之机，几乎是不费吹灰之力纷纷上位，成了一方新的诸侯。老一辈作家还恪守的一些规矩，到了他们手里，成了可随意弃之的敝屣。国家进入经济大发展时期，这些人便因势乘便，坚守当地文坛，一干就是十几年，有的竟多达二十年。他们抱定的宗旨，只有一个：阐释统御方略，化解低层怨怼，求得自家的声誉实惠。

其文学写作更像是沙盘演练，何等角色，如何配置，一样不能多，一样不能少。演来竟也枪炮轰隆，如同疆场鏖兵。这批人有一个共同特点，就是无端的狂傲、无端的自负，以为他们只要写，写下什么都是经典，都将载之史册，传之久远。说他们不懂文学也不对，他们是太懂得文学的操作而不知文学语言为何物。他们对文学语言的理解，大多还停留在“优美词汇”的水平。像汪曾祺说的，“小说的魅力所在，首先是小说的语言”，在他们看来，不过是老头子酒后的呓语。至于韩愈说的，“气盛则言之短长与声之高下皆宜”，只怕听也没有听过。这样的作家，这样的作品，雄踞文坛，充斥报刊，势必降低了中国当代文学的整体水准。唯一的好处是增强了业余作者的成功信心，等于是铺设了一条文学的“金光大道”。

说到这里，你们也就知道我要写的这篇《中国当代长篇小说的论文化倾向》是什么货色了。

即使是倾向性的问题，我也不会泛泛而谈，那不是我的风格。我要谈什么，一准指名道姓，耳提面命。不说作者姓甚名谁，不说作品名字，这样的批评，我们老家农村有句土话，说是“没爷处放光”，类似背地里骂人，视为胆小卑鄙之辈。凡写这样的批评文章的人，等于是明白告诉世人，自己是多么懦弱，多么可鄙可耻。文学批评，闹不好就是自我爆炸，道理就在这里。

我这篇文章说的作家叫周大新，说的作品是他新近出版的长篇小说《天黑得很慢》。我纵然是铁石心肠，写到这里，想到大新清癯和善的面容，还真有些不忍下手。这也是缘于我几十年间阅人无数，对什么样的职业，该什么样长相的人去干，心里有了固定的脸谱。大新当了作家，实在是辜负了上苍的美意。客气话不说了，再说文章就写不成了。写批评文章，也得挑够格的去写，这么一想，又觉得我来批评，对大新和他的作品未始不是一种尊荣。

《天黑得很慢》我并没有看过，我这个年龄，交往的多是老年人。此书一出版，就有好几个人用微信发来内容概要，说是老年人必读。我看了之后，先想到的是，这叫小说吗？为了尊重作家，且将我收到的微信文章抄录几段：

> 茅盾文学奖得主周大新最近出版最新长篇小说《天黑得很慢》，敏感关切老龄化社会庞大人群的涌动，以及他们复杂曲折的心境。人从六十岁进入老境，到天完全黑下来，这段时间有些风景应该被记住。记住了，就会心中有数，不会慌张。
>
> 第一种风景，是陪伴身边的人越来越少。父辈、祖辈的亲人大都已离你而去；同辈多已自顾不暇；晚辈都有自己的事忙碌，即便妻子或丈夫也有可能提前撤走，陪伴你

的，只有空荡荡的日子。你必须学会独自生活和品尝、面对孤独。

第二种风景，是社会的关注度会越来越小。不管以前事业曾怎样辉煌，人如何有名气，衰老都会让你变成普通老头、老太太。聚光灯不再照着，你得学会安静地呆在一角，去欣赏后来者的热闹和风光，而不能有且需要克服忌妒和抱怨心理。

下面还有第三、第四、第五种风景，可说是涵盖了老龄化难题的方方面面。我相信发贴者全是出于好意，想宣传大新的新作，想为老年人提供一些切实的帮助。同时又想，此人是不是盗走了作家的写作提纲？这样的作品，是不是更像一部社会学论著？

《当代长篇小说的论文化倾向》若写出来，其讽世的效果，当不在《在斯德哥尔摩西郊墓地的凭吊》之下。可说是愉悦的思维、风趣的表达的又一佳作。只是这里漏了气，我也就没了成文的兴致。

这二三十年，我批评过的作家学者有多少，自己都记不清了。不光是批评，也有颂扬的，比如对贾平凹、对王蒙，都颂扬过。

该结束了。希望同学们听了我的演讲，往后能养成一种好的思维习惯，好的表达习惯，即愉悦的思维，风趣的表达。谢谢大家！

2018 年 7 月 7 日讲，8 月 30 日修改

越陷越深：我的传记写作——在北京大学外文学院的演讲

感谢赵白生教授的邀请，能在北京大学外文学院做这么一个演讲，客气的话就不说了。不来可以说，来了再说，就有点虚情假意。今天要讲的东西很多，这就开始。

大概 10 月上旬，《徐志摩全集》一出版，赵白生教授知道了，就跟我说，要在北大安排一场讲座，讲讲传记文学，讲讲《徐志摩全集》。前几天，他说时间定在本月的 26 日星期二晚上，要我将讲题和内容简介发过去，以便宣传。我当下就写了题名和简介，题名就是这个，简介我是这样讲的：

> 在北京大学讲什么，都不用讲道理，讲道理你怎么讲得过北大人呢？我这一生，最为迷恋的，就是传记写作。它不光成为我稿费的重要保证，还成就了我一生的文学事业。最初写《李健吾传》，是觉得写散文终有写尽的一天，而写别人的事，可以不断地写下去。这世上自己只有一个，别人

却有千千万。写了李传，等于开了个写传记的铺子，做起了传记生意。于是有出版社找来，让我写《徐志摩传》。写完徐传，名声传出去，生意做大了，于是有出版社找我编《徐志摩全集》。写了传，编了全集，就是不想当个徐志摩研究专家也不行了。在此向同学们奉上一个忠告，如果你自认为还有点文才，那就跟着赵白生老师进入传记文学这个“泥淖”，保证你也会越陷越深，而且“臭名远扬”。这个行当是不会亏待你的。

不足三百字，加上《传记铺子记》，放到《今文观止》里都是好文章。听出来了吧，我这个人是很爱吹的，只要有趣，不管是谁的，都爱说两句，用我们老家话说，这叫“嘴贱”。下面我就按“传记铺子”这个思路往开了说。

一、传记铺子开张了——写《李健吾传》

我原来是写小说的，也还小有名气，证据是 1980 年中国作家协会刚恢复，办了个文学讲习所，定额 30 人，原则上是一个省一个人，有的省实在选不出，有的省多选一两个，还有特殊关系的，实际进来的是 32 个人，在朝阳区委党校院子里学习了半年。山西只来了一个，就是我。这届讲习所出了好几个全国有名的作家，当了全国作家协会副主席的就有四五个。

整个80年代，我都写小说，也写散文，偶尔也写上一篇文学评论，总括起来算是个小说家。而到了90年代初，想来想去，觉得不能当小说作家了。一是，我是写农村题材的，改革开放之初，写写农村的新气象，新人新事、赖人赖事，都还可以，再往下写，必然涉及农村历史，比如土改，比如“三年自然灾害”，我这样的人就不好写了。为什么呢？我家是富农，舅家是地主，写这些弄不好会被人说成是“翻案”，是为反动家庭鸣冤叫屈，何苦呢？“文化大革命”侥幸躲过了，别为了写作再栽了。二是，我对写小说这个行当，越来越厌恶。有人会说，小说是虚构的，你厌恶个啥？恰恰是这个虚构，让我厌恶。举个例子，谁都知道在单位里书记是一把手，说一不二，可是你看那些写改革开放的小说，差不多都是书记出国了，厂长或市长趁机搞些违背党的政策的私货，待书记回来了，挽狂澜于既倒，让生产建设又走到正轨上来。有人会说，那你实打实地写呀！既然可以虚构，你为什么要往那边写，偏不往这边写呢？可见还是思想有问题。小说不好写，那就写散文吧，自己家里那点事，三五篇还可以写，但写上十篇八篇就没的可写了。总之，怎么都是个苦恼，苦不堪言，无处着笔。我苦恼了好长时间，想来想去，掂来掂去，觉得还是回到我的老本行，在历史研究上寻个做的。

我这个年龄，好多人都猜着，怕是恢复高考最初那几届考上大学的，实际上不是。我是1965年考上山西大学历史系的，学制五年，1970年8月毕业。我的大学时代多半是在“文化大革命”中度过的，没有上过什么课，说历史学是老本行，不过是应了个虚名，没有真才实学。我的情况和一般同学稍有不同之处是，因我出身不好，在运动中是逍遥派，看了好多的书。历史系嘛，看得最多的还是史学方面的书。像梁启超的《中国历史研究法》，大一的时候就看了。朱东润的《张居正大传》，是1967年在“文化大革命”高潮的时候看的。《斯巴达克斯》看过两个版本，一个是意大利作家写的，一个是美国作家写的。印象最深的一本书是范长江的《中国的西北角》，文笔之简洁朴实，让我吃惊，像夏天在村里的土路上，刚下大雨，一个雨点一个坑儿。

我年纪大了，若做专业的历史研究，也没那个条件，思之再三，决定写一本人物传记，一想就想到了李健吾先生。当年我在运城康杰中学上学时，就知道辛亥年间河东有批风云人物，最著名的一文一武，文的是景梅九，武的是李岐山。再后来才知道，李岐山有个儿子叫李健吾，是个大作家、大学者。正好80年代中期，我到了太原后买到了司马长风先生的《中国新文学史》，在他的书中，新文学的每个重要时期、文学的每个重要门类，差不多都写到李健吾的业绩。说话间到了1993年冬天，事不宜迟，说干就干，第二年过了春节，就跟一个青年朋友到了北京，在中国青年出版社的地下室招待所住下来，去北图查资料，到琉璃厂看书，还去社科院在东单的专家楼看望了李健吾先生的夫人和女儿。后来还去了上海徐家汇藏书楼查民国旧报刊。等资料搜集得差不多了，我决定按史学研究的路子做，先编年谱再写传，整整干了两年，到了1996年5月，写成36万字的《李健吾传》交北岳文艺出版社，第二年初正式出版。

记得是在1996年冬天吧，我来北京参加作代会，赵白生先生此前跟我建立了联系，正好他在北大举办了一个传记文学研讨会，邀我参加，这是我第一次来北大。第二年，赵先生的传记文学学会在张家界举办了个会议，我也参加了。我写《李健吾传》得到业界的认可，等于我的传记文学的铺子正式开张了。

二、生意做大了——写《徐志摩传》

生意做大的标志，是我接了个大单，还是北京来的。

20世纪80年代，最火的是小说，还有政治抒情诗、讽刺话剧。政治抒情诗名头最响的是《将军你不能这样做》，讽刺话剧名头最响的是《假如我是真的》，小说就更多了，给人的感觉，这些作家不是文人，而是战士，手持爆破筒，炸开了一个又一个陈腐的思想堡垒。与此同时，现代文学的研究方面，也开始松动了，最早是作品的解禁，接下来是对人的肯定。当时北京十月文艺出版社最早启动了一套作家传记丛书，名叫“中国现代作家传记丛书”。拟定的名单有二十几个，大都是革命作家和进步作家，也夹杂了三四个不怎么进步但也说不上反动的作家，其中一个就是徐志摩。到 1997 年，这项工作要收尾了，还有三个作家的传记没有着落，找不到写的人。我的《李健吾传》出来了，大家才知道我还写得了传记，编辑托人问我，还剩三个人，问我可愿意写上一个。我问三个人都是谁，说是冯雪峰、何其芳、徐志摩，他们以为我会选冯雪峰，想不到我开口就说徐志摩。这当然也是我写李传时，涉及到徐志摩，对这个人物有个基本的感觉，反动不反动，诗歌怎么样，都说不上，只是觉得此人很可爱、有趣，有写头。我仍然是收集资料，大量地买书，去北图，去山西省图书馆，仍然是先编年谱，同时写单篇文章，消化资料。到了 2001 年 2 月，在北京十月文艺出版社出了《徐志摩传》。一出来就获得好评，还在央视的“读书时间”栏目作了一次电视访谈。但也不是没有非议，有位现代文学专家就发表文章，说我下流，在书中细细考证出徐志摩和陆小曼是婚前哪一天晚上发生了性关系。

不说这些了，说说认识上的变化。做学问，不光是做学问，做事业也一样，重要的是对时代的认识。在人物研究上，尤其是这样。如何认识二三十年代的中国社会，写《李健吾传》时我已有了个粗浅的认识，到写《徐志摩传》时，通过阅读徐志摩的文章，还有相关资料，对那个时期社会的认识又深了一步。洞悉一个社会，最好是研究一个具体的人物，这是个案，同时也是个显微镜，可以看得更细、更透彻。

在对所处的社会的认识上，徐志摩比同时代许多人更清醒些。这个不全是聪明，还与他受到的教育有关。后来看书多了，我发现在学校教育这个环节上，同时代人很少有他这么全面的。徐志摩在北京大学，学的是法律；到了美国，本科读的是克拉克大学，学的是历史，研究生读的是哥伦比亚大学，学的是政治学；到了英国，在伦敦大学跟拉斯基学过经济学，到了剑桥大学国王学院做特别生，没怎么上课，但是广泛接触文化名人，参加各种社会活动，包括为工党议员拉票。很难想到这样一个受过社会学全面训练的人，会成为一个诗人，而不是一个政治家。关于他的见识，我多次举的一个例子是，1926 年 9 月胡适去英国开会，途经莫斯科，写信回来大赞苏联学校教育的成绩，以为通过良好的教育，说不定能达成一个民治制度。朋友将胡适的信给了徐志摩，希望在《晨报副刊》发表，徐是该刊的编辑，发表是发表了，信后却加了长长的按语，等于是发表了他的一篇文章，而将胡适的三封信附在后头，文中嘲笑他的胡大哥“这是可惊的美国式的乐观态度”，最后说胡适之所以会有这样的糊涂认识，是他多年未出过国门，“自从留学归来已做了将近十年的中国人”。

写完《徐志摩传》，还未出版的时候，我担任了《山西文学》主编，工作忙了，就顾不上写作了。但还是抽时间写了一部类似传记的作品，叫《少不读鲁迅，老不读胡适》，说的是新文化运动前期（1917—1927），鲁迅与胡适的交往与纠葛。主要写了在几次大的文化事件中，两人不同的态度。得出的结论是，胡适是新文化运动的主将之一，而鲁迅，只能说在新文化运动的初期，是个积极的参与者，因为性格和认识的关系，到了新文化运动全面展开之后，却成了新文化运动的反对者。这书是2005年10月（北京）中国友谊出版公司出版的。

2007年退休后，我还写了一本传记，写的是山西一位著名考古学家，书名叫《张颔传——一位睿智的学者》。不算《少不读》，正儿八经的传记共是三部，计《李健吾传》《徐志摩传》《张颔传》，每部都在40万字上下。这可以说传记铺子的生意，真的做大了。

三、揽下一个大买卖——编《徐志摩全集》

传记铺子开张之后，我写了《徐志摩传》，可说是风光体面。实际上传没写成时，名声就出去了，好事就来了。动手写传是 1997 年的事。1998 年，我正在编年谱，天津人民出版社社长成其圣先生托人问我愿意不愿意给他们社编一套《徐志摩全集》。哪里找这等好事去，我二话没说就答应了。有人会说，编全集还不好办吗？将他的作品归拢在一起，列个目录不就行了。这也是个办法，在我之前，成社长请的一个人就是这么做的。成社长是懂行的，知道这样的编法出了书也不会叫好，这才找的我。我这个人，做别的事不好说，做这种学问上的事，一定竭忠尽智、尽善尽美。用一句旧话说，就是不负相托。当年编的最好的全集，要数《鲁迅全集》，坊间出的几种全集，差不多都是仿《鲁迅全集》的编法，先是成本的集子，再是后续的补遗。这个办法，对鲁迅这样生前作品大都正式出版的人来说，是适宜的，但对生前作品很多，没有入集的人，就不适宜了。徐志摩这个人，别看活得不久，写作年限不长，生前出的集子也不少，可他实在是太能写了，写得又太好了，散遗的作品不知有多少。怎么办？想来想去，我决定采用“分类编年体”，就是将他的作品分为几大类，每类按年往下编。还有一个，人们都知道徐是诗人，编全集应该将诗打头，放在首卷。我不这样认为，我觉得单说徐是个诗人，太亏了，他也是个作家，写得一手好文章。有好几个朋友，比如杨振声、叶公超，都说他的散文比他的诗还要好。于是我便将散文排在前面。八卷本，前两卷是散文，第三卷是诗，后五卷，分别是小说、日记、书信、翻译等。书稿交上去，出版社非常满意，很快就出版了。但是这个出版社，后来做了一件让人痛心的事。成社长调走后，继任者没有一版二版地出下去，一边出一边补充，出成一套完备的《徐志摩全集》，而是利用我编的全集，挑好读的文章，编了一套《再读徐志摩》，也是八本，推向市场。这么一来，我跟他们就没有多余的话可说了，正好出版合同也到期了，我便将书稿转交到商务印书馆，在编辑的协同努力下，收集已发现徐志摩的佚文佚诗，精心校对，出了新的一套十卷本的《徐志摩全集》。徐的诗文中，有许多英文词语。有的作品，完全是用英语写的，比如他的硕士论文。我是不懂英文，几个英文字母，最早还是中学上代数课认识的。这不怕，世上有高人，英文词语的注释，英文文章的翻译，我请了复旦大学英文系教授谈峥先生来做，他是陆谷孙先生的高足，做得好极了。全集的事就说这么多，重点说说，通过编全集，我对徐志摩的认识有了怎样的提高。

最初我对徐志摩的认识是人品好、性情好、文笔好、有才华。但也觉得他是空有大志，而无缘践行。徐出国留学，他父亲是想让他学金融，将来当个银行家。他在美国待了两年，熟悉美国历史以后，想当汉密尔顿式的人物，这不是空有大志吗？在中国当时纷乱的环境里，如何当得成汉密尔顿？这次编全集，收入的佚文里有他给英国学者、社会活动家奥格登的七封信，我一下子明白了徐志摩回国后的所做所为，原来是以奥格登为榜样，就是要以一己的力量，组织社团，出版刊物书籍，打造新的文化，改造旧的社会。以创作的成就、组织社团的努力、振奋时代精神的贡献而论，徐志摩可说是中国新文化运动的标志性人物。

大前天（本月23日），在商务印书馆涵芬楼书店二层，为了推广《徐志摩全集》新版的发行，举办了一个读者分享会，主事者让我去了。我讲了一个多钟头，末后我说了几句话，这里重复一下：

> 一百年以后，人们不知道鲁迅是谁，无此政治需求也；
> 二百年以后，人们不知道胡适是谁，民主普及也；
> 三百年以后，人们仍知徐志摩是谁，艺术永生也。

这是就他的诗歌成就说的。要说徐志摩是中国新文化运动的标志性人物，其诗歌的至高无上的地位，只是一个方面，还应看到他在新文化运动前期的十年里，做了哪些实事。原先说他是空有大志，但有了奥格登这个榜样，他是在一步一步践行着、实施着他的心志。

1922 年底回国，正是新文化运动低落的时候，他一回来，就带来一股清风，让沉寂的文坛顿时热闹起来。挂起新月社的牌子，组织起新月社俱乐部，又是快雪会，又是演戏，就连他的恋爱风波，也给文坛搅起波澜。接下来出任《晨报副刊》编辑，又办了刊中刊《诗镌》，同时在《晨报副刊》上展开“苏俄仇友”的讨论。1926 年婚后到了上海，很快又办起了新月书店，出版了《新月月刊》，停刊后，又与几个年轻诗人办起《诗刊》季刊。看看这些文化活动，说他是新文化运动的标志性人物，都有点怠慢了，应当说他是中国新文化运动的灵魂人物。说到办新月书店，梁实秋说他们那一伙人里，“胡（适）先生当然是新月的领袖，事实上志摩是新月的灵魂”（《谈徐志摩》）。不光是新月派，整个新文化运动右翼这一派，都推胡适为领袖，同时也都承认徐志摩为灵魂，为杰出的代表。

这个评价，你们接不接受不要紧，在我来说，不带有政治评价的成分，什么都有个比较，一个人的光焰太亮了，总会遮挡了另一个人的光亮。尊崇鲁迅的尽可继续尊崇，尊崇胡适的尽可以继续尊崇，只是希望同学们记住，或者说是理解，有一个中学教师出身的人，对徐志摩的评价要超过这两位。在对鲁迅和胡适的评价上，大陆这边和台湾那边，各尊一神，互不相让。我有时想，双方都退上一步，大陆这边别尊鲁了，台湾那边别尊胡了，一起来尊徐志摩怎么样？

四、做成了一个大买卖——《边将》

写《徐志摩传》，编《徐志摩全集》，对我来说，不仅仅是一件工作，也是一种文学的训练，甚至是一种思想品质的训练、社会责任的训练。这样说有点夸大了，举个例子，或许看得清楚些。我以为我是懂文学的，20世纪90年代，兴起了一股写小长篇的风潮，像马原的《上下都很平坦》，也就二十一二万字。还有些十四五万字的，也叫长篇。我当时以为这是时代潮流，都没时间看那些长篇作品。但是看了徐志摩给《醒世姻缘》写的长序，我的看法变了，长篇有长篇的特质，也应当有长篇的长度。长篇并非只有外国的好，中国过去的长篇也有可借鉴之处。徐志摩对当时那些小长篇有个刻薄的比喻，我说出来都觉脸红，还是看他的原话吧。

《醒世姻缘》是一部大小说……“大”是并指质和量的。

> 这是一部近一百万言整一百回的大书，够你过瘾的。当代的新小说越来越缩小，小得都不像个书样了；且不说芝麻绿豆大的短篇，就是号称长篇的也是寒伧得可怜！要不了顿饭的辰光书已露了底；是谁说的刻薄话："现在的文人，如同现代的丈夫一样，都是还不曾开头已经完了的！"

以性事取喻，是文人的一个习惯，钱锺书就爱说这号话。他去美国回来，带给朋友一个烟斗，送的时候说："我这是太监给皇上选妃子，合适不合适我可不知道。"正是在写徐的传，编徐的书，无意间受到了思想品质、社会责任和艺术鉴赏的训练，才会完成我此生的一部重要的著作——长篇历史小说《边将》。

这当然还是因为这个传记铺子买卖兴隆。揽了个传记的活儿，写成了却难以出版，无奈之下，心甘情愿地将之改为长篇历史小说。本来是为明代山西北部的右玉县一个叫麻贵的著名将领写一部人物传记。县里给了我一笔钱，算是劳务费，也算是稿费。我用了 3 年时间，写成一部人是真人，战争也是真战争，但生活情景纯属虚构的传记作品，叫《麻贵将军传》。写传记，在体例上我特别下功夫。《李健吾传》是传统体例，以时间为经，以事件为纬，纵横交织，描绘出传主的一生。《徐志摩传》，用的是纪传体，将徐志摩的一生当作一个朝代来写；

徐的一生写得较粗略，一共就十几万字，相当于史书上的世家，而将他的朋友作为列传，写了他跟这些人具体的交往。用这种办法写人物传记，恐怕我要算第一个。《张颔传》又不同，张先生还健在，我就采用了访谈体，凡事都由张先生自己说出，有的事是我参与的，我也成了书中人物。《麻贵将军传》完成，我还挺得意的，你看，一部正传体、一部纪传体、一部访谈体，如今又来了一部小说体，可称之为“韩石山传记系列四大名著”。

我想得太美了，砖头从背后砸了过来。刚写完，得意之际，在博客上挂了两三章，右玉县麻贵的后人看了，不干了，说侮辱了他们的祖先。我一听就怕了，七十岁的人，可不愿意成为一个群体仇恨的对象，告到法庭，输的肯定是我。正好我印了几本速印本，原是作送审用的，赶紧将一本寄给县里，附信说明，我已完成县里交给我的任务，出版不出版，怎样出版，均与我无关。只是这故事框架，是我想出来的，我将用这个框架写一部纯虚构的长篇历史小说，也请县里能够谅解。这场官司就这样平息了，接下来的事，是我怎样写好长篇历史小说。

有个情况，恐怕同学们不知道，就是每年我们国家出版多少部长篇小说。前些年说是 3000 部，这两年有人说是 8000 部，还有人说上万部。质量如何呢？有人说只见高原，不见高峰，这是非常高的评价，鼓舞人心也振奋人心。细想一下就不然了，高原不过是平均海拔超过多少米的平原，说是高原，其实就是平原。我的看法是，大都是平庸之作。

这并不是说真的就写不出一部能出版的好作品。端看你的社会认知水平、文学水平，尤其是构思的能力、文字的能力。社会认知水平、文学水平，这些话题太大了，在这儿不好说。构思能力和文字能力，还可以说一说。我有个看法，就是长篇小说从本质上说，是作家与读者之间的智力的较量。作家在一步一步地设圈套，读者在一步一步地解圈套，在解的过程中，消磨了时间，愉悦了性情，同时增长了智力，也就是各方面都受到了教益。这样，他这个钱就花得值得，他这个时间就消磨得舒服，他就佩服你这个作家。反之，他就觉得这个钱白花了，这个时间浪费了，因此痛惜他的钱和时间，也就卑视甚至仇恨你这个作家。因为你的行为，跟拦路抢劫、谋财害命没有两样。

也就是说，杰出的作品只会在高智商的人手里写出来。自新文化运动兴起到现在，差不多整整 100 年了，最好的长篇小说，还要数钱锺书的《围城》，之所以写得那么好，是他熟悉西洋小说的奥妙，洞悉中国社会的人情世故，但你说与他的绝顶聪明没有关系吗？他的《谈艺录》或许有人能写得出，他的《宋诗选注》或许有人能写得出，独有《围城》，除了钱锺书，谁也写不出来。再扭回来说前面的话，不往多里说，当今中国，每年出版几千部长篇小说，本身就是荒诞不经的。

不说这些了，还是说说我是怎样将传记作品《麻贵将军传》改写成长篇历史小说《边将》的。简单说，有三点。

一、主题的确立，先要不同凡俗。历史小说，又是写战争的，我写的是明代嘉靖至万历年间的一位将军，又是守卫在长城一线的边关重镇上，很自然地要写成执干戈以卫社稷的英雄形象，体现古代军人的爱国情怀和大无畏精神状态。按说是该这样，但表述上，我又不想落了俗套，所以一开始，我就将小说的调子定在了主人公杜如桢的爷爷说的一句“灰话”上：“边墙，修不到女人肚子上就别修了。”这也是我从明代大同边关流传的一个谚语转化来的。其时有人说：“蓟州的城墙，宣府的操场，大同的婆娘。”等于是将大同的女人，视为巩固边防的一个重要的因素，与蓟州的城墙、宣府的操场有同等重要的作用。

二、故事的设置，一步一步，都要出人意表。大体来说，是短篇小说的框架，中篇小说的节奏（不能太快），长篇小说的气势。

三、文字上，必须讲究，顺畅、典雅，有蕴涵、有意境。《中华读书报》的记者采访，问我对这部小说最满意的是什么。我说是小说的语言，从写《麻贵将军传》到《边将》完成，用了六七年的时间，可以说作品里的每一个字，都在我的手心里攥过。

时间不多了，总括一句话，因为开了传记这个铺子，扩大营业，才让我揽下写麻贵传记这个活儿，歪打正着，旁逸斜出，又于不经意间，让我重操旧业，创作了《边将》这么一部长篇历史小说，为我的文学生涯画上一个圆圆的句号。

五、一点小小的希望

结束的时间快到了，说一点题外话，也可说是小小的希望。

1925 年，秋季开学时，李健吾当时是 19 岁，考上清华学校国文系。当时清华还是留美预备学校，还没有改制成大学，仅设了个大学部，招了第一届大学生。李健吾考上了。开学第一堂课，系主任朱自清点名，点到李健吾时，朱先生问："你就是那位常在报上发表作品的李健吾吗？""是学生。"李健吾站起来回答。朱先生接下来说："看来你是有志于创作的喽？那你最好去西语系。你转系吧！"李健吾后来确实转了系，转到西洋语文系即西洋文学系。不是朱先生说了这话就转的，他患了肺病，拖延了两年，第三年留一级从西语系二年级读起。北大中文系的学生回忆开学时系主任杨晦的讲话，都说杨先生说过："中文系是不培养作家的。"应当说，在二三十年代，学界普遍认为，外文系是培养写作人才的。清华外文系出了不少大师级的作家，如钱锺书、曹禺、李健吾等。我在山西大学上学时，外文系有位老教授叫常风，曾是有名的书评家，跟钱锺书是同学，两人私交甚好。我说这些是什么意思呢？就是希望学外语的同学，能有文学创作的意识，有文学创作的激情，写出优秀的文学作品来。不要仅仅满足于研究个什么、翻译个什么，这是我说的第一个希望。

有一本英语小说，中文译名叫《上海生死劫》，作者郑念。她的丈夫是美国壳牌石油公司在上海的代理商，丈夫去世后，她仍在上海住着花园洋房，生活很是优越。女儿是上海电影厂的演员，“文化大革命”来临，一场灾难，女儿跳楼自杀，她也受尽磨难。改革开放之后，她去了美国，写了这么一部小说且翻译过来，一出版我就买下看了。不说政治倾向，仅以小说艺术而论，我认为也是一流的。说这个小故事，意在希望同学们，哪怕没有写作的意念，也应当有用外语自由表达的能力。现在你没有经历，没有写作的冲动，万一有了非凡的经历，有了写作的冲动呢？不要到那个时候，空有大志而徒呼负负。

最后一个希望，是想通过诸位，向北京大学的领导转达一个心愿，希望能在未名湖畔的一块草地上，给徐志摩建一座诗碑。这件事，剑桥大学好几年以前就已经做了，就是在剑河旁边的一个草木葱茏所在，树了一块大石头，上面刻了《再别康桥》开头两句和末后两句，组成一首小诗，就成了：“轻轻地我走了，正如我轻轻地来。我挥一挥衣袖，不带走一片云彩”。若北大刻诗碑，我希望刻上那首《沙扬娜拉》。这个事，迟早有人会做，早做的更让人敬重。

2019 年 11 月 24 日

地方作家的困境及破解之道——与濮阳市作家朋友谈写作

来河南，我是听从河南文艺出版社的调遣，为《边将》宣传敲边鼓来的。我在郑州讲了两场，刘晓飞副社长要来濮阳，她是大美女，我就更得来了。来了讲什么呢？昨天一来，书店经理刘学武先生就说，讲讲地方作家出名咋就这么难，有人写了大半辈子，仍无籍籍之名，这是什么原因，又如何破解。这话说到我心上了，为什么呢？我自己就是从这条路上走过来的，有亲身体验，有切肤之痛。

这个问题很复杂，牵涉的方面很多，过分地强调哪一方面，指责哪一方面，都不公道。昨天晚上，我想来想去，只能就大的方面简略地说说。一是观念上的，一是方法上的。

观念上的，有社会观念的制约，也有个人主观的迎合。什么叫社会观念的制约呢？别的不好说，就说机构的统属吧。文联、作家协会都属于宣传系统，主管部门是宣传部。这样，我们的一切作为必然带有宣传的色彩。时间久了，就成为一种思维定势，你一拿起笔，没人教你也知道该写什么不该写什么，要挣脱是很难的。都受制约，地方作家受的制约更大些。还有一点，地方作家刚露个头，领导一重视，给你个小官，要么去通讯组，要么去文化馆，忙于写材料、写报道，文学创作的心思就没了。这不是坏事，在地方上混，没个一官半职还真不行。靠写作当了官，是凭本事吃饭，不丢人。问题在于，刚当上挺高兴的，说不定还要仿李太白说上句："仰天大笑出门去，我辈岂是蓬蒿人。"这时候，不管是暗中，还是表面上，都要感谢文学待自己不薄。过了几年升不上去，尤其是你仍不忘写作，领导也觉得你不是干行政的料，好久没有升职，这时候牢骚就来了，说不定会说上句："文章误我，我误苍生。"如果是这种情况，我只能说你对文学的要求太高了，文学可以是敲门砖，但不能当一辈子的龙头拐。

我今天要讲的，不是说你该下多大的工夫，而是同样的力气该怎样下，下到什么地方才会有较大的收获。

这儿是濮阳市新华书店的二楼，下面就是售书大厅，在这儿谈文学，能一针见血，一吐为快。如果人家给钱要你写，写了不卖，只要不黄色、不反动，让怎么写就怎么写。要是你写了，送出版社出书，出了书你还要拿版税，那你去售书大厅看看，就知道该怎么写了。有的也是正式出版的，可卖不动，你就该想到，就是使了吃奶的力气，出上这么一本书，又有什么意思呢？架子上放了一年半年，到了还是被送去造纸厂化成纸浆。卖得最好的是什么？是中外文学名著。为啥都爱买呢？看了长聪明，长见识，考试说不定还能加分，这钱花得值。对了，从事文学创作的人，心里一定要存下这么一个念头，就是我的书放在书店里，人家花钱买了是值得的。有了这个念头，你就是个有良心的作家，就知道该怎么写作了。一说良心，你们老觉得是一种责任、一种负担，很少有人能悟出，良心常常是成事的最好方法、最好保证。

齐白石画画，在大写意的荷花叶子、葡萄架子上，画个工笔的小蜻蜓、小蚂蚱。不管人们怎样说是艺术上的创新，可我总觉得，起初说不定是老先生画了大写意，觉得要人家两块大洋心里过意不去，于是便添上个小玩艺儿，让买家看了觉得值当。这可不是考证出来的，是由我经历的一件小事上悟出来的。早年间我在吕梁山区一个镇上教书，镇上年年都有庙会。有一年庙会上来了个画画的，就是用小木片蘸上颜料，画那种弯弯曲曲的老虎呀、牡丹呀，现画现卖。他一边画，一边唱："上山虎下山虎，一个老虎一毛五！"跟前要是有小孩靠得太近了，一边推搡，一边唱："小娃娃小娃娃，快回去告诉你妈妈，就说是画老虎的又来啦！"有个妇女要了一张，递过两毛钱，那人接了也不找，在画的一角画个小鸟，一边画，一边唱：“两毛就两毛，没有零钱给你找，我给你添上个小飞鸟！”这个人要是出了大名，不就是个齐白石吗？老虎头上有个飞来飞去的小鸟，五分钱的良心，让他有了这么美好的一个创意。

古人说的心学，是说家庭伦理、社会治理，凡事从仁心出发，没有做不好的。写作也是这样，不要多想，想想人家的买书钱，想想如果写不好，跟奸商骗子没有二致，这样该怎么写就明白了大半。我们都是过来人，我讲你们听，实际上就是在一起交流，对了你们会认同，不对了你们肚子里准定会骂娘。不用说出来，脸上看得出来。怎么写才是好作品呢？不必唱高调，最切实的就两条。一是要关乎世道人心，让人对世道人心有深层的了解。二是要让人能看得下去，看后要么笑起来，要么哭出来，最少也得郁闷两天，心里想着书中写的事儿。

先谈谈我自己的写作经历，一会儿再归到这两条上去。因为对这两条的认识，我也是经历了一个漫长的过程，才摸索出来的，明确起来的。我这人，看着不大，实际不小，是“文化大革命”前上的大学，“文化大革命”中毕业的，一毕业就分配到吕梁山里当了教师。今年这个村，过上一年又到了另一个村，第三个地方是镇子，第四个地方是县城。怎么到的县城？是高考恢复了，调我去县城办高考复习班。这四个地方，都在一条河的岸边。这条河从这个县的西北流向东南，到了洪洞县注入汾河。前几年我写过一篇散文，回顾自己的教书生涯，叫《我的学生一条河》，一半是真的，一半是开玩笑。我老家在晋南，是平川，过了黄河是河南的三门峡，过去我从未去过山区。吕梁山可不像南方的山，山清水秀，那里是典型的黄土高原地貌，荒山秃岭，沟壑纵横，地地道道的穷山沟。从到了山里的第一天起，我就想着怎么能走出去，走不出去，爬也要爬出去。我出身不好，想着当干部调出去，根本没门。那个地方缺教师，有平川来的教师二三十年都调不回去，真的就要终老是乡吗？想想都后怕。想来想去，只有写作这一条路。在公社机关，见省文化馆办了个刊物叫《革命文艺》，写了稿子投去，居然也登出来了。再后来，见报上说北京电影制片厂拍出电影《青松岭》，就写了个电影剧本寄去，但没拍，不过为此还去了一趟北京，参加了北京电影制片厂的剧本写作学习班。改革开放后，文学刊物多了，我就今天一篇散文，明天一篇小说，轮番往外投。我怎么会有这么多稿子？因为如果投出去不登，我就再投出去，稿子基本上不会过夜。我有一个坚定的信念：稿子放在自己抽屉里是绝不会发表的。

常听人说，稿子发表不了，是没遇上个识货的编辑。我对自己的稿子没这么自信，我的想法是遇上好编辑人家未必看得上眼，遇上个平庸懒散的编辑，或许能从他手里溜过去。怎么做呢？主题要迎合当下的时势，故事要巧妙有新意，最重要的是语句通顺，书写清楚，标点符号都没错的。你们要知道，编辑最怕的是“顺稿子”，字句要改，标点要改，烦死了。再就是，字不必多么工整，太工整了人家一看就是新手，要清楚而又老到。那时刚粉碎“四人帮”，许多老作家都重新拿起笔来，我的稿子是从山村中学寄出的，最好能让对方认为是某个落难的老作家，没辙了去中学当了语文老师。主题没问题，故事没问题，连错别字也不用改，还可以想象是搭救了一个落难者，对一个平庸懒散的编辑来说，不是最理想的稿件吗？大笔一挥，发。于是韩某人的小说散文，一篇一篇全见了天日。那几年，我一年差不多要发 10 部短篇小说，好几篇散文。

这样说也太轻巧了，好像我自己真的才高八斗似的。这其中有个很重要的原因，就是刚粉碎“四人帮”，社会上一派新气象，社会和内心是合拍的，看到什么，脑子一机灵就能构思出个小说来。就好比到了舞厅，轻快的音乐一响，人的身体就由不得扭动起来。1980 年我去了北京的文学讲习所，1984 年调到太原进山西省作家协会当了专业作家。我的劲头大，还有一个原因，就是我媳妇孩子都在老家农村，不光自己要从吕梁山里爬出来，还要把媳妇孩子拽出来，到大城市跟我生活在一起，这些靠写作全都实现了。

后来我为什么又不写小说了呢？原因是那样的小说越写越没劲，连自己都看不起自己。从1993年起，转而写传记，写了《李健吾传》《徐志摩传》。这次在河南出版的《边将》，原本也是一部传记，写成后当地有人指责，但故事框架是我的，情节是我的，故事细节是我的，就改成了小说。改成小说，等于又上了一个台阶。这个台阶能上得这么好，这么轻松，是因为这二三十年来，我一直关注中外小说的发展，一直在琢磨小说的写作技巧。

好了，现在扭回来接着前面的话题，说说力气该怎么下，下到什么地方。地方作家写小说，总想着既展现自己出众的才华，又展现自己优秀的品质，还要显示自己超卓的见识，贪多务得，一样都不肯落下。这上头不好过多的指责，说轻了是不抵事，说重了是唆人作恶。打比方说吧，《边将》里有条线索，就是名士王世懋两次来看望杜如桢都谈到了《金瓶梅》，虽没有明说，但暗示是他哥哥王世贞写的。王世贞是嘉靖年间的大诗人，为什么要写这么一部书呢？除了影射仇家之外，我给出的解释是，展现诗文展现不了的才华，具体的说就是“邪思淫喻，呈才使性”，这是旧时代中国文人的一个传统。钱锺书那么大的学者，写了《谈艺录》足以维护大学者的身份，还要写个《围城》，一来是上学、出国、教书，主要是他多年来对文人学者有太多的观察了解，不吐不快。再就是写学术文章、做做旧体诗，展现不了满腹的才华，于是便写起小说，走上“邪思淫喻，呈才使性”的路子。陈寅恪的《柳如是别传》，亦可作如是观。看看古今这些大学者的作为就知道，写小说最重要的不是别的，而是展现自己的才华。河南农村我没有去过，山西农村去过好多地方，无论哪儿的农村都会有这么一种人，人不坏就是油嘴滑舌，爱开个玩笑，爱说个荤段子，大姑娘小媳妇一面骂他，一面又爱跟他搭讪，听他鬼说六道。村里老年人逗笑，说这种人是一肚子的“坏水”，“咕嘟咕嘟”往外冒。这个比方是俗了点，可我觉得写小说的人就该是这么一副德性。

既关乎世道人心，内容又让人爱听的，要数相声了。这几年，我在北京闲住，说是看孙子，实际上是老伴看孙子，捎带看着我。我闲得无聊，要么看京剧，要么听相声，就在电脑上看。京剧不说了，相声起先爱看郭德纲的，这两年爱看岳云鹏的。小岳岳是你们濮阳南乐县人，真是个相声天才，什么时候看，都不厌烦。师徒二人相比，在世道人心的启迪上，我更喜欢郭德纲，他的《过得刚好》一出来我就买下看了，还写了评论文章。郭德纲这个人屡受挫折，对人世炎凉感受极深，许多相声段子，当是来自亲身的体味。比方他说：“说人心都是好的，我敢保证你没有见过天下所有的人。”还有个段子极为精辟，说是“你见过要饭的，可你见过要早饭的没有？肯定没有，要是能起那么早，他就不要饭了。”

从相声艺术上说，又得承认岳云鹏比他师傅高了一筹。看小岳岳的相声给人的感觉，他就那么喜眉笑眼地瞅着你，身子朝后退着，一只胳膊抬起，朝你招手，来呀来呀。身子挡住另一只胳膊，手里拿个铁锹，走两步挖个坑，再走两步再挖个坑，跟在他后头的人，没有不跌上一跤再跌一跤的。小说，尤其是长篇小说，其故事情节和叙述语言，就应当有这样的功力，这样的效果。

光打比方，你们听了肯定不满意，在叙述语言上，我举两个例子。为什么只举语言上的例子，而不举故事结构上的呢？这与我的小说观念有关。我总觉得故事结构上没有多少新意可谈，连好莱坞的动作大片，一年一年演下来，都没有多少新意，我们又能出什么新招呢？可全世界，好小说仍是层出不穷，道理在哪儿呢？依我之见，全在语言上，再好的故事没有好的语言也是白搭。小说是语言的艺术，这话听起来极端了些，但委实是肺腑之言、不刊之论。我举的这两个例子，都是有名的作家，一个是前些年颇有名气的马原，一个是前面提到的钱锺书。举马原的例子是想说小说语言是如何连缀起来的，举钱锺书的例子是想说语言的穿透力。

1987年，我在太原郊区一个县挂职深入生活。那时我对写小说已起了厌倦之心，喜欢的是30年代那一茬作家，于是便以送稿子为名去了上海。后又往南，去海宁参观了徐志摩、王国维故居，去富阳参观了郁达夫故居，去桐乡参观了丰子恺、茅盾故居，来去都住在上海文艺出版社的招待所。这个招待所是个石库门房子，一层两间，我住在三层，二层主间住的是马原，正在给《收获》杂志写一部长篇小说，后来出版了叫《上下都很平坦》。我这人爱交朋友，住下就跟马原热乎起来，闲了去他那儿坐坐。我发现他写稿子很怪，八开的大稿纸铺在桌子上开始写，一次成稿，很少改动，偶有改动，也是剪下个小纸片，贴在稿纸上挡住错了的字，整个纸面干干净净。我就问他，要是这句话错了，要补上半句可怎么办？马原诡谲地眨眨眼，憨厚地笑笑，说别人不会这么问，老兄你是行家，我就不得不从实招来。他说不会有这种情形，写小说，只要写下第一句，不管有怎样的缺陷都不要管，只管往回找补，就写下去了。这样写下去的句子，才有个人特色，也才是小说语言。我一听恍然大悟，心想这小子果然聪明。这里我无法复述马原小说里的语言，但我可以随便举上个例子。比如我是昨天后晌来的，傍晚去了市里的戚城公园，且以此为开头写篇小说。第一句话写下：

“来到濮阳的当天傍晚，我和老伴去了戚城公园，我们是从南门进去的。”刚写下我就知道错了，因为这个公园只有东门没有南门。要是写散文，非得改不可，但我写小说要的就是语言的生动活泼，非同寻常，于是就不改了，接着写：“进去以后，发现影子正落在身后，才知道方才进来的不是南门，而是东门。”一落笔就写来到濮阳，直截是直截了，总有些突兀，那就再找补，说这次来濮阳非是旅游，是应出版社之邀给我的一本新书造势的。这样一写，又留下个缺口要找补，什么书呢？又拐到《边将》上，这样这篇小说就铺开了。过去教学生作文，在山西谈写作，把这种办法叫“推衍”，也可以叫“推碾”，就像个碾子似的，将情节碾开了。给人的感觉，像是先设下一个又一个扣子，再一个一个地解了开来。等于所有的关节，都是预设的。明明知道进的是东门，为了绕个弯子，偏说是进了南门，再借个由头纠正过来。自然了还好，不自然了就让人觉得是在卖关子，矫揉造作，故意卖萌。马原的办法是，拿起笔只管扣住预设的思路写下去，顺了就写下去，不顺了再扭回来找补。这是被动的，错了才找补，不错就那么一口气顺下去。这样一找补，常会出现意料不到的文字效果，看似零乱而筋骨相连。

不知你们注意没注意，那些有名的大作家的小说语言多半是破碎零乱，有劲道又有意蕴。这与他们随意为文的习惯是分不开的。别小看了这个随意，这是大本事，不是绝大的自信，不敢这么下笔。比如鲁迅在《祝福》里，写已成了乞丐的祥林嫂拄着一根竹竿，头上都劈了，挎着一个篮子，里面有个碗。写到这儿，已写出了祥林嫂的乞丐模样，总觉得还不够，本来该写句号了，写了个逗号，再加上两个字："破的"。谁看到这儿也得拍案叫绝：真大师也！写小说语言至关重要，宁支离破碎，也别齐齐整整。全是标准句式，主动宾、主动补，那不叫文学语言，过去有个专用名词，叫报章文字。而报章文字，是没有文学性可言的。

举钱锺书的例子，是要说语言的穿透力，这不好说，还是直接说例句吧。这些日子，网上流传《〈围城〉里的金句》，一共 60 句，且举一句为例。有个事，先说一下，各人都想想，你会怎么说。现在时兴出全集，好些跟我一样的，只能算个三流作家，凑上十万八万出三卷五卷的全集。殊不知这等于将早年幼稚的作品像考古挖死尸一样，挖出来丢人现眼。这样的比喻，我们总想有本体有喻体，一句话说清楚。钱先生不是这样，他总是不厌其烦，说个明白，将比喻中的刁钻刻薄全都展现出来。上面提到的这个比喻，在《围城》里是这么说的：

考古学提倡发掘坟墓以后，好多古代死人的朽骨和遗物都暴露了；现代文学构成专科研究以后，好多未死的作家的将死或已朽的作品都被发掘而暴露了。被发掘的喜悦使我们这些人忽视了被暴露的危险，不想到作品的埋没往往保全了作者的虚名。假如作者本人带头参加了发掘工作，那很可能得不偿失，“自掘坟墓”会变为矛盾统一的双关语：掘开自己作品的坟墓恰恰也是掘下了作者自己的坟墓。

我们平常写一个比喻句子，总是先写下本体是什么，接着说像什么，即喻体是什么。钱先生不这么写，先将喻体说个透，再将本体说个透，再将本体与喻体合在一起，让你看出是多么的可笑。这还不算，到了这会儿还要往前推进，来个更为辛辣的断语——双重的“自掘坟墓”。这只是一个比喻，可在他老人家的笔下，几乎成了一个精辟的小品文，用现在的话说，差不多是一个段子了。这就是钱氏语言的穿透力。语言的穿透力，体现出的是作家思维的深度。而小说直白的语言谁都会说，有深度的语言，才是真正意义上的文学语言。

举这两个例子，我是有用意的。马原的例子，想说的是语言怎么铺排开，可说是语言的宽度。钱锺书的这个例子，想说的是语言的穿透力，也就是语言的深度。有了宽度，有了深度，才是真的文学语言。掌握了或者说是修炼下这样的语言能力，就可以说是成功的作家了，想不出名都不行。

好了，今天就谈这些，谢谢，再谢谢。

2019 年 12 月 5 日

文史研究的方法——在大同大学文史两系的演讲

感谢大同大学宣传部的安排。刚才介绍来宾，其中一位是河南文艺出版社的郑雄先生，他是该社副总编辑，与他同来的还有两位编辑。此番来山西，是为了给他们的一本新书造势，第一站是太原，第二站是大同。这本书叫《边将》，不是别人的，是我的，去年 12 月出版，这才 5 月，已是第二次印刷了。春天的时候，有朋友联系我，说是大同大学想叫我作个讲座，都答应了，但一直没有合适的时间。这次是两好凑成了一好。按说今天该多讲这本书，但时间宝贵，机会难得，在座的不光有中文系的学生，还有历史系的学生，我想根据自己的体会，谈谈文史研究的方法，顺便也会说到《边将》。

这个演讲主题，我在来的路上就想过。我在太原的两个地方做了演讲，一个是省文史馆，主要讲了《边将》的写作过程；一个是山西大学，主要讲了明史研究的重要性，题为《山西大学应当成为明史研究的重镇》。说是山西大学，具体是山西大学历史文化学院，再具体些就是历史系。到大同讲什么呢，让我很费踌躇。

这就要说到我对大同的看法。山西的几个城市里，从历史上说，最有都市景象的不是太原，也不是平阳（临汾），而是大同。这是一个真正做过都城的地方，遗留的古建筑之多、规模之大，全国少有。若以密度而论，恐怕都超过了北京。我曾跟朋友开玩笑说，若是大同成为山西省的省会，山西的文化品位会提升一个档次。

大概五六岁的时候，我来过一次大同。当时父亲在大同当兵，爷爷带上我母亲、我哥哥和我来大同探亲。记忆最深的一件事是，骆驼驮着一大堆干草过城门洞子，看着干草堆那么高，以为肯定过不去，但骆驼走着走着就过去了。当时觉得很奇怪，明明高出一截子，怎么走着走着就过去了。长大才明白，小孩子个头低，视线从草垛子顶部掠过去，视点落在了城门洞最高处的上头，自然觉着过不去。御河边的铁牛，父亲领我和哥哥去看过，那会儿没有栏杆，说不定还上去骑过。有了这样的亲切感，我就觉得到了大同，要多讲些切实的东西。我不是纯粹的学者，谈文史研究的方法，主要是谈自己的切身体会。

我大学上的是山西大学历史系。大学期间赶上“文化大革命”，没怎么上课，是“混”出来的。对历史的兴趣，跟许多不良嗜好一样，一旦沾上很难戒掉。这么多年，我虽一直应着专业作家的名分，实际上最喜欢的还是历史，买得最多的书是历史类书籍，看得最多的也是历史类书籍，其他书也买也看，但少多了。有些场合，人家介绍说韩某人是个作家，我听了没有一点荣耀感，反而觉得是“时运不济，沦落至此”。要是吹牛，还会说句“家门不幸，出此孽子”。因此，一有机会，我总愿意“显话”一下自己史学上的底子和做学问上的功夫（“显话”是晋南土话，跟北京话“显摆”是一个意思）。

北京有个鲁迅文学院，是专门培养作家的，可说是作家速成学校，我跟这个学校，还有一点关系。这个学院，是 20 世纪 80 年代初办起的，起初叫中国作家协会文学讲习所第五期，之所以叫第五期，是跟 50 年代的中央文学讲习所接续上的。没两年就改名叫鲁迅文学院。我是文学讲习所第五期的学员，也可说是鲁院第一期的学员。山西省只有我去了。学习内容，主要是请外面的专家学者来讲课，然后学员看几天书，再开个讨论会交流心得。一个课题，前后大约一个星期的时间。《史记》请的是北大的季镇淮先生讲的，《红楼梦》是请北大的吴组缃先生讲的，讲《红楼梦》的还有一个学者，是社科院的陈毓罴先生。《红楼梦》重要，大家学了两个星期。全班 32 个人，讨论时先是分组，再是全班。全班讨论时，一个组出一个人发言，再自由发言。我们组的发言人几乎每次都是我。我这个人很浅薄，爱出风头，每次轮到我发言，都要精心准备，好显一显自己。小组讨论在前一天，全班发言在后一天，都是在上午，中间只隔一个下午。按说这么短的时间琢磨不出什么，我们是学了一两个星期才全班讨论的，有的是时间从容应付。

有次学习苏联小说《活着，可要记住》，主人公是个女的，叫纳斯焦娜。书的版权页上有俄文书名，标着重音，我学过俄语，一看就知道该怎么读，重音在焦上。同学们听了很是惊奇。发言中我说，少妇较少女，具有更多的女性魅力，也就具有更多的文学性。世界级的大作家，多是描写少妇的高手；世界文学史的长廊，站满了一个又一个裸体的少妇塑像。我的这番话，可称为“少妇论”。学习班到了 8 月，放了一个月创作假，学员各自回去写东西。班上有个同学叫古华，回来跟我说，他回到株洲写了部小说《芙蓉镇》，是按我的“少妇论”写的，过去从未听人这么说过。我在《边将》里，也是按我的“少妇论”，写王慕青这个女人的。

接着说学习《红楼梦》的事。这本书我上高中时就看过，工作后又看过，很熟。不光对书里的情节熟，对成书过程、历来的评论也都熟。比如成书的原委，有“反清复明说”，有“自传说”，当年最占上风的是“四大家族说”。至于作者，学界几乎已认定是曹雪芹写的，但没写完，高鹗续写了后四十回。对这些，我都有看法，在写书的动机上，绝不认同“四大家族说”。明明只写了贾家，史、王、薛三家是亲戚，很少正面着墨，怎么说是写了四大家族呢？还有人说写了阶级斗争，更是牵强附会，那个时代的文人，怎么会有阶级斗争的观念？

全书的立意是什么呢？我认为是“正邪二气说”，即全书体现的思想理念，是正邪二气的生成与斗争，对此书中有明确的提示。第二回的回目叫“贾夫人仙逝扬州城，冷子兴演说荣国府”，主要内容是冷子兴向贾雨村介绍荣国府的人事，祖上是谁、父辈是谁、荣宁二府又有谁，末后说到宝玉的出生与异禀。冷子兴说了，贾雨村又有番议论，是这么说的：

> 天地生人，除大仁大恶两种，余者皆无大异。若大仁者，则应运而生；大恶者，则应劫而生。运生世治，劫生世危。尧、舜、禹、汤、文、武、周、召、孔、孟、董、韩、周、程、张、朱，皆应运而生者。蚩尤、共工、桀、纣、始皇、王莽、曹操、桓温、安禄山、秦桧等，皆应劫而生者。大仁者，修治天下；大恶者，挠乱天下。清明灵秀，天地之正气，仁者之所秉也。残忍乖僻，天地之邪气，恶者之所秉也。今当运隆祚永之朝，太平无为之世，清明灵秀之气所秉者，上至朝廷，下至草野，比比皆是。所余之秀气，漫无所归，

遂为甘露，为和风，洽然溉及四海。彼残忍乖僻之邪气，不能荡溢于光天化日之中，遂凝结充塞于深沟大壑之内，偶因风荡，或被云摧，略有摇动感发之意，一丝半缕误而泄出者，偶值灵秀之气适过，正不容邪，邪复妒正，两不相下，亦如风水雷电，地中既遇，既不能消，又不能让，必至搏击掀发后始尽。故其气亦必赋人，发泄一尽始散。使男女偶秉此气而生者，在上则不能成仁人君子，下亦不能为大凶大恶。置之于万万人中，其聪俊灵秀之气，则在万万人之上；其乖僻邪谬不近人情之态，又在万万人之下。若生于公侯富贵之家，则为情痴情种；若生于诗书清贫之族，则为逸士高人；纵再偶生于薄祚寒门，断不能为走卒健仆，甘遭庸人驱制驾驭，必为奇优名倡。

好了不念了，下面是一大串人名，除了陈后主、唐明皇、宋徽宗三个风流皇上外，全是卓异的诗人、画家、书法家，最后两个是崔莺莺、朝云。崔莺莺是《西厢记》的女主角，朝云是苏东坡的爱妾。

念了这么多，你们未必理得清头绪。简单点说，就是说天地之间有正邪二气，大仁大德之人，乃正气之所秉者，大凶大恶之人，乃邪气之所秉者。正气与邪气相遇，如同雷电相碰撞、风水相激荡，有一丝半缕误泄而出，若有男女偶秉此气而生，必为才情卓越之异人。这当然说的是贾宝玉。不要忘了，作者为贾宝玉设置的这个生存环境，恰是一个正邪二气相碰撞、相激荡的大家族。也就是说，《红楼梦》的故事设置、人物安排，正是体现了作者的这一社会理念与人生理念。

看看荣国、宁国二府的人名吧。宁国府那边是老大，叫贾敬，下面是贾珍，“爬灰的爬灰，养小叔子的养小叔子，没个正经胚子”。荣国府这边是老二，长子叫贾赦，次子叫贾政，贾母在这边坐阵。贾政次子是贾宝玉，女儿们也都俊俏可爱，知书达礼。贾政，政者，正也。贾赦，这个赦，就是赦免的那个赦，该赦的能是好东西吗？可以说，赦者，邪也。一个正，一个邪，雷电相激荡，水火不相容，便生出许许多多悲凄哀婉的故事来。正邪二气说，才是《红楼梦》成书的理念与宗旨。

再说对书名和作者的看法。

《红楼梦》作者，现在公认是曹雪芹。这是胡适、周汝昌一班学者考证出来的。连生卒年、出生地、人生经历，都是一笔糊涂账。不信可以百度下，曹雪芹条下，生卒年是约 1715 年至约 1763 年。依据这个时限，曹雪芹成年后，主要生活在乾隆年间，是清朝的太平盛世。我认为，在太平盛世，一个没有功名又平庸穷困的书生，写不出《红楼梦》这样的伟大作品。

会是什么人写的呢？我一下子也说不清，但可以做个大致的推测。此人极有可能是一个生在明末，有相当社会地位与声望的名士，在遭受家国巨变之痛后，发下大愿，才能写下这么一部警世劝人的伟大著作。为什么说有家国之痛呢？看看书名三字——红楼梦，次序调一下就是梦红楼。中国人在做梦上，要么是强烈的追求，要么是深深的怀念。《红楼梦》书里人物的穿戴，是明朝人的衣冠。全书就是一场大梦，梦的是往昔的繁华与荣耀。这个书名，作者在第一回里，做了好些掩饰，一会儿叫《石头记》，一会儿称《情僧录》，一会儿又是《风月宝鉴》，还说是《金陵十二钗》，更是没来由。有一个地方泄漏了天机，说是在悼红轩里增删多次才成书的。梦红楼，悼红轩，作者的用情在悼字上，要彰显的是那个“红”字。清朝初年，士人都有亡国之痛，又不能呼天抢地，大放悲声，最常用的隐语是“恶紫夺朱”。古诗《咏紫牡丹》里有句，“夺朱非正色，异种也称王”，有个文人引用一下，也被杀了头。朱不能说了，红为正色，不能让人不说，于是有才华的文士，便以之名其处所，写下这样一部名中带红字的大书。我认为在没有确凿的证据之前，将作者定为曹雪芹这么一个落魄书生，实际上是降低了此书的品格。不如干脆署上无名氏，至于作者生存年代，可写作明末清初。好几次看到有人说是吴梅村写的，其年代合，身份也合，但是证据不过硬，还是不要妄作定论。

这是我早年的一些思考，也曾跟人说过，但不多。关于《红楼梦》的正邪二气说，记得是 1981 年在一次会上，我跟山西大学一位研究红学的教授说过，他鼓励我写成文章发表，我笑了笑，没有答应。他说他是红学会的理事，可以将文章推荐到《红楼梦研究学刊》，说不定会登的。学问上的事要慎重，一得之见，千万不敢自以为是。一时冲动，付诸白纸黑字，丢人可就没个深浅了。直到现在，正式场合我也不会说这个，今天在这里说，是要引导同学们学会思考，应该怎么想，往哪儿想。

前多少年，我在写《李健吾传》《徐志摩传》时，考证什么、归拢什么，似乎也有做学问的意思，但主要是理顺材料，显现人物的品质。只有这次写《边将》，让我过了一次做学问的瘾。有人说，小说嘛，就是编吧，或许有人能这么写，写下还叫好。我不行，我是上过历史系的，知道写下的东西，糊弄今人只是一时，胡编乱造，后人会笑话的。因此，在动笔之前，我对大同一带边防的布局、军堡的设置、将领的调配，都作过也还不算粗略的研究。比如杜如桢任大同镇总兵之后，为了解决闲散兵士滋事这一社会问题，与巡抚方逢时商议，拟用“转输”的资金，雇佣休假兵士修筑边墙，既增加了兵士的收入，又维护了当地的社会秩序。这情节是我看《山右丛书二编》第五卷收录的《杨襄毅公本兵疏议》得来的。不看这样的书，你就不知道“转输”是什么，也就编不出这样的故事情节。杨襄毅公就是杨博，《边将》里写了这个人物，本兵是对兵部尚书的尊称，杨博当过兵部尚书。

《边将》出版后，按说可以不看明代的史书了，但怪得很，我反而看上了瘾，丢不开了。来大同的路上，我带了一本闲书叫《典故纪闻》，预备晚上睡不着时看的。是在右玉吧，当天刮大风，我就闲翻书，一翻就翻到一则史料。心里直后悔，如果写《边将》期间看到这则史料，我的书里说不定会增加一个人物，或者是安排主人公有这么个经历。

《边将》最早的本子上，写嘉靖二十九年（1550）杜如桢陪新婚的嫂嫂从右卫城出来，去马营河堡给二嫂的父亲上寿。一出城，看到路边不远处一个新坟头，一伙人披麻戴孝在坟前祭奠。车夫老张对杜如桢说，这是在祭奠前些日子，蒙古人进犯大同时，中埋伏战死的大同总兵张达，同时死了的还有副总兵林椿。这是真事。嘉靖二十九年是明史上一个重要年头，俺答是蒙古的一个部落的首领，率兵突破边墙，先围大同，总兵张达和副总兵林椿战死。俺答又挥师东进，铁骑直抵北京东直门城外。城外的火光，皇上在紫禁城里都能看见。这年是农历的庚戌年，史称“庚戌之变”。后来为了写隆庆和议，我就让杜如桢参与其事，将他的年龄提高5岁，看见上坟祭奠这个情节就舍弃了。但是后来写到边关马市时，仍说杀胡口堡守备官林某，是林椿的儿子。可见对张达、林椿战败殉国这件事，还是心有所念的。

在《典故纪闻》中有一则记载，张达原先驻守宁夏还是其他什么地方，因贻误军机，论罪当斩。某大员向朝廷求情赦免，以其勇猛善战，为可用之材。庚戌年调任大同总兵，俺答来犯，张达果然奋战殉国。若写《边将》前见了这则史料，我会在杜如桢的副将中写这么一个将领，犯了错，本当重处，赦免之后，以死报效朝廷。这样就增强了战争的惨烈，丰富了《边将》的阵容。或者，也可以让杜如桢犯了什么重罪，赦免后更加忠勇，当然不能让他死了。

我说这些，意思是要多看闲书，丰富知识，扩大视野。有没有学术兴趣，端在爱不爱看闲书，爱看闲书的，才是真正有做学问的兴趣。现在的学生，读上四年本科，都不知道自己的学术兴趣在哪儿，快毕业了要写论文，老师出个题目，自己从网上找些参考文章，东凑西拼，就是一篇论文。就是看书，他们也只看与写论文有关的书，关系不大的书根本顾不上看。这样的学生跟没上大学是一样的。学问之事，一定是有兴趣才能做好，没兴趣，那叫混饭吃，不能叫做学问。多看闲书，在闲书中得到线索，得到启发，再在正史中找材料来进一步论证，绝对是做学问的正经路子。胡适说的“大胆假设，小心求证”，我想就是这么来的。若一点苗头也没有，怎么个假设？做学问，底子要厚实，思维要活跃。底子怎么厚实，多看闲书才会厚实；怎么活跃，看得多了才会活跃。

在做学问上，一些几何学原理，同样适用。如两点定一条直线，三点定一平面，给一个点、一个半径就能确定一个圆。用在做学问上，两个证据延伸，说不定就发现一个规律。三个证据，说不定就能破解一个历史公案。一个确定的点与一个确定的时段，就能确定一个历史现象的范畴。若是得出的结论是错的，那只能说，两个点选得不对，不能说两点定一线的几何学原理是错的。

古人说，做学问讲究的是才、学、识，有人以为这是平行的三个条件，其实不是，是递进的。"才"是说你得有那个灵性；"学"是说你得有那个积累，经过那么个步骤；"识"是"才"加上"学"之后的升华，也可以说是"才"与"学"糅合起来的一个结果，一个飞跃。光这三条，总觉得不全。章学诚在《文史通义》里加了一条——德。连起来就是才、学、识、德。梁启超很是赞同，且将之冠在四条之首。我不这么看，我认为识里就包括了德。在为人上，说某人识不及此，多半说的是德行不好。一个人在学问上弄虚作假，能说他在识上够用吗？品质不好的人，学问上也不会有大出息。为啥？他的心眼，不能全放在学问上。全力以赴犹不及，心有旁骛怎能行？

有人会说，你这是道德至上主义。我不这么看，德的问题，在智的层面上就应当解决，拿到识的层面上，已经是高抬了。说做学问，就是说德上已不存在疑惑。叫我说，要加上一个字，该加的是“为”字。有才有学有识之后，最重要的是要有为，就是做出成果，表现出来。某个学者死了，追悼会上说他还有什么书稿没有写出来，常用的词是赍志而没，听起来怪吓人的，好像死的时候，肚子跟孕妇似的，里面是一摞书稿。有的是真的，有的就那么一说。要是这个人只活了三四十岁，还可信；要是活了六七十岁，他的儿女可以信，旁人是不信的。一辈子能有多忙，连部书稿都写不出来？我说加个“为”字，就是说，要做出来，要将你的才、学、识展示给世人看。孕妇是能生下来，你那个赍志而没，谁也看不见。

对同学们来说，眼下是学的阶段，主要是读书，打底子。这个时候，读书要乱、要杂，有兴趣的都可以看看。史学研究，过去多注意政事、变法、战争，再就是典章制度。近世以来，加大了对历史地理、社会经济的关注。在大同，更应当关注边疆沿革，边防经济。我写《边将》时，因为当时主持隆庆和议的宣、大及山西总督王崇古，是蒲州人，是我的老乡。运城的盐池，明代属蒲州管，当时边防粮秣的解决办法，有一条是用盐引解决，就是你给边防上输送了多少粮食，给你多少盐引，你就可以做贩盐的生意赚大钱。聪明的商人并不真的赶上马车往边防送粮食，而是雇上人在边防一带开荒种粮食，这儿交了粮食，领下盐引去那边进盐，一本万利，没有不发财的。可是我当时看书少，找不到盐引换粮食的具体史料，也就没写。这些日子看《典故纪闻》，对盐引沿革，兑换数据，都有清楚的记载，只能说我当年看书还是不杂，还是不多。

刚才说做学问要的是才、学、识，还可以更简略地说，做学问凭的是两力：一是记忆力，一是联想力。看得再多，记不住跟没看是一样的，记住了都是一个一个的点，连不成线，撑不起面，也不行。要连成线撑起面，靠什么？靠的是联想的能力。这个联想力凭的是什么？叫我说，凭的是活跃的思维。这方面，一下子想不起个好例子，这次讲学，本来就有推荐《边将》的意思，我就举这本书里的一件事为例吧。

右卫围城期间，杜如桢和二嫂去偏院书房，看望爷爷杜俊德。闲得无聊，爷爷就出了个谜语让叔嫂二人猜。谜面是“象喜亦喜，象忧亦忧”，谜底是镜。猜的过程中，叔嫂二人相互打趣，很是亲近。过后爷爷说了这个典故的出处。舜的父亲是个瞎子，母亲很坏，一心要害死舜，舜上房苫草，他们就揿掉梯子放了把火，舜拽着斗笠跳下来逃走。家里有井，水不旺了，舜下井去淘，下去没多久，父母就从上面倒土，要将井填实闷死舜。幸亏舜一下去挖了个偏窑，相当于地道，上面土倒下来，舜就顺着地道逃走了。纵然如此，舜与那个叫象的弟弟，仍然相亲相爱，象喜亦喜，象忧亦忧，从不嫌弃。

杜如桢兄弟三人，都是卫所的青年军官，每天早上值守前，都要去正房向父母请安。古人的礼节，叫晨昏定省。他母亲这个人，有点偏心，喜欢老二、老三，对老大一个眼角都看不上。每天见了面，心情不好了，就训斥一通，这也不好，那也不好，气不打一处来。问安时，杜如桢住正院，常是先去，出来往往会遇上大哥正要进去，若母亲心情好，他就给大哥做个笑脸，若母亲心情不好，就做个苦脸，这样大哥就知道要小心伺候，别招母亲斥骂。爷爷说了谜语的第二天，请安时母亲心情好，如桢在门洞见了大哥，就做了个笑脸。骑上马去城门值守时，路上想起了爷爷说的“象喜亦喜，象忧亦忧”，如桢就想，上房苫草，下面点火，拽着斗笠跳下，还情有可原。天热戴个斗笠避暑，天阴戴个斗笠防备下雨。淘井下去，先挖个偏窑作地道，不就等于知道父母要加害于他吗？以狠毒之心猜测父母，先就是大不孝，是要受天谴的。那会是什么原因呢？如桢一想就想到了他与大哥的关系。对，一定是那个叫象的弟弟，给哥哥传递了什么信息。说父母要害人，也是大不孝，于是便用表情暗示哥哥，哥哥就会及早做出防备。谜语、请安、脸色，这三点连在一起，就颠覆了两千年来，世世代代对“象喜亦喜，象忧亦忧”的定论。我是用在小说里，化成了故事情节。

最后还想说说表达的能力，就是要有文字上的功夫。你们还年轻，谈这个话题有些早，不过这种事，早点知道比晚点知道好。我有个建议，就是在你们这个年龄，一定要喜欢文学写作，小说、散文、诗歌，喜欢什么写什么，能发表就发表，不能发表也要不停地写。图个什么呢？就图个笔下通畅，拿起笔不生涩。要么坚持写日记，这个办法最灵。生活中遇到的事，很是芜杂，你能用笔清晰地写下来，这是大本事。我是写小说出身，后来做起学问，也还有点成绩。我有个三弟，说起来跟大同还有点缘分，他是大同师范学校中文科毕业的，现在也是个作家。好多年前，弟兄俩谈起写作，他说二哥呀，你知道你现在为什么能取得成功吗？我以为他要夸我如何勤奋，如何爱买书，说聪明是不指望的，因为他常说我们老韩家的孩子都不是多么聪明，只能说还都本分。结果他说什么呢？他说你的成功在于，作家没有你这么好的学问，学者又没有你这么好的文笔。我让你们写文学作品，就是为了让你们早早就练下一手好文笔，将来写什么都不吃力。

我还有个四弟，他是南开大学毕业的，如今在法国一所高校教书。前不久弟兄们在微信“老韩家群”里交流，老四说老二这个人呀，有中国古代文人的特质，以良心顶天，以学问立地。我老伴回复说，只有老四这样夸二哥。这话我是担当不起的，但是我今天在这里，把它送给同学们。往后的岁月里，希望同学们能做到以良心顶天，以学问立地。

好了，今天就讲到这儿，总结一下，前面说的就三句话：读书要杂乱，思维要活跃，文笔要通畅。再加上这两句：以良心顶天，以学问立地。愿以这几句话，与同学们共勉。

2019 年 12 月 14 日改写

《边将》：一部人性化的历史小说

感谢山西省图书馆长风读书会的美意，在疫情期间，安排了这个直播。我现在是在北京，我家的客厅里，就我一个人。我对面是电脑屏幕，你们能看见我，可我看不见你们。

现在是晚上 8 点整，主持人给我的时间是一个小时，我要谈的是我的一部长篇小说《边将》，2018 年 12 月出版，离现在不到一年半的时间，应该说还是新书。讲座跟写文章一样，得有个题目，我取了个题目叫《〈边将〉：一部人性化的历史小说》。讲《边将》是主持人的提议，这题目是我自己定的，等于是自己在吹自己。现在说人性化，也是一种时尚。

在讲《边将》以前，考虑大部分听众是山西人，多半还是山西的文化人，我想在这里先说我的一个观点，就是我对山西文学的看法。长期以来，人们总说山西文学主要是小说写作，是“山药蛋派”。对这个提法，我是不认同的。20 世纪 50 年代，外地作家说我们是“山药蛋”的时候，实际上是糟践我们，是一种鄙称，一种很不尊重的叫法，相当于给我们起了一个外号。

起初没人说是什么派，就说是山药蛋。这是说作品，也是说人。当初是外地的作家，主要是北京、上海的洋派作家，给山西作家的作品叫“山药蛋”的时候，我们的老作家是反感的。我曾经问过马烽先生、西戎先生，他们两位一直是山西文艺界的领导，一个是文联主席，一个是作家协会主席，是我们的老前辈。我是在闲谈中说起，顺便就问了。我说，马老师、西老师，人家当初这样说你们，是什么意思呢？老人家说，人家觉得我们写的东西土里土气的，不是多么的高级，却也还有趣。但夸奖谈不上，骂也不是骂，说认可却又看不起，就管我们叫“山药蛋”了。

怎么成的“派”呢？这事的经过，我还记得。到了80年代，经过多年的沉寂，农村题材作品火了，山西作家火了。文坛上，渐渐有了“山药蛋派”这个说法。山西有个评论家叫李国涛，觉得这么随口说太不正式了，该给个定义才好，便写了篇文章在《光明日报》上发表，叫《且说山药蛋派》。意思是说，这个提法是无意叫起的，可是太形象了、太好了，用现在的话说就是多么接地气。写的是农民，用的是农民的语言，总之是好得不得了。很快这个提法就叫开了，不论到哪儿，人家都说我们是“山药蛋派”。过去这么说了，你还可以表示不满、不认同，现在你连这个也不好表示了，只能认了。对这样的正名，我当时就不以为然，觉得人家说我们山药蛋，明明是看不起，怎么就能把它“圆”成了美称，好像人家在夸我们似的。

记得有次在山西作协的一个什么会上，我就提出了这个问题。我这人爱开玩笑，我说多亏人家说我们是“山药蛋”，要是人家当初说我们是“驴粪蛋”，也能把它“圆”成个美称？大家都笑了，知道我是在开玩笑。我是开玩笑的，但是我对“山药蛋派”这个说法是极力反对的。每次到外面开会时，人家介绍这是韩某人，然后下面紧跟着还要说一句“这是山药蛋派”，我听着的感觉，跟扇了我个耳巴子一样难受。

所以今天在谈我的小说前，我郑重声明，我是不认同“山药蛋派”这个说法的，谁想当山药蛋谁去当，我是不当。我觉得我和所谓洋派的作家，无论从学历、个头、长相、穿戴，没有一点比他们差，怎么我就是“山药蛋派”，你们就是“现代派”呢？

下面说我的小说，就是这本《边将》，河南文艺出版社出版，看这封面多好。你们看看，这么阔气的一本书，怎么会是个“山药蛋”？你就是再闻，也闻不着一点山药蛋的气味。那是什么呢？那是一个文化人写的有历史感的历史小说。为什么我又要说是一部人性化的历史小说呢？有几个原因，下面一个一个地说。

先从结构上说。好多人写历史小说，往往是写一场战争，或者写一连串的战争，把人性尤其是把爱情、男女之情，作为一种调料，附加的情节。《林海雪原》里一定要有个小白鸽，才够意思。写战争场面，至少也得有个战场记者是美女，战场上才有个点缀，有点浪漫气氛。我的这个小说不是这样的。《边将》是写战争，写镇守边关的将士，但是作为小说结构，我并不是把战争放在前边，然后把爱情故事掺杂在里边，不是这样的。我的小说整个就是一个爱情故事，一个边关将领的感情故事，战争也写了，但它的作用是作为背景，作为推动情感的助力。很多人写战争，写历史小说都是那个老套子，我把这个颠倒过来了，等于把战争放在背景上，着力要写的是人性。

从题材上说，我的这本又是真正的历史小说。既是历史小说，总是要有点历史事件嘛。书中确实是有历史事件为依据的。一开始，我是接受了晋北一个县的任务，写他们那儿明代的一个边关将领，叫麻贵。材料太少，思之再三，我决定写成小说体的人物传记。传记已经写成了，当地麻家的后人看了我挂在博客上的几章，不认同，但也还客气，这个我能理解。小说体的传记跟真正的传记，毕竟是有许多不一致的地方。小说里我写了叔嫂恋，他们就说，你要写爱情，麻贵娶过四个老婆，还不够你写？这样的意见，我只有诚恳接受。好在不是我主动要写的，是接受了县里的任务才写的。有了这样的责难，我觉得还是抽身为好。我就把写成的稿本交上去，说你们拿去审查，书出不出不关我的事。只是这个故事的框架是我想的，你们就是出了书，也挡不住我把它用在别的地方。有人会说，你是不是把那个传记又作为小说出版了？不是的，传记是传记，小说是小说，两个没有关系。要是把传记当成小说出了，我是不会交了那个稿子后，还用了三年的时间写《边将》。

嘉靖后期到隆庆年间，中国北部边防线上可说是战事频频，从未间断。有战争就会产生战将，当时有两个著名将领，一个叫李成梁，一个叫麻贵，历史上的说法叫“东李西麻”。就是东边，李成梁有名；西边，是麻贵有名。因为要和麻贵撇开，所以我的小说里的人名就取了李成梁那边的人的名字。李成梁有五个孩子，从老大到老五，依次是李如柏、李如松、李如桢、李如樟、李如梅。我的小说里，主人公是弟兄三个，我也不用再动脑筋，就把李家前三个孩子的名字借用了过来，做了我小说里弟兄三个的名字。当然，不能让他们姓李，姓李就要闹笑话了。我不给麻贵胡编了，却又给李成梁胡编了，李家后人知道了也会找我麻烦的。不姓李，那姓个什么呢？有人说《百家姓》

上姓氏多的是，随便取一个不就得了。要知道旧时代的人，但凡有点文化的，取名字都是有讲究的。打个比方，有人叫李如松，你觉得好听，就给自己的孩子起个名字叫成张如松。有错吗？没错。有意思吗？没意思。为什么？人家那个李字，跟如松配在一起，是有意思的。李树是个普通树木，松树是很珍贵的乔木，叫成李如松，等于说，我虽然是棵“李”，但我得像松树一样高大挺拔。你孩子姓张，名字叫成如松，就没有这么好的意思了。

明白了这个道理，我下面就好说了。我给《边将》里的人物起名字，既然用了如松、如柏、如桢，前面的姓也要配在一起，有意味才行。想来想去，想到了杜这个姓。杜和李一样，都是不太珍贵的树木，北方农村叫杜梨树，只有嫁接的才能结下梨子。这样我书里的三兄弟，就成了杜如松、杜如柏、杜如桢，这就跟《麻贵将军传》完全撇开了。后来《边将》出版，出版社邀我一起去大同做宣传，顺便去了这个县，见了两位麻家的后人，还送给他们一人一本《边将》。他们回去看了。我得到的反馈是，他们对《边将》的故事情节的处理没有什么意见，说现在这样的写法，跟他们麻家没有任何关系。所以这是一个纯虚构的小说，它和山西的麻贵没有任何关系，反而和东边李成梁家的名字是有联系的。

小说的历史背景完全是真实的。里面几次大的战争，如右卫的围城之战、墙子岭大战，史书都有记载。最后写到的，隆庆五年（1571）的南北讲和叫“隆庆和议”，也是有名的历史事件。另外，小说里写的一些战争故事，也是有历史根据的，比如杜如桢为了打败俺答的骑兵部队，就训练了几千人的铁甲骑兵，就是蒙上铁面具，穿上铁的铠甲，马也都有铁护鞍。这是从哪来的呢？我看史书发现蒙古人往内地打的时候，那个作战并不是我们想象的几万人穿得整整齐齐地下来了，过去老认为他们的部队是成建制的过来的。实际上蒙古人过来，很像是逃荒的，前面也许有打头阵的，后来就是难民，漫山遍野拥了过来。这才是最可怕的，最难以抵挡的。这是为什么呢？草原上到了冬天、春天就要闹饥荒，这个时候必须南侵，必须下来抢夺粮食物品，不然的话，牲畜要饿死，人也要饿死。所以我们过去把蒙古人南侵，当作两国交兵，他们来攻打，我们抵抗，完全是按照现代战争来设想的。这不对！应该是什么呢？蒙古人南侵是一种生存的需要，只有这样理解，才能够理解后来的隆庆和议为什么能够达成。但是，就是这样一支跟逃荒一样的部队，也有它的主力，看过去白花花的一片，叫银甲骑兵，这是史书上有记载的。这支骑兵队伍多少人呢？不多，只有三千人，可是它是骑兵，等于是一个装甲部队，它领头往南打，明朝的步兵基本上是抵挡不住的。所以《边将》里，我写主人公杜如桢要对付蒙古的骑兵，就必须训练自己的骑兵。为了让自己的骑兵部队更强悍，更有威慑力，他命人特意制作了铁护脸、铁铠甲，并刷成青铜器一样的颜色，蒙古人的叫银甲骑兵，他们的就叫铁甲骑兵。铁甲骑兵这个名字是我想的，对方有银甲骑兵，对应的来个铁甲骑兵，也不能说全是胡诌。

说了写法，说了史实，接下来该说，为什么说《边将》是一部人性化的小说呢？

看过这本书的人都知道，小说的主要内容是什么，实际上写的是什么。就是杜家的老三杜如桢，喜欢上了他的寡嫂王慕青。嫂嫂刚嫁过来的时候是 17 岁，这个小叔子也才 13 岁，小男孩喜欢新媳妇，也在情理之中。这时的喜欢，只是个喜欢。古人把这叫“知慕少艾”。《孟子·万章上》里说：“人少则慕父母，知好色则慕少艾”。说的就是这种情形。严格说，知慕少艾的年龄还应该再小些，当在六七岁、七八岁上，十三四岁该说是情动于中了。不管怎么样，这时候，还是单纯的带有爱意的喜欢。后来就不一样了。他这个哥哥也是一个将领，在一次战斗中牺牲了，边关上的将领多半会死在疆场上的。那么这个年轻漂亮的嫂子就成了寡妇，二十六七岁，还带着一个小孩。这个寡妇嫂子究竟是改嫁还是留下来，在这个问题上家里人形成对立的两派。杜如桢的母亲想让孙子留下，而让儿媳妇改嫁，认为是这个儿媳妇太漂亮了，儿子不知节制损坏了身子，才在战场上毙命的。杜如桢认为哥哥是为国捐躯，嫂子就应该留下来，何况还有侄儿是杜家的血脉。经过一番争取，嫂嫂和侄儿都留了下来，叔嫂二人之间的感情也就有了进一步的发展，成为一种近似情人的关系，这个也是可以理解的。

有人说，你这个故事是不是瞎编的？我告诉大家，还真的不是瞎编的。在研究材料、看史料时，我发现有一方明代的墓志铭上，记载了这么一件事。现在我们看到的墓志铭，大都是清代的，有规范、有定制，就是什么人该用多大的石块。明代可能没有这样的规范，要么就是伸缩性大些。好些墓志铭就跟现在见到的石碑那么大，当然不是顺着刻的，是放倒从右往左刻的。我见到的一位将军的墓志铭里头就有这么一段话。墓志铭一般都不是墓主家人写的，多半是提供资料，请名家来写。这个将军的墓志铭上说的这段话，原话是文言文，我用口语复述一下，说这个将军已经是四镇总兵，等于说当过四个军区的司令，其母亲临死的时候，将军握住母亲的手不忍放开。母亲对他说："你的父亲去世早，你有这么大的功名，还让我封了一品诰命夫人，有你这么个好儿子，我已非常满足了。"结果这个将军握着他的母亲手，说："我父亲去世早，母亲您把我抚养大。虽然朝廷封了您一品诰命夫人，但我认为还不够，应该给您和父亲立一个忠节牌坊，父亲为国捐躯是忠，您守寡五十多年是节。可是为立这个忠节牌坊，我向朝廷呈请了多少次，屡次呈报而不得批准，这让我心里非常的痛苦，这难道是因为我做官不忠诚吗？难道是因为我的战功不够吗？”写完这段对话，写墓志铭的人接下来说，于此可见老夫人的慈爱，也可以见大将军的孝心。

那么问题就来了，这样一个丈夫为国捐躯、自己守寡五十多年、儿子是四镇总兵的节妇，为什么立个牌坊就这么难呢？明代边疆上一共有九镇，墓主当过四个镇的总兵，按说战功是很显赫的。再就是，为什么一品诰命夫人可以封，葬礼也可以做得很圆满，就是呈请立个忠节牌坊，却始终得不到批准。我就想，这肯定是有原因的，那么它的原因可能是什么呢？忠节二字，想来问题出在这个节字上。这就是我小说里边写的，三将军爱上了二将军的寡妻，也就是这段叔嫂恋情在当时可以说是已到了尽人皆知的地步，官府也就不会给这个面子了。我把这个世俗的事件演绎为一个美妙的爱情故事。是不是写到要死要活的程度？没有！小说里边，没有这个，两个人都很克制。那么他们感情的缠绵，或者说感情的坚贞，表现在什么地方呢？就是这个嫂子也非常喜欢自己的这个小叔子，她愿意用自己的爱意鼓励这个小叔子建功立业、报效国家，同时光耀杜家的门楣。在那个时代，杜如桢是可以把寡嫂纳为二房的，可是他没有，是我觉得写到那个程度就没意思了。那么他们真的一点事都没有吗？那又不近人情了。于是我设计了个情节，就是在好朋友的安排下，至少在这个将军不知晓的情况下，两个人有了半夜的夫妻之情。整个小说也就这么一个事，也可以说，将近50万字的一个长篇，就写了这么个半夜恋情。

这样处理，源于我的小说理念。我认为一部好的小说不在于结局，而在于这个过程。这个过程就是人性展现的过程，可以说是人性激化的过程、闪光的过程。推动事件发展的是人的感情，而造成事件纠结的也是人的感情，甚至夫妻之间起了争执，也是因为人性的冲突。说到底，写感情就是写人性。我且举一个很小的例子。主人公不用说了，书中所写是充满着人性的。我举的这个小例子是他妻子的事。他和他的嫂子有这样的感情关系，长久以来，造成了夫妻的不和，他的妻子总是怀疑丈夫跟寡嫂在一起鬼混。有几天晚上，家里男人们在一起商量，决定这个女人究竟是走还是留。有一天晚上，妻子就问丈夫怎么这么晚才回来。他说我和父亲，还有大哥，在商量二嫂是走还是留。他的妻子平常对二嫂是有怨恨的，甚至说有仇恨的都可以，但是这一次妻子反而说了一句很打抱不平的话。什么话呢？她说你们几个臭男人，就这样糟践一个女人。他一听感到很奇怪，平常一说起二嫂，妻子总是冷言冷语，不给好颜色，而今天他们在商量把二嫂推出去还是留在家里，妻子反而站在二嫂的一边骂他们是臭男人，是欺负女人。他听了很奇怪，就问你今天这是怎么啦，怎么说这样的话？他的妻子说，说不定哪一天，我也会落到二嫂这样的下场。因为在那个年代，边关战将的妻子，十个就有八个最后要当寡妇。战事太激烈，将士们经常是出去就回不来了。这样就等于人物的性格在感情这个问题上有个翻转，更加显示了人性的美好、人性的力量。所以一部好的小说，一定要把人的感情写透，要紧紧地贴住人性这条线索往下写。

说到这里，再稍微说一下我们这个“山药蛋派”。我感觉过去外界看不起山西文学，与我们自己把自己的水准降低有关系。我们是写农民、写农村，这有什么值得骄傲的呢？山西大部分地方是农村，大部分民众是农民，在山西就应当写农民、写农村。把这当成本事，好像我们不光有煤炭资源，还有文学资源似的。好像一写了农村，我们就比别人思想进步似的。小说这个东西，就是要把俗的故事写出高雅的境界。用农村的语言写农民，这算个什么呢？赵树理是个不错的作家，但也只是不错而已。要说老赵多么好，把多少作家压了下去，这就是胡扯了。在中国现代作家群体里，他只占很小的分量，只是别具特色，如此而已。把他抬得太高了，那人家老舍是北京人，写北京市民，用的是地道北京话，人家就不对了吗？再比如巴金，写那个年代的封建家庭，用的就是那个年代的通行的语言，流畅，还带点文言的成分，又有什么不对？所以说，用什么语言写什么，本身就不是值得骄傲的事儿。要是能用城里的语言写出农村的事，那才叫本事。再说，像赵树理那种写法，也没什么可称道的。说开了，就那么回事。不管他是什么，一开头常是：李家庄有个李大娘，李大娘有个儿子叫李老三。严格地说，这种文字的文学的成色、文学的含金量是很低的。只能说是个通俗故事，论聪明，还比不上现在的段子。“山药蛋派”的小说，最让我看不上眼的是常常就落了俗套，这是最可怕的，也是最可怜的。

写小说最怕什么呢？最怕的是，你的故事、你的人物落了俗套。人家一看了几页就扔了，“哎呀，这不是老套子吗！”这就要说到我对小说的理解，也就是我的小说理念了。

小说是什么？小说是作家和读者之间智力的较量。小说是作家编一个故事，读者在读的过程中，不停地在破译这个故事。看了第一章，就在想着第二章大概是什么，第三章大概是什么。看了第五章，想着大概第六章是什么，读者在不断地破译。这时候，就看作者的本事了，能不能做到读者认为下边是什么，我就偏偏写成不是什么。这个偏偏不是，非是旁逸斜出、胡搅蛮缠，这样一次或许可以，用得多了，读者又不买账了。那得是什么呢？得是顺着情理往下写，一切进展都合情合理，可是后来的结果，又在读者的意料之外。这就是人们常说的情理之中，意料之外。能不能达到这个效果，就要靠作者的聪明了。看你的智商，是不是确实比一般的读者要高，高一点还不行，要高出许多，才能做好这个事。

小说这个东西，在文学的体裁上，越来越重要了。如果说18世纪至19世纪，人们普遍地崇尚诗歌，把诗人当作一个民族的智慧的代表。当然现在诗歌也是很重要的，可是渐渐地，不得不承认长篇小说是重量级的文学作品。有人甚至说，一部优秀的长篇小说代表着一个民族心灵的历史，隐藏着一个民族智慧的密码。我的看法是长篇小说代表着一个民族智商的发展，可以说是代表着智慧的高度。最有名的一个例子，我想举《围城》。中国新文学运动以来，可以这样说，在近百年的历史里边，真正成功的长篇小说并不多，而从智商这个意义上说，从提高民族智力这个角度来说，《围城》是当得起的。可以这样说，一个文化人看过《围城》和没有看过《围城》是不一样的。看《围城》，等于你在跟钱锺书先生做一次智力的较量，虽然最后你是输了，服气钱先生的智商，但是你在这个服气的过程中就吸收了钱先生的智能。你在看这本小说的过程中，击节赞叹的东西、佩服不已的东西，就是你认同的东西，也就是你在吸收的东西。吸收了这些东西，极有可能会改变你的思维方式，改变你对这个世界的认知方式，改变你与人交往和处世方式，这就叫提高，是智商层面上的提高。长篇小说就应该有这样的作用。

而我们过去把长篇小说当作什么呢？短篇小说好像还可以显示一时的智慧，而长篇小说往往把它作为一个历史阶段的总结，是对历史的一种形象化的展示，有的干脆就是把某种理论用人物形象表现出来。这样的人物形象，在我们的许多长篇小说里实际就是玩偶。玩偶是西方的说法，中国的说法就是木偶。书页就是戏台上的那块布，作家藏在书页的后面高高地提着几根线，木偶在那里不断地表演，做着各种各样可爱的动作。

你们想一想我们近代的那些小说，还是好的小说，是不是这样。有个作家，我很佩服，叫柳青，是陕西的。他写的一部小说叫《创业史》，把主要人物梁生宝、梁生宝的爹——梁三老汉写得活灵活现。书中也就是梁生宝这个人物，还有点分量。陕西作家把《创业史》当作经典。路遥的《人生》前面有句名言：“人生的道路虽然漫长，但紧要处常常只有几步。特别是当人年轻的时候。”这句话就是《创业史》里的。陕西作家对柳青的崇敬，远远超过了山西作家对赵树理的崇敬。可是你仔细看一看《创业史》到底写了什么？不过就是写了合作化的力量多么伟大，农民自发的要走合作化的道路。如果说20世纪50年代合作化的时候写出这样的小说，好像还有一点反映什么或者鼓舞什么的作用，现在回过头来看，柳青这么大的才气，结果就写了这么一部书，实在有些可惜。

这也不能全怪作家。新中国成立以来，我们对长篇小说的要求就是要写出一个时代的面目。这个要求基本上注定了我们的长篇小说只会是平庸的、失败的。现在有个风气，发现一个大的社会问题，作家们马上都冲上去写长篇小说。我举一个很简单的例子，一说你们就知道了。中国目前存在着老年化问题，就是老年人越来越多，社会负担越来越重。作家觉得这是一个人们关心的问题，而且这是一个党和政府关心的问题，那么就要写一部长篇小说，于是一个很有名的作家就写了一部小说叫《天黑得很慢》。后来他这个小说的写作提纲流传出来了，我一看那个提纲，觉得这哪是写小说，这不是写社会学论文么？他先列出老年人有什么问题，然后用什么办法解决。有了问题，有了办法，怎么写我都能想象出来。不过就是设计几个老年人角色，去书上表演就是了。这样的小说，就算作者的才气再大，也写不好。为什么？看你这个小说还不如看政府的相关文件，政府对老年人要怎么关心，有什么措施，社区该怎样，儿女该怎样，文件上一条一条都列着。你不过就是让小说里的人物，按这个路数再演上一遍嘛。从宣传政策这个角度说，你是好的，但是作为文学作品，文学性表现在什么地方？读者看了这样的作品，精神上能得到什么愉悦，智商上能得到什么益处？

还有更厉害的呢。现在反腐正在进行，有的作家就已经预测到后来的结果了。既然反腐，那不是有很多干部落马了嘛。他们落马了以后，他们的妻子、儿女不就成了腐败分子家属了嘛。这跟过去土改的时候，把有的农民定成地主、富农，成了阶级敌人，他们的子女如何对待剥削阶级家庭，是同一类型的社会问题。我是所谓的剥削阶级家庭出身的，我对这个问题感受特别深。我上大学那些年，什么时候都要检讨自己的剥削阶级思想，实际上我父亲是干部，我爷爷是干部，但是没办法，一定要检讨。这个作家写什么呢？没有看我也知道，肯定是写腐败分子的家属如何按照党的政策，做腐败分子的工作，如何一家人在思想上提高了认识，认识到这场反腐运动是怎样的了不起。我就觉得这个作家，脑子太灵光了。小说的名字我忘了，书是已经出版了。

我一听有人写出这样的小说，我的感觉是什么呢？那便是这人太聪明了！可是我同时对他这样的作品，起了厌恶的感觉。一个人，一个作家，怎么能势利到这个程度？有这样的心思，这人还叫个作家吗？有人说这叫趋时，在我看来，这不叫趋时，该说是趋利。现在这种写法已经成了当前写作的一个公害，这种作品得势了，等于诱导大家都朝着这条路子走。

不久前，在北京我碰见一个编辑，他是写散文的，也是编散文的，他说现在的散文写作有一种论文化的倾向。发现社会上有什么问题就写篇散文，来揭露这个问题，或者反映这个问题。我觉得这和长篇小说的状况是一样的，如果有人、有作家在听我的演讲，听我这个直播的话，我郑重地告诉你：朋友，这不叫文学，这叫势利，或者说这叫，我用一个不太好听的词——下作，就是你完全把文学当作一种邀宠获利的手段，并且还得意洋洋地表示：你看，我在替领导分忧。我觉得分忧可以用各种各样的方式，用不着把神圣的文学拿来做这样的事情。

现在说一说，我为什么要写这么一部《边将》。不瞒诸位，我是想为山西作家正名。虽然山西这个地方整体文化不很发达，但是并不妨碍有见识的山西作家在创作上体现自己的文学的追求。熟悉我的人都知道，我起初是写小说的，后来不写了，已经有二十多年了。这些年做什么呢？在做我的老本行。我上大学，不是什么好大学，就是山西大学，上的是历史系，五年制的那种。我大学没怎么好好学，是“混”出来的。可毕竟是上过历史系，还是有做历史研究的情结的。但我又放不下文学，于是便研究现代文学史上的人物，写他们的传记，前后写了的有《李健吾传》《徐志摩传》，还为山西的一位历史学家张颔，写了本《张颔传》。再就是，用了二十年的时间，编了一套《徐志摩全集》。别的我不敢吹，这套《徐志摩全集》还是敢吹一吹的。我不是说这套全集多么全，这个谁也做不到，新材料总是不断出来，怎么会全了呢？编全集关键是编法，也就是体例。我用的是分类编年这么个体例，我认为对徐志摩这个人来说，这是最好的一种编法。这个体例定下了，作品收的多还是少，不过是个数量的问题。据我所知，就是现在出来的这部全集中有些篇目，还是删减了的。这个没关系，过些年补进去就是了。

这套全集最初在天津人民出版社出版的是八卷本，现在商务印书馆出版的是十卷本。《鲁迅全集》是举国之力编成的，就是把全国优秀的鲁迅研究学者调集到北京，搞了多少年，最后成了十几卷本的《鲁迅全集》。新近推出的《汪曾祺全集》，是人民文学出版社出版的，我看了编辑写的文章，那个班底也是很强大的，可以说是调集了一大批汪曾祺研究者，甚至汪曾祺的后人都参与进来，也是用了好几年的时间。而编《徐志摩全集》是我一人之力完成的。当然出版社也聘请了两位老编辑参与进来，做增补与校订的工作。

前面说了，写《边将》是件没奈何的事，已经摆下那么大的摊子，总得有个成果。于是我就硬着头皮，写了那么一部历史小说。这本书虽然是体现了我的小说追求，但是这个体现是不完整的，也不是充分的。因为是历史小说，受到题材的局限，最大的遗憾是没有在故事情节上、文学语言上，体现我的小说理念。现在这个缺憾，终于补起了。

去年 12 月中旬，还不知道会有疫情的时候，我就开始写一部长篇小说，叫做《花笺》，写了没有多久，疫情就爆发了，不能出门，我有 50 多天没有下楼，一星期写六天，星期日一定要休息，恢复自己的体力。我用了 4 个月的时间，到 4 月十几号，已写了 38 万字。我认为，这个小说才能够真正体现几十年来我对小说的理解，和我在长篇小说上的追求。

最后要说的话是，作为一个七十多岁的山西作家，我郑重地劝告山西文学界朋友们，早早抛弃“山药蛋派”这个称号，静下心来写出真正优秀的文学作品，不辜负山西作家的称号，也不辜负山西父老乡亲对我们的期望。

2020 年 5 月 16 日

“蠹鱼文丛”已出书目

《文苑拾遗》 徐重庆 著 刘荣华、龚景兴 编

《漫话丰子恺》 叶瑜荪 著

《浙江籍》 陈子善 著

《问道录》 扬之水 著

《潮起潮落：我笔下的浙江文人》 李辉 著

《苦路人影》 孙郁 著

《剪烛小集》 王稼句 著

《入浙随缘录》 子张 著

《越踪集》 徐雁 著

《立春随笔》 朱航满 著

《龙榆生师友书札》 张瑞田 编

《锺叔河书信初集》 夏春锦 等编

《容园竹刻存札》 叶瑜荪 编

《文学课》 戴建华 著

《木心考索》 夏春锦 著

《藕汀诗话》　吴藕汀　著　范笑我　编

《定庵随笔》　沈定庵　著

《次第春风到草庐》　韩石山　著

《学林掌录》　谢泳　著

《老派：闲话文人旧事》　周立民　著

《如看草花：读汪曾祺》　毕亮　著